Obras da autora publicadas pela Editora Record

ABC do amor
As cartas que não chegaram
Sr. Daniels

Série *Elementos*
O ar que ele respira
A chama dentro de nós
O silêncio das águas
A força que nos atrai

Série *Music Street*
No ritmo do amor

BRITTAINY C. CHERRY

No ritmo do Amor

Tradução de
Natalie Gerhardt

1ª edição

EDITORA RECORD
RIO DE JANEIRO • SÃO PAULO
2018

CIP-BRASIL. CATALOGAÇÃO NA PUBLICAÇÃO
SINDICATO NACIONAL DOS EDITORES DE LIVROS, RJ

C449n
Cherry, Brittainy C.
No ritmo do amor / Brittainy C. Cherry; tradução de Natalie Gerhardt. – 1ª ed. – Rio de Janeiro: Record, 2018.

Tradução de: Behind the Bars
ISBN 978-85-01-11339-9

1. Romance americano. I. Gerhardt, Natalie. II. Título.

18-49042

CDD: 813
CDU: 821.111(73)-3

Leandra Felix da Cruz – Bibliotecária – CRB-7/6135

Título em inglês:
Behind the Bars

Copyright © 2017 by Brittainy C. Cherry

Publicado mediante acordo com Bookcase Literary Agency

Texto revisado segundo o novo Acordo Ortográfico da Língua Portuguesa.

Todos os direitos reservados. Proibida a reprodução, no todo ou em parte, através de quaisquer meios. Os direitos morais da autora foram assegurados.

Direitos exclusivos de publicação em língua portuguesa somente para o Brasil adquiridos pela
EDITORA RECORD LTDA.
Rua Argentina, 171 – Rio de Janeiro, RJ – 20921-380 – Tel.: (21) 2585-2000, que se reserva a propriedade literária desta tradução.

Impresso no Brasil

ISBN 978-85-01-11339-9

Seja um leitor preferencial Record.
Cadastre-se no site www.record.com.br
e receba informações sobre nossos lançamentos e nossas promoções.

EDITORA AFILIADA

Atendimento e venda direta ao leitor:
mdireto@record.com.br ou (21) 2585-2002.

Para toda alma que já se perdeu.
Que sua música favorita a leve de volta para casa.

Parte Um

"A música era o meu refúgio. Eu era capaz de rastejar para o espaço entre as notas e dar as costas para a solidão."

Maya Angelou

Capítulo 1

Jasmine

Não.

Ouvir essa palavra nunca fica mais fácil. Nunca pareceu insignificante nem sem sentido ouvir alguém dizer "não" para mim. Quando me olhavam de cima a baixo assim que eu entrava para fazer um teste... o modo como me julgavam por tudo que eu era ou não era... o jeito que cochichavam enquanto eu ficava parada.

Não. Não. Sinto muito. Não, obrigado. Não foi dessa vez.

Eu tinha acabado de fazer 16 anos e já estava mais familiarizada com rejeições do que a maioria das pessoas. Estava tentando entrar na indústria musical havia alguns anos e não tinha conseguido nada a não ser rejeição.

Não.

Não.

Sinto muito. Não, obrigado.

Não foi dessa vez.

Mas isso não fez com que minha mãe parasse de me levar a várias reuniões, a inúmeras audições, de um "não" para outro. Isso porque eu era a estrela dela, sua superstar. Eu seria tudo o que ela não conseguiu ser, porque é isso que os filhos devem fazer, segundo ela me disse.

Nós devemos ser melhores do que nossos pais.

E, um dia, eu seria melhor. Só precisávamos que a pessoa certa me dissesse um sim.

Saí da terceira audição naquela semana, em Nova Orleans, e olhei para todas as outras meninas que estavam ali fazendo teste para entrar em uma banda que seria formada por garotas. Eu me via mais como artista solo, mas minha mãe falava que eu deveria ficar feliz com qualquer oportunidade que aparecesse.

— Bandas de meninas estão na moda agora — disse ela. — Música pop vende muito.

Mas eu nunca quis trabalhar com música pop. Sempre amei soul, mas minha mãe dizia que esse estilo não daria dinheiro para uma garota como eu e que só me causaria decepção.

Todas as meninas que estavam na audição eram parecidas comigo, mas melhores, de alguma forma. Na sala de espera, os olhos da minha mãe estavam arregalados, cheios de esperança ao me ver. Senti um nó no estômago ao forçar um sorriso.

— E então? Como foi? — perguntou ela, se levantando da cadeira.

— Bem.

Ela franziu a testa.

— Você errou a letra? Eu falei que devia ter ensaiado mais. A escola está tomando muito do tempo que você deveria dedicar ao trabalho de verdade — declarou ela, com desdém.

— Não. Não. Não foi isso. Eu não esqueci a letra. Minha apresentação foi perfeita — menti. Eu realmente havia errado, mas foi só porque o diretor de elenco olhou para mim como se eu fosse exatamente o oposto do que eles queriam para o papel. Eu só não podia deixar que minha mãe soubesse que havia estragado tudo, porque isso colocaria em risco meus estudos na Canon High School.

— Você devia ter se esforçado mais. Estamos gastando muito dinheiro com aulas de canto, atuação e dança, Jasmine. Você não devia sair das audições dizendo que foi "bem". Tem que ser a melhor. Caso contrário, nunca vai ser alguém. Você precisa ser uma artista completa.

Artista completa.

Eu odiava aquelas palavras. Minha mãe era cantora, mas sua carreira nunca deslanchou. Ela me contou que, antes de ser descoberta, engravidou de mim e ninguém quis uma superstar grávida.

Ela achava que, se não tivesse apostado todas as suas fichas em apenas uma área, poderia ter conseguido uma chance em outra. Por isso, ela fez com que eu me tornasse uma artista completa. Eu não podia ser só uma grande cantora — deveria ser a melhor atriz e a melhor dançarina também. Mais talentos significavam mais oportunidades, mais oportunidades significavam mais fama e mais fama significava que minha mãe talvez se orgulhasse de mim.

Aquilo era tudo o que eu queria.

— Bem, é melhor irmos andando então — disse ela. — Você tem aula de balé do outro lado da cidade em quarenta minutos e, depois, aula de canto. E eu ainda tenho que voltar para casa e preparar o jantar do Ray.

Ray era namorado da minha mãe desde que me entendo por gente. Eu não tinha nenhuma lembrança em que ele não estivesse incluído. Durante muito tempo, achei que ele fosse meu pai, mas, certa noite, quando os dois chegaram de porre, eu os ouvi discutindo sobre minha educação, e ela disse, aos berros, que ele não tinha o direito de decidir nada sobre a minha vida, pois eu não era filha dele.

Mesmo assim, ele me amava como se eu fosse sua filha.

Era por causa dele que a gente se mudava tanto. Ray conseguiu certo sucesso como músico e se sustentava fazendo turnês pelo mundo. Obviamente, não era um artista de renome, mas conseguia ganhar o suficiente para nos sustentar. Nós duas éramos suas maiores fãs, e a prioridade dele era cuidar de nós.

Minha mãe nunca teve um emprego de verdade. Às vezes, trabalhava em algum bar, mas só de vez em quando. Ela dizia que seu trabalho era fazer com que eu me tornasse uma estrela, o que incluía me dar aulas em casa, em vez de me mandar para a escola, para que eu não perdesse o foco. Estudar em casa era minha única opção, e eu nunca reclamei, pois tinha certeza de que outras crianças enfrentavam coisa pior.

Mesmo assim, quando demos uma pausa nas viagens, finalmente Ray e eu conseguimos convencê-la a me deixar frequentar uma escola pública. Quando soube que ficaríamos em Nova Orleans por um tempo por causa de um trabalho que Ray conseguiu, implorei à minha mãe que me deixasse começar o segundo ano do ensino médio em uma escola de verdade, com pessoas da minha idade. *Meu Deus*, o que eu não daria para estar cercada de adolescentes que não estivessem só fazendo testes para os mesmos papéis que eu.

Uma chance de fazer amigos...

Fiquei chocada quando ela concordou, graças ao Ray e a seu jeito com as palavras.

Significou muito para mim, mas, para minha mãe, significava que eu ia ficar mais tempo sem estudar arte musical. Para ela, o ensino médio era brincadeira de criança, e eu já estava velha demais para brincar.

— Ainda acho que a escola pública não foi uma boa ideia — declarou ela, com desdém, enquanto nos dirigíamos para o ponto de ônibus. — É uma distração.

— Eu consigo dar conta de tudo — garanti. Provavelmente era outra mentira, mas eu não podia desistir de frequentar a escola. Era a primeira vez, em muito tempo, que eu sentia que pertencia a algum lugar. — Vou me esforçar ainda mais.

Ela ergueu uma sobrancelha, em dúvida.

— Se você diz... Mas, quando eu achar que está sendo demais, tiro você de lá.

— Tudo bem.

Eram seis da tarde de um sábado quando entramos no ônibus e, em vez de irmos para casa, seguimos para a aula de balé. Minha mãe me deu um saquinho de castanhas que ela havia separado para eu comer antes da aula, caso contrário, acabava tendo vertigem. Eu não era a melhor dançarina da turma, mas também não era a pior. No entanto, não havia nada em mim que dissesse que eu era "bailarina". Meu corpo era parecido com o da minha mãe: cintura fina e quadris largos. Eu tinha curvas nos lugares certos, mas não para uma bailarina. Naquela aula, eu era estranha.

— Você tem comido coisas light? — perguntou-me a professora enquanto corrigia a minha postura.

— Sim. De manhã, tomei água aromatizada com limão e, depois, um potinho de iogurte grego com frutas.

— E no almoço?

— Salada com nozes e tiras de frango.

Ela ergueu uma sobrancelha, como se não acreditasse em mim.

— E nos lanches entre as refeições?

— Comi uma porção de castanhas quando estava vindo para cá.

— Ah... — Ela assentiu e pôs a mão na minha cintura para me colocar na postura correta. — Você parece inchada. Talvez seja melhor pular o lanche da tarde.

Algumas das meninas riram do comentário, e senti o rosto queimar. Elas já olhavam para mim como se eu fosse uma tola por estar fazendo aquela aula. Se não fosse pela minha mãe, eu não estaria ali, mas ela achava que fazer aulas de dança era essencial para que eu ficasse famosa.

Só que, na realidade, eu acabava me sentindo um fracasso completo.

— Aquilo foi humilhante — gritou minha mãe depois do ensaio, quando saímos da academia. — Você não tem treinado.

— Tenho, sim.

Ela se virou para mim e apontou o dedo na minha direção.

— Jasmine Marie Greene, se continuar mentindo vai continuar fracassando, e esse fracasso não é só seu. Reflete em mim também. Lembre-se disso. Esse é o seu primeiro aviso. Se eu tiver que falar três vezes, tiro você da escola. Agora vamos. Temos que ir para o estúdio.

O Acme Studios era um estúdio pequeno na Frenchmen Street onde eu conseguia gravar algumas das minhas músicas. Sempre quis compor minhas próprias letras, mas minha mãe dizia que eu jamais teria capacidade para fazer isso sozinha.

O lugar era incrível, e provavelmente a gente não teria conseguido gravar ali, mas Ray tinha a capacidade de se relacionar com as pessoas certas. Às vezes, eu me perguntava se era por isso que minha mãe estava com ele.

Não conseguia entender o que os dois tinham em comum a não ser o amor pela música.

Assim que chegamos à Frenchmen Street, abri um sorriso. Havia uma energia naquela rua que fazia com que eu me sentisse viva. A Bourbon Street era famosa entre os turistas, mas a Frenchmen Street era onde a magia dos moradores locais acontecia. Lá havia música de qualidade. Era incrível o fato de que pudesse reunir tanto talento e sentimento em um só lugar.

Quando o telefone da minha mãe começou a tocar, ela se afastou para atender, e foi então que aconteceu.

Foi quando vi o garoto que estava tocando.

Eu sempre disse que eu o vi primeiro, mas ele costumava argumentar que era mentira.

Tecnicamente, eu não o vi — eu o *senti* primeiro, senti sua música tocar a minha pele. Os acordes e o compasso do saxofone me deixaram completamente arrepiada. O jeito como as notas dançavam pelo ar, de uma forma tão perturbadoramente linda, fez com que aquilo tudo parecesse mágica.

Eu me virei e vi um garoto magro em pé na esquina da Frenchmen Street com a Chartres. Era jovem, tinha a minha idade ou talvez fosse um pouco mais novo, e usava óculos de armação fina. Segurava o saxofone e o tocava como se fosse morrer se a música não saísse perfeita. Sorte dele que estava mais do que perfeita.

Eu nunca tinha escutado nada parecido com aquilo. Fiquei emocionada ao ouvir os sons que ele tocava e não consegui evitar que meus olhos ficassem marejados.

Como ele aprendera a tocar daquele jeito? Como alguém tão jovem podia ter tanto talento? Vivi a vida inteira cercada de músicos, mas nunca tinha visto nada igual.

Ele tocava como se expressasse extrema angústia nas ruas de Nova Orleans. Não se reprimia, dava o máximo em sua música. Naquele instante, percebi que nunca dei tudo de mim para nada — pelo menos não como ele, nem daquele jeito.

As pessoas começaram a fazer um círculo em volta dele, jogando notas e moedas no estojo aberto do instrumento. Pegaram os celulares para registrar o espetáculo. Foi uma experiência e tanto assistir ao show que ele fazia na esquina. Ele era confiante, e seus dedos dançavam pelas chaves do saxofone como se não temesse o fracasso. Palavra que, provavelmente, nem fazia parte de seu vocabulário.

A música dele era bonita, mas também um pouco sofrida. Eu não tinha ideia de que algo poderia ser tão dolorosamente linda até aquela noite.

Foi interessante ver o que aconteceu quando ele parou de tocar: sua confiança sumiu completamente. A postura, que antes era determinada, se dissolveu enquanto seus ombros se curvavam. As pessoas o elogiavam, e ele se esforçava para fazer contato visual com todos.

— Isso foi incrível — disse uma mulher.

— O-o-obrigado — agradeceu-lhe o jovem, esfregando as mãos uma na outra antes de guardar o instrumento. No momento que ouvi a voz trêmula, percebi quem era.

Elliott.

Eu o conhecia — ou melhor, sabia de sua existência. Ele estudava na mesma escola que eu e era extremamente tímido. Mas ele não se parecia em nada com o garoto que eu tinha acabado de ver tocar. Era quase como se ele tivesse duas personalidades completamente distintas — o músico poderoso e o adolescente que sofria *bullying*.

Os dois não tinham nada a ver um com o outro. Dei um passo à frente querendo falar com ele, mas não sabia ao certo o que dizer. Entreabri os lábios e procurei palavras em minha mente, mas não achei nada. Ele merecia alguma coisa, um elogio, um sorriso, algo que pudesse parabenizá-lo — *qualquer coisa* —, mas não consegui nem fazer com que ele olhasse na minha direção.

Ele não olhava para ninguém.

— Jasmine — minha mãe me chamou, fazendo com que eu desviasse o olhar de Elliott. — Vamos logo.

Olhei para trás uma última vez, sentindo um nó se formar na garganta enquanto caminhava para perto dela.

— Estou indo.

Depois do ensaio, pegamos outro ônibus para voltar para casa. No caminho, minha mãe relatou tudo o que eu havia feito de errado. Enquanto preparava o jantar, ela ficou repetindo todos os erros que eu tinha cometido. Então, nós nos sentamos à mesa, mas nem sequer encostamos na comida, porque só comíamos quando o Ray chegava.

É claro que ele havia se atrasado, porque Ray nunca saía do estúdio no horário, então minha mãe ficou nervosa e descontou tudo em cima de mim. Ela nunca brigava com ele, e nunca entendi por quê. Era eu quem levava bronca por tudo que ele fazia de errado.

Mas eu não ficava chateada com Ray. Na verdade, era grata a ele pelo simples fato de ter escolhido amar minha mãe, pois isso significava que eu poderia amá-lo também. Ele era uma espécie de porto seguro. Quando ele não estava por perto, minha mãe ficava triste, solitária e cruel. Quando Ray aparecia, a expressão dela se modificava.

— Estou atrasado — declarou ele, entrando em casa com um cigarro no canto da boca. Estava pela metade, e ele o apagou no cinzeiro que ficava perto da porta. Eu odiava o cheiro, então ele se policiava para não fumar dentro de casa. Minha mãe dizia que Ray era adulto e podia fumar onde quisesse, mas ele não era babaca.

Ele me amava e me respeitava.

— Você não está atrasado — comentou minha mãe. — Acabei preparando o jantar cedo demais, só isso.

— Porque eu disse que ia chegar mais cedo — argumentou ele com um sorriso.

Ray estava sempre sorrindo, e isso fazia com que todos à sua volta sorrissem também. Ele era lindo e não fazia o menor esforço para isso. Era másculo de várias maneiras, desde sua constituição física e mental, até os gestos. Era sempre o primeiro a puxar a cadeira para uma mulher se sentar e segurava a porta para várias damas passarem antes de entrar em algum lugar. Um verdadeiro cavalheiro, sensível de inúmeras formas. Seu sorriso era tão bonito que fazia com que todos se sentissem protegidos quando olhavam para ele.

Olhar para seus olhos meio que me fazia sentir como se eu estivesse em casa.

— Está tudo bem. — Minha mãe sorriu para ele, mentindo. — Nós só nos sentamos há alguns minutos.

Estávamos esperando por ele havia 45 minutos.

Ray se aproximou de mim e fez um carinho na minha cabeça.

— Oi, Branca de Neve. — Ele me chamava assim desde que eu era pequena, e eu amava. Tinha 16 e ainda adorava aquilo.

— Oi, Ray — respondi.

Ele levantou uma sobrancelha.

— Seu dia foi bom? — Aquilo era um código para a pergunta "sua mãe deixou você louca hoje?"

Às vezes, mesmo quando não estava tentando, ela conseguia ser difícil.

Assenti.

— Foi, sim.

Ele franziu o nariz, sem saber ao certo se eu estava sendo sincera, mas não me pressionou para obter mais informações. Nunca perguntava o que tinha acontecido na frente de minha mãe, porque sabia que ela ficava sensível quando achava que estava sendo julgada. Ray deu um beijo na testa dela.

— Vou lavar as mãos e trocar de roupa rapidinho para jantar com vocês.

— Tudo bem — disse ela.

Fiquei ali sentada com os braços apoiados na mesa, observando os olhos dela acompanharem Ray enquanto ele desaparecia no corredor. Quando minha mãe se virou de novo para mim, todo o amor que havia em seu olhar desaparecera, e ela se empertigou.

— Tire os cotovelos de cima da mesa, Jasmine. E sente-se direito ou vai ficar corcunda.

Ray se juntou a nós e começamos a conversar sobre a gravação do disco dele.

— Eu adoro Nova Orleans porque existe uma vibração autêntica nessa cidade. Não há outro lugar no mundo onde as pessoas façam música como aqui. Em nenhum lugar é tão real nem tão sofrido.

Quando ele falava sobre música, fazia com que eu sentisse vontade de me concentrar apenas nisso.

— Você conseguiu falar com o Trevor Su? — perguntou minha mãe, se referindo a um produtor musical.

Ray pareceu contrariado.

— Não. Eu já falei para você que ele não é um cara legal. A Jasmine não precisa da ajuda dele.

Pelo modo como franziu o cenho, percebi que minha mãe não gostou nada da resposta dele.

— Trevor Su é um dos maiores produtores do mundo, e você tem meios de chegar até ele. Não sei por que você acha que a Jasmine não é boa o suficiente para trabalhar com ele.

— *Não* — gritou Ray, negando com a cabeça. — Não distorça as minhas palavras. Não foi isso que eu disse. Ele é que não é bom o suficiente para ela.

— E por que não?

— Porque ele é uma cobra.

Minha mãe bufou.

— E quem se importa se ele é uma cobra, contanto que faça um bom trabalho?

Ray discordou.

— Não. Ele usa os outros para subir na vida. O cara é um nojo. Já o vi pisar em pessoas boas só para ganhar mais dinheiro. É repugnante.

— São só negócios, Ray — suspirou minha mãe. — E talvez, se você entendesse isso, tivesse muito mais sucesso.

— Mãe — ofeguei, chocada com o comentário.

Ray nem piscou. Ele já estava acostumado com as palavras grosseiras dela. Já estava praticamente imune ao seu julgamento.

No entanto, isso não fazia com que aquelas palavras fossem mais fáceis para mim.

Os dois tinham visões completamente diferentes sobre a indústria da música. Ray seguia o coração; já minha mãe, a razão.

— Isso se chama *rede de relacionamentos* — disse ela, como sempre falava.

— Isso se chama *se vender* — discordou ele, dando a resposta habitual. — Além disso, ele é exagerado. Ele a pressionaria além dos limites.

— Ela precisa de alguém que faça isso.

— Ela é só uma menina, Heather.

— E poderia ser extraordinária, se você deixasse.

Passaram-se alguns minutos enquanto eles discutiam se seria falta de respeito ou não se minha mãe se encontrasse com Trevor. Ela era uma agente motivada quando se tratava da minha carreira e nunca considerava nenhuma ideia absurda. Era uma mãe-agente extremamente rigorosa, determinada a fazer o que fosse preciso para que eu me tornasse um sucesso.

Ray era o contrário. Acreditava na minha música, mas também achava que eu precisava viver a minha infância e adolescência. Ter uma vida fora do mundo musical.

— Talvez não devêssemos mais discutir trabalho durante o jantar — sugeriu Ray, pigarreando.

— Mas só conversamos sobre música — argumentou minha mãe.

— Bem, talvez isso devesse mudar. Poderíamos conversar sobre outros assuntos — propôs ele, empurrando a comida no prato. — Quando volto para casa, tudo que quero é me desligar um pouco.

— Mas foi você que se sentou aqui e começou a falar sobre isso! — Minha mãe se irritou. — E quando eu começo a falar sobre a carreira de Jasmine é demais?

— Mãe — sussurrei.

— Jasmine, cale a boca e coma sua salada.

— Por que você está comendo só salada? — perguntou Ray.

Abri a boca para responder, mas minha mãe o fez antes de mim:

— É uma nova dieta.

Ray riu.

— Ela tem 16 anos e é magra como um palito, Heather. Ela pode comer o que quiser.

Então, como um relógio, eles começaram a discutir sobre os prós e os contras de como minha mãe me criava. No fim da discussão, ela disse que Ray não tinha direito a opinar porque não era meu pai.

Eu odiava o fato de ela jogar isso na cara dele sempre que não conseguia o que queria.

E toda vez, eu via os olhos de Ray se entristecerem ao ouvir aquilo. Talvez, no papel, ele não fosse meu pai de verdade, mas não havia dúvida de que, no meu coração, ele era meu verdadeiro pai.

— Vou dar uma volta — avisou Ray, se levantando. Ele saiu do apartamento com um maço de cigarros na mão para esfriar a cabeça, o que significava que ia assistir a alguma apresentação. A música sempre ajudava quando minha mãe o estressava.

Ajudava quando ela me deixava estressada também.

Depois do jantar, fui direto para o quarto e comecei a fazer meu dever de casa. Eu estava bem atrasada em tudo, mas era muito importante para mim mostrar para todos que eu tinha tudo sob controle. Caso contrário, seria obrigada a sair da escola e voltar a estudar em casa, e isso não podia acontecer, não depois de eu ter sentido o gostinho do que era ter uma vida de adolescente de verdade.

— Seu dia foi bom, Branca de Neve? — perguntou Ray, na porta do meu quarto, horas mais tarde, com os braços para trás.

Ergui os olhos do livro de matemática e dei de ombros.

— Você não precisa mentir. Sua mãe está dormindo. Ela pegou pesado com você?

— Está tudo bem. Na verdade, a culpa é minha. Acho que fui um pouco negligente.

— Ela pressiona muito você.

— Pressão faz diamantes — falei, repetindo as palavras dela. Então, sorri porque Ray estava começando a franzir a testa. — Estou bem, só um pouco cansada.

— Quer que eu tente conversar com ela outra vez?

Só balancei a cabeça em resposta. Se Ray contasse a ela que eu estava estressada ou me sentindo sobrecarregada, minha mãe ficaria constrangida e, sempre que se sentia assim, descontava em mim.

— Por que só salada no jantar? — ele quis saber.

— Eu não estava com muita fome.

— Que pena. — Ele fez uma careta e mostrou uma sacola. — Porque eu acabei de comprar hambúrguer e batata frita na lanchonete do fim da rua.

Meu estômago começou a roncar no instante que vi o pacote.

— Mas já que não está com fome, vou jogar...

— Não! — gritei, balançando a cabeça. Pigarreei e me empertiguei na cama. — Pode deixar, eu aceito.

Ele riu e jogou a sacola na minha direção.

— Você é perfeita do jeito que é. Não morra de fome por causa desse sonho, Branca de Neve. E não morra de fome pela sua mãe. Não vale a pena.

— Está bem.

Ele assentiu.

— Quando quiser que eu converse com ela, é só me falar. Estou aqui para o que você precisar.

— Ray?

— O quê?

— Você a ama? — perguntei, a voz um pouco mais baixa. Os dois nunca agiam como se estivessem apaixonados. Não até onde consigo me lembrar, pelo menos. Talvez tenha havido uma época em que foram, mas não é algo que esteja nas minhas lembranças.

Ray abriu um sorriso sem graça para mim, que claramente significava que não.

— Ela é cruel com você — afirmei.

— Eu posso lidar com isso — respondeu ele.

— Por que você ainda está com ela? Por que ficar com alguém que não ama e que trata você desse jeito?

Ele pigarreou e olhou para mim da maneira mais gentil que eu já tinha visto na vida. Então, deu de ombros.

— Ah, Branca de Neve — começou, com a voz suave. — Você sabe a resposta para essa pergunta.

Por minha causa.

Ele estava com ela por minha causa.

— Eu a amo porque ela me deu você. Você pode não ter o meu sangue, Branca de Neve, mas não pense, nem por um segundo, que não faz parte da minha família. Estou aqui por você. Sempre ficarei aqui por você.

Meus olhos se encheram de lágrimas.

— Eu só quero que você seja feliz, Ray.

Ele riu.

— Sabe o que me faz feliz?

— O quê?

— Ver você feliz. Então, continue sendo feliz. *E comendo.* E assim meu coração ficará inteiro, Branca de Neve. Isso é tudo o que sempre quis. A sua felicidade. — Ele se aproximou de mim, me deu um beijo na testa, roubou algumas batatas fritas e foi para a cama.

Ray talvez não fosse meu pai biológico, mas não havia dúvida de que, na minha cabeça, ele era meu verdadeiro pai.

Capítulo 2

Jasmine

Os momentos mais felizes da minha vida foram na escola, durante o ensino médio. A maioria das pessoas ficaria feliz por não frequentar a escola, mas foi a primeira vez na vida que senti que estava exatamente onde deveria estar.

Passar um tempo longe da minha mãe era muito bom, melhor do que eu poderia ter imaginado. Eu a amava, mas, às vezes, precisava de um tempo para respirar, e a escola me proporcionava isso. Quando eu passava pelas pessoas caminhando nos corredores, me sentia parte de alguma coisa. Não estava cercada por adultos da indústria musical falando sobre seus problemas pessoais. Não estava fazendo testes para papéis que eu não queria. Não estava tentando fazer com que minha mãe ficasse orgulhosa de mim.

Ali, eu era só uma adolescente comum.

Mas nem todos os alunos se sentiam assim. Eu era uma das sortudas. Alguns eram vítimas de garotos como Todd Clause, o típico bonitão do terceiro ano que fazia de tudo para ser o centro das atenções.

— Ei, Jasmine — Todd me chamou, encostado em um armário. Ele estava usando uma camiseta branca com uma corrente de ouro pendurada no pescoço. Fez um gesto com a cabeça na minha direção. Era um dos caras mais populares da escola e, na metade do tempo, o maior babaca com qualquer pessoa que não fosse tão linda quanto ele.

Mas ele me achava bonita — ou, pelo menos, gostava do meu peito e dos meus lábios carnudos.

Que sorte a minha.

— Oi, Todd — cumprimentei-o, dando um sorriso forçado para ele, e continuei andando.

Ele se aproximou e colocou o braço em volta dos meus ombros.

— Tudo bem? O que você fez no fim de semana?

— No fim de semana passado?

Ele ergueu uma das sobrancelhas, parecendo ofendido.

— Dei uma festa na minha casa. Você disse que talvez aparecesse.

— Ah... é mesmo — falei, mordendo o lábio inferior e passando a mão na alça da mochila. — Desculpe. Fui fazer um teste e tive e aula de dança.

— Srta. Hollywood — brincou ele, descendo a mão pelas minhas costas.

— Não, sou só eu mesmo — respondi, rapidamente afastando a mão dele das minhas costas.

— Bem, vou dar outra festa nesse fim de semana. Meus pais sempre viajam, então sempre tem uma festa aos sábados.

— Que legal — comentei, sem demonstrar muito interesse.

— Você deveria ir. Eu moro no Garden District.

— Ah é? — Levantei uma sobrancelha, sem saber ao certo o que isso significava.

— É uma das áreas mais nobres de Nova Orleans. Minha família é rica pra caramba. Eu só estudo nessa merda de escola porque fui expulso da particular.

— Ah, legal.

— Você pode ir lá em casa para ver meus cavalos. Eu deixo até você montar em mim. — Ele deu uma risada arrogante. — Ou melhor, *neles*. Deixo você montar em um deles.

Eu não fazia ideia de como responder ao comentário, então fiquei calada.

— Ei, Caveira — chamou Todd, afastando-se de mim e empurrando um garoto no corredor.

Elliott.

O azarado.

Passei a notá-lo muito mais, ou melhor, passei a notar como as pessoas faziam *bullying* com ele. Elliott era um cara tranquilo que, na maior parte do tempo, ficava na dele. Era um garoto magro, com pele cor de caramelo e lindos olhos castanho-esverdeados. Nunca incomodou ninguém. Usava aparelho, óculos e tinha tiques nervosos, como o tremor nas mãos que eu sempre notava.

Ele era o alvo mais fácil de Todd: tímido, bonzinho e solitário.

O que mais me chamava atenção nele era a solidão, porque eu reconhecia o olhar de uma pessoa solitária. Fui assim a vida toda, e aquele olhar era um reflexo do meu.

Como isso era possível? Como um garoto desses era capaz de tocar como ele tocava?

Todd e outros garotos foram até ele e começaram a empurrá-lo de forma cruel. Elliott se encolheu e manteve a cabeça baixa enquanto tentava escapar.

— Todd, pare com isso — pedi. — Por que você não o deixa em paz?

Todd olhou para mim e riu.

— Só se você prometer ir à minha festa.

Eu gemi.

Odiava a ideia de ter de concordar com aquilo.

Todd empurrou Elliott com força na direção do armário de metal. Gemi mais uma vez.

Detestava a ideia de ir à festa do Todd, porém detestava ainda mais o que estava vendo.

Passei os dedos pelo cabelo escuro e mordi o lábio inferior antes de perguntar.

— Que horas é a festa?

Capítulo 3

Elliott

Os piores momentos da minha vida foram na escola, durante o ensino médio. Eu mal podia esperar para encerrar aquele capítulo da minha vida. Acordar todos os dias sabendo que tinha de ir para a escola era a pior sensação do mundo.

— Caveira, estou vendo que voltou a se vestir como um merdinha — gritou um aluno.

Não sabia quem havia falado e não tinha nenhuma vontade de descobrir.

Mantenha a cabeça baixa e tente não ser notado, era o que eu dizia para mim mesmo todo santo dia. *Só mais 562 dias até a formatura.*

Eu odiava a escola, e isso era um eufemismo. Se tivesse escolha, jamais voltaria para lá, mas minha mãe cismava que minha irmã e eu precisávamos concluir o ensino médio e fazer faculdade. Ela não havia tido essa oportunidade e queria que fôssemos melhores do que ela, que pudéssemos fazer mais, que tivéssemos sucesso na vida.

Eu não pensava tanto assim no futuro.

Só estava tentando sair da aula de matemática e ir para a de história sem que ninguém enfiasse o dedo babado no meu ouvido.

— Ei, Elliott — chamou uma pessoa atrás de mim.

Eu nem me virei, porque, se não estavam me chamando de Caveira, Sorriso Metálico ou Merdinha que merecia morrer, não estavam falando comigo.

— Elliott! Ei! Estou falando com você! — insistiu uma voz feminina atrás de mim. Como era uma menina, *definitivamente* não estava falando comigo.

— Ei! — Senti alguém tocar o meu ombro. Parei na escada e me encolhi. Sempre tinha essa reação quando alguém me tocava, porque, normalmente, era para me dar um soco no estômago.

— Por que você está se encolhendo? — perguntou a voz, então lentamente abri os olhos.

— De-de-desculpe — sussurrei, quase certo de que ela não havia me escutado.

— Por que todo mundo faz *bullying* com você? — perguntou-me a garota. E não era uma garota qualquer. Era *a* garota. Jasmine Greene.

A garota mais linda que eu já tinha visto na vida.

Olhei para ela e levantei uma sobrancelha, sem saber ao certo por que aquela menina estava falando comigo. Jasmine era nova na escola e rapidamente se tornou uma aluna popular. Eu não era o tipo de garoto que recebia atenção das pessoas populares.

Bem, isso não era exatamente verdade. Eu não era o tipo de garoto que recebia atenção *positiva* das pessoas populares.

— O quê? — perguntei, espantado por ela ainda estar olhando para mim.

— Perguntei por que todo mundo faz *bullying* com você.

Olhei de um lado para o outro, para me certificar de que ela realmente estava falando comigo.

— Eu... hum... eu... — Pigarreei e dei de ombros. — So-So-Sou ga-ga-gago?

— Isso foi uma pergunta? — Ela quis saber, andando de costas ao meu lado para que pudesse olhar nos meus olhos.

Eu odiava fazer contato visual com as pessoas, principalmente com garotas como ela. Garotas bonitas eram as piores. Elas sempre faziam com que eu transpirasse mais, o que deixava minhas camisetas molhadas de suor, e não existia nada que eu odiasse mais do que manchas de suor — a não ser o som da minha própria voz.

As mãos de Jasmine envolviam a alça da mochila, e ela sorriu como se fôssemos amigos. Não que eu não quisesse ser amigo dela, mas... bem, nós não éramos amigos.

— O que é uma pergunta?

— Você acabou de dizer "sou gago?" como se estivesse me fazendo uma pergunta.

— Ah.

— Então...?

— Não é uma pergunta. Eu tenho uma leve ga-gagueira quando fico nervoso. Não sou esquisito.

— Eu não disse que você era esquisito.

— Ah!

— As pessoas fazem *bullying* com você por causa disso?

Assenti.

— Que ridículo — comentou ela.

— Também acho que pode ser por causa da minha aparência.

— O que há de errado com a sua aparência?

Eu ri.

— Você não está falando sério, não é? Olhe para mim.

Ela inclinou a cabeça e semicerrou os olhos. Então abriu a boca e falou suavemente:

— Estou olhando. — Sua voz parecia a da princesa Leia, e eu gostei ainda mais dela do que estava disposto a admitir.

— Tudo bem, você é mais legal que os outros. Como estamos no ensino médio, eles não precisam de muitos motivos para fazer *bullying* com ninguém, mas acho que eu dou razões suficientes para todos.

— Idiotas — murmurou ela.

— Eu na-na-não ligo.

— Claro que liga.

— Você não tem como saber disso.

Ela sorriu para mim como se soubesse das coisas.

E eu sorri para ela como se também tivesse entendido.

Cara, isso era excitante. Minhas mãos estavam suando, e eu não queria nem imaginar como estava embaixo do meu braço. Uma garota linda estava conversando comigo de um jeito civilizado. Pessoas como Jasmine não falavam comigo se não fosse para fazer *bullying*. Eu estava muito confuso, e todo mundo que passava por nós dois parecia tão atordoado quanto eu ao ver a cena.

Ergui um pouco os braços para refrescar as axilas.

— Você toca saxofone? — perguntou ela, ainda andando de costas ao meu lado.

— Toco?

Ela riu.

— Isso foi uma pergunta?

Desviei o olhar e pigarreei.

— Não. Tipo, sa-sa... — Pisquei e fechei os olhos. Respirei fundo. — Sim, eu toco sax. Como você sabe disso?

— Eu vi você tocando na esquina da Frenchmen Street.

— Ahhh.

— Você toca sempre lá?

— Não costumava, mas meu tio TJ di-disse que eu devia fa-fazer isso todo sábado. Então, agora eu to-toco, pois ele é meu professor de música.

— Por que ele fez você fazer isso?

— Porque ele fa-fala que a música não deve ficar confinada em um porão. Ela deve ser espalhada pelo mundo para curar as cicatrizes das pessoas ou algo assim. Eu odeio fa-fazer isso.

— Bem, provavelmente só você odeia. — Ela parou e me lançou o olhar mais sincero que eu já tinha visto. — Você é o melhor músico que já ouvi tocando.

Naquele momento, não soube o que dizer, então fiquei apenas ali, olhando para ela, parecendo um maluco.

— Elliott?

— Hum?

— Você está olhando para mim de um jeito meio esquisito — declarou Jasmine, enquanto colocava o cabelo atrás da orelha.

— Ah, sinto mu-muito. Obrigado? — Balancei ligeiramente a cabeça e olhei para baixo. — Que-que-quero dizer obrigado... pelo elogio. Obrigado.

— De nada? — Ela deu uma piscadinha antes de se virar para falar com outra pessoa, porque, além de ser incrivelmente linda, inteligente e gentil, Jasmine era popular. Nunca vi ninguém ficar popular tão rápido quanto ela.

Jasmine Greene entrou na Canon High School como se fosse dona da escola. Ela apareceu algumas semanas depois do início do primeiro semestre, mas isso não a impediu de agir como se o corpo estudantil tivesse de se curvar diante dela, e foi exatamente isso que todos fizeram. Mesmo cursando o segundo ano, ela já tinha a popularidade do pessoal do terceiro. Era boa em tudo que fazia, desde artes e trabalhos manuais até álgebra.

Eu nem imaginava que ela fazia ideia da minha existência, mesmo sabendo tudo a seu respeito. Mas eu ainda estava muito confuso. Por que ela estava sendo tão legal comigo?

No instante que ela começou a conversar com outra pessoa, soltei o maior suspiro que já dei na vida.

— Eli — chamou uma voz familiar, e o apelido indicava que era a voz de alguém em quem eu podia confiar. Eu me virei e vi minha irmã mais velha, Katie, parada atrás de mim parecendo preocupada. De repente, seus olhos se voltaram para o corredor, onde Jasmine estava. — Você está bem?

— Estou, por quê?

— Você estava conversando com a Jasmine, aquela garota nova.

— E daí?

Katie pigarreou e se empertigou ligeiramente, segurando seus livros.

— Sobre o que vocês estavam falando? Estou me perguntando por que ela pararia para conversar com você.

— Uau. Valeu — respondi, seco.

Ela revirou os olhos.

— Não foi isso que eu quis dizer, Eli. É que você é melhor do que esse povo.

— Esse povo?

— É, você sabe do que estou falando. As garotas de bolsa Chanel. Os alunos populares.

— Você queria uma bolsa dessas no ano passado.

— Eu sei, mas não é a mesma coisa, e eu não ligo mais para isso. Além do mais, eu vi essa menina conversando com o Todd Clause. E, se ele é o tipo dela...

— Talvez eu também seja o tipo dela — brinquei, estufando o peito. — Sou bem... — Pisquei os olhos e os fechei com força. *Musculoso, vamos lá, diga a palavra. A palavra é musculoso.* Minha garganta se fechou, sabendo o que eu gostaria que saísse dos meus lábios enquanto me esforçava para pronunciar a palavra. — Acho que sou bem... — Nada. Puxei o ar, e minha mente ficou acelerada, tentando encontrar outra palavra, um sinônimo que pudesse substituir *musculoso*. Qualquer coisa... qualquer expressão que funcionasse, mas, quando eu começava a entrar em pânico, pensar era impossível. Respirei fundo, me esforçando para encontrar algo que fizesse sentido. — Acho que sou bem... — Mas não adiantou. Quase nunca adiantava. — Acho que sou bem parrudo. — Finalmente consegui completar a frase, com o rosto vermelho e sentindo as orelhas queimarem devido ao esforço.

— Parrudo? — Katie sorriu. — Elliott, você é tão parrudo quanto uma asinha de frango.

Dei uma risada, e meu rosto foi ficando menos vermelho depois da pressão para tentar pronunciar uma simples palavra.

Minha irmã nunca comentou sobre a minha gagueira, nem fazia com que eu me sentisse mal por causa disso. Normalmente, ela só assobiava e cantarolava baixinho enquanto esperava pacientemente eu terminar uma frase. Às vezes, desviava o olhar, porque sabia que era mais difícil para mim quando alguém estava me encarando. Ela também nunca tentava adivinhar o que eu estava querendo dizer, porque isso só piorava a situação.

Katie fez uma careta e deu uma cotovelada no meu braço.

— Olhe, sei que, agora que o Jason vai passar um ano em Nebraska, você vai ficar um pouco sozinho.

— Não estou sozinho — menti. Tanto eu como Katie sabíamos que aquilo era mentira.

Meu melhor amigo, Jason, havia se mudado para Nebraska, onde vai ficar por um ano e, sem ele, realmente não tenho ninguém com quem conversar, a não ser a Kate.

Eu odiava isso.

Detestava o fato de ser difícil estar sozinho o tempo todo.

— Só tenha cuidado — avisou ela, sendo a irmã superprotetora que era. — Não quero que você sofra, só isso. — Ela sorriu para mim e foi embora.

Katie era minha irmã, mas nunca teve dificuldade em se socializar como eu tenho. Ela era bonita e sabia conversar, assim como nossa mãe.

Sua escolha de não andar com as pessoas populares se devia a um incidente que acontecera no ano anterior. Antes disso, ela era um deles, dos descolados, mas agora ficava na dela. Não ligava muito mais para isso. Pelo menos eu achava que não. Ela dizia que existiam coisas mais importantes na vida do que ser popular no ensino médio.

Katie tinha coisas melhores para fazer, como se concentrar na escolha da universidade para qual iria no próximo ano.

Ela nunca admitiu isso, mas um de seus trabalhos em tempo integral era se certificar de que estava tudo bem comigo. Parte de mim a odiava por tomar conta de mim do jeito que ela fazia, mas outra parte simplesmente era grata por ter uma irmã tão carinhosa quanto ela. Katie e minha mãe estavam além de qualquer definição de amor. Sim, o ensino médio era uma droga, mas, pelo menos, eu sabia que, quando voltasse para casa, tudo ficaria bem.

Todas as noites, nós três nos sentávamos à mesa para jantar juntos. Minha mãe sempre cozinhava. Nunca pedíamos comida em restaurantes. Ela aprendeu a cozinhar com a nossa avó e sempre se esforçava muito. Dizia que comida gostosa e boas conversas haviam sido a essência da sua infância e que queria isso para nós também.

— Como foi o seu dia na escola? — perguntou minha mãe, colocando o frango assado na mesa ao lado dos acompanhamentos que havia preparado. Nosso jantar sempre parecia um banquete. Mesmo quando não tínhamos muito, nunca nos faltava comida no prato, o que já era mais do que muita gente poderia dizer.

— Tranquilo — respondeu Katie, servindo-se de purê de batata. — Brooke está com um namorado novo.

Brooke era a ex melhor amiga da minha irmã, mas, depois do incidente, elas nunca mais se falaram. Katie dizia que não ligava mais para ela, mas certamente ainda sabia muito sobre a vida de Brooke.

— De novo? — Minha mãe revirou os olhos, sentando-se no lugar de sempre. — Mas ela não estava saindo com o Trey há pouco tempo?

— Travis — corrigiu-a Katie. — Ela já teve três namorados depois do Trey, mas agora está com o Tyler.

— Acho que ela curte a letra "T" — comentou minha mãe, sorrindo.

— Ela gosta de todas as letras, contanto que façam parte do nome de um garoto — debochou Katie. — Mas vocês sabem que ela gosta mesmo é de tomar decisões erradas.

— Desde que você não vá pelo mesmo caminho... — retrucou minha mãe.

— Pode acreditar, mãe, eu não tenho tempo para esses garotos do ensino médio. Isso é coisa do passado. Vou entrar na faculdade antes de pensar em namoro.

— Bem, se você e a Brooke voltarem a ser amigas, e ela estiver interessada na letra "E", lembre-se de mim — brinquei, dando uma mordida na coxa de frango.

Minha mãe olhou para mim e levantou uma sobrancelha.

— Tem alguém de bom humor hoje.

— Tive um dia muito bom. — De repente, vi os olhos dela se enchendo de lágrimas. — Não chore, mãe — pedi, gemendo.

— Não vou chorar — mentiu ela, enxugando os olhos. Minha mãe era uma mulher muito emotiva. — É que faz muito tempo que não ouço você dizer que teve um dia bom.

— Todos os dias são bons — retruquei.

— É, mas não *muito* bons. É só... — Ela fungou e continuou enxugando os olhos, que lacrimejavam. Abriu um sorriso daqueles que demonstravam quanto me amava. — Só estou feliz por você ter tido um dia muito bom.

Dei de ombros e continuei comendo.

Mas minha mãe ainda não tinha terminado o assunto. Cruzou os braços e os apoiou na mesa, olhando para mim com um brilho no olhar.

— Algum motivo especial? — perguntou. — Para o dia ter sido tão bom assim?

— Não — neguei.

— Ele conversou com uma garota — revelou Katie.

— Katie! — reclamei.

— Eli! — retrucou ela.

— Uma garota?! — exclamou minha mãe toda animada. — Conte mais.

— Não foi nada de mais.

— Ele está certo. Não foi nada. Ela não serve para ele — comentou Katie.

— Como assim? — perguntei, me sentindo um pouco ofendido. — Só porque ela é popular e legal e eu não?

Os olhos de Katie ficaram tristes.

— Claro que não, Eli. É só que garotas como ela não valem nada. E você merece muito mais do que isso. Merece alguém que tenha mais conteúdo e que te entenda.

— Talvez ela me entenda.

— Talvez, mas existe uma chance muito grande de não entender — argumentou Katie.

Minha mãe ficou sorrindo enquanto assistia à nossa discussão. Ela sempre achava graça de nossas conversas. Ficava olhando de um filho para o outro como se fosse a mediadora na maioria das vezes.

— Bem, querem saber o que eu acho?

— O quê? — perguntei.

— Acho que você teve um dia muito bom. E qualquer coisa que deixe seu dia muito bom tem o meu aval.

— Mas, mãe, você nem sabe como essa garota é. Ela anda por aí toda maquiada, com bolsa de marca e... — começou Katie, mas minha mãe a fez se calar, erguendo calmamente a mão.

— Katie, você acabou de julgar uma pessoa com base apenas no que ela possui? — perguntou minha mãe, lançando um olhar preocupado à minha irmã. — Porque julgar alguém com base nisso é tão ruim quanto julgar uma pessoa pelo que ela não tem. O que você iria achar se alguém julgasse você porque não usa bolsas de marca?

Katie resmungou e abaixou a cabeça:

— Desculpe, mãe.

— Olhe só, eu entendo. Você ama o seu irmão e não quer que ele sofra, mas não vai estar sempre por perto para protegê-lo. Ele tem que saber fazer as próprias escolhas, e acho que isso é tudo o que precisa ser dito sobre o assunto.

Katie se desculpou mais uma vez e voltou a comer, e eu me esforcei para esconder o sorriso.

Eu amava quando a rainha-mãe rejeitava os argumentos da princesa Katie.

E eu meio que amei ter tido um dia muito bom também.

Capítulo 4

Jasmine

Quando chegou a noite de sábado, odiei ter de ir à festa do Todd. Esperei até minha mãe ir para o bar trabalhar e saí escondido. Ela me mandou treinar a voz e, sinceramente, eu preferia fazer isso a ir àquela festa.

Eu não gostava nada da ideia de ir à casa daquele garoto e ficar cercada por adolescentes bêbados. Além disso, sabia que Todd só queria transar comigo, e eu não tinha o menor interesse nisso, mas também não podia ficar parada e deixar que ele continuasse maltratando Elliott.

Se tudo que eu precisava fazer para que ele deixasse Elliott em paz era ir àquela festa idiota, então eu faria com que todos me vissem.

Mas, antes, eu tinha de fazer algo.

Elliott já estava se apresentando na esquina quando eu cheguei. Ele estava de boina, camisa branca de botão e suspensórios pretos, a cara de um músico de jazz. E o espetáculo daquela noite era ainda melhor. Ele ficava muito nervoso com tudo na vida, a não ser quando estava tocando aquele saxofone. Quando Elliott tocava, sua alma se libertava. O jazz fazia com que ele conseguisse respirar.

Era absurdo o poder que as músicas que ele tocava exerciam sobre mim, como me deixavam feliz e triste ao mesmo tempo. Algumas delas eram alegres e, às vezes, ele até dançava enquanto tocava.

Outras... me deixavam com vontade de chorar.

Eu conseguia sentir a tristeza nelas, e via como elas o afetavam. Havia mais pessoas em volta dele dessa vez, jogando trocados no estojo aberto. Era como se ele estivesse construindo a própria rede de fãs.

E eu era a líder do grupo.

Nada me faria ir embora antes de ele tocar a última nota. Quando terminou, eu queria mais, assim como as outras pessoas.

— Queremos bis — gritaram, e Elliott abaixou a cabeça, parecendo perdido em pensamentos.

— E-e-eu posso tocar mais uma? — perguntou ele para a plateia, recebendo aplausos e gritos como resposta.

Enquanto seus dedos passeavam pelas chaves do saxofone, senti um aperto no peito. Os sons eram familiares, mas não reconheci no início. Conforme ele tocava, meus olhos foram se enchendo de lágrimas, e fiquei escutando, sem querer nada a não ser me aproximar dele. Queria sentir sua energia, seu coração batendo durante a música.

Lágrimas escorriam pelo meu rosto, e implorei mentalmente a ele que não parasse de tocar, mas a música acabou chegando ao fim.

À medida que Elliott guardava suas coisas, ficava mais nervoso, mas, dessa vez, eu não ia deixar minha chance passar.

— Você foi perfeito de novo — elogiei, com um sorriso.

Quando ele levantou o rosto, seu olhar foi de um lado para o outro, parou, e então se desviou de novo, antes de, finalmente, encontrar o meu. Seus óculos estavam escorregando pelo nariz, e ele os ajeitou com o indicador.

— Você veio para me-me ver tocar?

Assenti.

— Eu disse que você era o melhor músico que já ouvi tocando.

Ele abriu a boca como se fosse dizer alguma coisa, mas não saiu nada.

Balancei a cabeça de um lado para o outro, sem saber o que dizer, mas querendo dizer alguma coisa... qualquer coisa.

— Foi o seu tio quem ensinou você a tocar?

— Foi. Bem, ele é mais um amigo da família. Mas se-sempre foi como um tio para mim. É incrivelmente talentoso em tudo o que faz.

— Diga que eu falei que ele fez um ótimo trabalho.

Elliott sorriu, e senti aquele sorriso no meu próprio rosto.

— É me-melhor eu ir — declarou ele, guardando o saxofone no estojo.

— Ah, tudo bem — eu disse, mordendo o lábio inferior. — Boa noite.

— Para vo-você também. — Elliott pegou o estojo e se virou para ir embora, mas eu o chamei. — O quê?

— Que música foi essa que você tocou no final?

— Ah. Hum... — Ele pigarreou antes de responder. — "The Rose", da Bette Midler. Tipo, é a música preferida da minha mãe. Aprendi para tocar para ela no Dia das Mães. — Ele fez uma careta e balançou a cabeça. — Nossa, agora eu devo parecer o maior fracassado do mundo.

Sorri ao ouvir aquilo.

— Ou o filho mais fofo do mundo. Gostei mesmo.

Ele trocou o peso de um pé para o outro e esfregou a nuca.

— Tu-tudo bem, então... tchau.

E foi embora na mesma hora.

Que garoto estranho.

* * *

— Bem, vejam quem resolveu dar o ar da graça — disse Todd no instante que apareci em sua casa. — Achei que você fosse furar comigo.

Forcei um sorriso enquanto ele se aproximava e envolvia minha cintura com o braço.

— Eu disse que vinha, não disse?

— Sim. Venha, vamos entrar. Fique à vontade. *Mi casa es su casa.* — Ele deu uma piscadinha para mim. — Vou mostrar tudo a você.

Suspirei, mas concordei enquanto ele me levava para um tour pela casa, mas, na verdade, ele só me mostrou um cômodo — o quarto dele.

— É aqui que a mágica acontece — declarou.

— Você consegue tirar um coelho da cartola? — brinquei.

— Não, mas, se estiver a fim de ver uma mágica, tenho uma cenoura enorme — respondeu ele, fazendo com que eu estremecesse.

— Será que você pode conseguir uma bebida para mim? — pedi, tentando mudar de assunto.

Ele assentiu e me deixou ali. Havia muita gente na festa, todos bêbados e drogados. Eu não estava na mesma vibe. Só queria ir para casa e ouvir música.

Se tivesse de escolher entre pessoas ou música, a música sempre ganharia.

— Aqui está — disse Todd, me entregando uma cerveja. Fingi tomar um gole e, quando ele colocou a mão na minha bunda, levei um susto e derrubei a bebida na minha camisa.

— Opa! Cuidado aí, garota. Sei que levo jeito para deixar as meninas molhadinhas, mas podemos ir mais devagar.

— Foi mal. Acho que é melhor eu ir embora — declarei, sentindo os nervos à flor da pele. Eu não estava à vontade. Amava a escola, mas aquelas pessoas não tinham nada a ver comigo.

— Mas você acabou de chegar. Que tal brincarmos de "verdade ou consequência"? — sugeriu ele. — Acho que tem um pessoal jogando na cozinha.

— Não, desculpe. Estou cansada.

— Que pena — respondeu ele, franzindo as sobrancelhas. — Só espero que o Caveira não tenha problemas na segunda-feira.

Eu me empertiguei.

— Como assim?

— Não sou burro, Jasmine. Sei que você só aceitou vir à festa porque ficou com pena daquele fracassado. Admito que acho sexy você se importar com os necessitados, mas não sei se vou conseguir deixá-lo em paz se você ficar só cinco minutos.

Fiquei chocada com aquela declaração.

— Você está me ameaçando?

— O quê? Claro que não. — Ele riu e se aproximou para sussurrar no meu ouvido: — É uma promessa. Vamos girar a garrafa algumas vezes, e o Caveira vai viver para ver a terça-feira.

— E se eu não quiser brincar?

— Bem, vamos dizer que as coisas vão piorar muito para Elliott Adams.

Engoli em seco, lutando contra a vontade de chutar Todd bem naquele lugar. Eu o odiava mais do que qualquer palavra era capaz de expressar. Queria ficar longe dele e de seus joguinhos idiotas, mas, se beijar alguns garotos significava que Elliott não seria mais importunado, eu iria jogar essa droga de "verdade ou consequência".

* * *

Na segunda-feira, senti um aperto no peito quando vi que Todd e sua corja estavam empurrando Elliott. Corri até ele e o empurrei.

— O que você está fazendo? — gritei. Fiquei naquela festa idiota no sábado e fiz coisas que não queria para que isso nunca mais acontecesse com Elliott. — Você disse que ia deixá-lo em paz.

Ele umedeceu os lábios e passou a mão pelo cabelo.

— É mesmo? Não me lembro disso. Talvez você devesse ter ficado mais tempo ou, quem sabe, no próximo sábado, você deva usar a língua.

Senti vontade de vomitar enquanto observava Todd e seus amigos se afastarem. Corri até Elliott e o ajudei a se levantar.

— Você está bem?

Ele enxugou a testa e ajeitou os óculos.

— Sinto muito — disse ele, me deixando espantada.

— O quê? Mas você não fez nada de errado. Esses caras são uns idiotas.

— É, bem... Eu já-já estou acostumado.

— Só porque você já está acostumado não quer dizer que isso esteja certo.

Ele assentiu, e seu constrangimento ficou visível.

— É me-melhor eu ir para a aula.

Com isso, ele se afastou.

Coitado.

Fui até meu armário para pegar os livros para a aula seguinte, e uma garota começou a gritar comigo.

— O que você está tentando fazer, hein? — perguntou ela, batendo na porta de metal.

Olhei para a menina com a sobrancelha erguida diante daquela agressividade. Ela cruzou os braços e olhou para mim de cara feia.

— Como é que é?

— Eu perguntei o que você está tentando fazer. Isso é algum tipo de pegadinha? Daquelas em que uma garota bonita finge gostar do garoto tranquilão e então os populares acabam com ele?

— Do que você está falando?

— Estou falando do meu irmão, Elliott.

Ah...

— Não sabia que ele tinha irmã.

— Pois é, agora você sabe. Eu sou a Katie, e você é a garota que está usando o meu irmão — declarou ela.

— O quê? Não é nada disso. Elliott é meu...

— Não diga que ele é seu amigo, você nem o conhece. Pessoas como você não são amigas de garotos como o meu irmão.

— Pessoas como eu? O que você quer dizer com isso?

Ela fez um gesto, apontando para a minha bolsa.

— Você está com uma bolsa Chanel pendurada no braço. Obviamente, é rica e pode ter o cara que quiser.

Apertei a bolsa na lateral do corpo e fiquei agitada. Aquilo havia sido um presente que Ray me dera de Natal. Ele havia comprado a bolsa em um brechó.

— Você não me conhece, e o fato de estar me julgando com base em uma bolsa só mostra que não sabe nada.

Ela suspirou, mordeu o lábio inferior e semicerrou os olhos.

— Venha aqui.

— Onde?

— Meu Deus, apenas venha comigo. — Ela caminhou até o pátio. Saímos para o ar quente de Nova Orleans, e ela apontou para o mastro da bandeira. — No ano passado, alguns alunos algemaram o Elliott naquele mastro, jogaram espuma de carnaval nele e tacaram ovos na cabeça dele. Dois meses antes de você entrar na escola, eles o encurralaram em um canto e o atacaram com balões de água.

— Que coisa horrível.

A expressão dela ficou ainda pior.

— Você não faz ideia. Em alguns balões tinha xixi.

Ofeguei, enojada e chocada ao saber que alguns dos meus colegas eram capazes de jogar tão baixo.

— Que desgraçados — ofeguei, levando a mão ao peito.

Katie arqueou uma sobrancelha.

— Por que você anda conversando com ele?

Abri a boca para falar e parei, pensando na melhor maneira de responder. Como poderia explicar a ela algo que nem eu mesma entendia? Como poderia fazê-la compreender o sentimento que havia dentro de mim? Como as palavras poderiam resumir o que Elliott despertava em meu coração e em minha mente?

— E aí? — insistiu ela, batendo o pé no chão.

— Porque eu o ouvi tocar no último fim de semana e... quando escutei aquela música... não sei... — Engoli em seco. — Tipo, é como se, pela primeira vez em muito tempo, eu não estivesse mais sozinha.

O olhar de Katie ficou mais brando.

— Minha mãe estava certa. Você é mais do que uma bolsa Chanel.

— Espere aí. Você falou de mim para a sua mãe? — *Porque vamos combinar que isso é supernormal.*

— A questão não é essa. A questão é que... — A voz dela ficou mais baixa até que finalmente sumiu. Tudo nela ficou mais suave. Ela se transformou no extremo oposto do que aparentou ser quando veio falar comigo. — Não foi minha intenção julgar você, mas já vi meu irmão lutar mais batalhas do que qualquer ser humano possa merecer. Só estou tentando protegê-lo.

— Eu entendo. Odeio saber que ele tem tantas batalhas assim para lutar.

— Não são só batalhas dele. Tudo começou há alguns anos, quando ele teve que batalhar pela minha mãe e por mim. Depois disso, ele nunca mais conseguiu parar.

— Você o ama.

— Ele é o melhor irmão caçula do mundo.

— Elliott não é como a maioria das pessoas. Ele é... inocente.

— Eu sei. É estranho, não é? Como alguém que já passou por tanta coisa consegue se manter puro? Você pode, pelo menos, me fazer um favor?

— Claro.

— Continue ouvindo as músicas dele.

— Sim. — Ela se virou para ir embora, mas eu a chamei. — Obrigada por lutar por ele.

— Nós somos uma família — sussurrou ela. — Nós cuidamos uns dos outros.

Família. Nós cuidamos uns dos outros.

Amei isso.

Naquela tarde, quando saí da aula de ciências, encontrei Elliott parado perto do armário dele. No instante em que o vi, meu coração disparou. Não consegui tirar aquelas imagens da minha cabeça: os balões de água, a espuma, as algemas.

Por que alguém faria uma coisa tão horrível dessas com uma pessoa tão gentil quanto ele? Não fazia sentido.

— Elliott! — gritei, correndo até ele.

— Oi — respondeu ele, com timidez.

Eu não queria nada além de envolvê-lo em meus braços num abraço bem apertado. Só queria puxá-lo para mim e dizer que todos os idiotas que implicavam com ele não passavam de escória. Gostaria de abraçá-lo e pedir desculpas por um mundo que não o tratava bem por motivos idiotas.

Mas não podia invadir o espaço pessoal dele dessa maneira.

— Tenho uma pergunta — eu disse em tom suave, sentindo um frio na barriga.

— E eu sei a resposta? — respondeu ele com outra pergunta, porque Elliott era assim.

— Posso te dar um abraço?

Ele se empertigou e pigarreou, o suor brotando em sua testa.

— O quê?

— Perguntei se posso te dar um abraço.

Ele fez uma careta e deu um passo para trás.

— Minha irmã estava ce-ce-certa — murmurou ele.

— O quê?

— Ela disse que vo-vo-você só estava de-de-debochando de mim, e ela estava certa.

— Não, Elliott. Não é nada disso. Eu só...

— Só o quê?

Minhas mãos começaram a tremer, e não consegui encontrar as palavras certas para me expressar.

— Porque... — Comecei a ficar agitada e mais nervosa a cada segundo. — Bem, porque... porque... — Só conseguia encarar aquele garoto magro que parecia tão frágil. — Porque... — Minha voz estremeceu, e Elliott estreitou os olhos.

— Jasmine? — perguntou ele.

— O quê?

— Respire.

— E-eu estou respirando.

— Não está, não. Pode confiar em mim. Eu sei muito bem como é não re-re-respirar.

Respirei fundo, e os olhos de Elliott se fixaram nos meus.

— Conheci a sua irmã, e ela me contou o que aconteceu com você. Eu odeio essas pessoas. Eu odeio que... poxa, você é tão legal! E você fica na sua, e...e...e...

— Jasmine?

— O que, Elliott? — perguntei, enquanto meus olhos se enchiam de lágrimas, e eu tremia mais ainda.

— Posso te dar um abraço?

Dei uma risada tímida e enxuguei as lágrimas que tinham escorrido.

— Por quê?

Ele abriu um sorriso tão caloroso que, para mim, era como um lar que eu nem sabia que existia.

— Porque não quero que você chore.

Ele me deu um abraço apertado. Foi engraçado como tudo aconteceu. Quando eu me aproximei dele, estava determinada a consolá-lo por todo o sofrimento pelo qual ele já havia passado, mas, de alguma maneira, a situação se inverteu. Enquanto Elliott me abraçava, curava partes de mim que eu fingia não estarem quebradas. Quando sua pele tocou a minha, nós nos fundimos, e todas as minhas feridas foram cobertas por curativos temporários.

E então, ele sussurrou:

— Você vai ficar bem.

Como ele sabia disso?

Como ele sabia que meu maior medo era não ficar bem?

— Sabe de uma coisa? — sussurrou ele, com a boca bem próxima do meu ouvido.

— O quê?

— Você não precisa pedir permissão para me abraçar, está bem?

Suspirei e me aconcheguei mais em seu abraço.

— Jasmine? — disse ele novamente.

— O que, Elliott?

— Isso significa que somos amigos?

Eu ri e fiz que sim com a cabeça, que bateu no ombro dele.

— Isso significa que somos amigos.

Capítulo 5

Elliott

Todo sábado à noite, Jasmine aparecia para me ouvir tocar. Sua presença me motivava a tocar cada vez melhor, me fazia querer apresentar o melhor show possível, e, sempre que eu terminava, ela dizia que havia sido o melhor show que eu já tinha feito.

Ela não fazia ideia de quanto aquilo significava para mim.

Depois, ela saía correndo sem dizer para onde estava indo, o que para mim não tinha problema. Eu já sabia. Toda segunda-feira de manhã, eu ouvia os alunos populares falando sobre a festa na casa do Todd.

Mas eu não me importava porque, pelo menos, ela aparecia para me ouvir tocar.

— Ei, Jasmine — chamei certa noite, no final de uma apresentação. A adrenalina ainda corria pelas minhas veias por causa do melhor show que já tinha feito até aquele dia, e eu estava me sentindo mais confiante do que nunca. Se eu queria uma resposta para a pergunta que pretendia fazer havia semanas, aquela era a hora. Seria agora ou nunca.

Ela se virou para mim com um grande sorriso no rosto.

— Sim, Elliott?

— Você... — Pigarreei. — Tipo, talvez na semana que vem, an-antes do me-meu show... você quer, tipo, se encontrar co-comigo na mi-minha ca-casa para a gente vir junto? — perguntei, completamente preparado para uma rejeição. — A gente pode comer alguma coisa antes?

Ela continuou sorrindo.

— Isso é uma pergunta?

Eu ri.

— Talvez?

Ela se aproximou e estendeu a mão.

— Me dê seu celular.

Entreguei o aparelho a Jasmine. Ela gravou o número dela nos meus contatos e me devolveu o telefone.

— Sempre quis ir ao Dat Dog.

— Tudo bem. Tranquilo. Então, temos um encontro. — Entrei em pânico ao ouvir minhas próprias palavras. — Ti-tipo, um encontro de amigos. Ti-tipo amigos mesmo. Ti-tipo dois amigos co-comendo juntos. — *Meus Deus. Cale a boca.* — Então tudo bem, tchau.

Ela deu uma risada.

— Vejo você na escola, Elliott.

E ela me via na escola. Não apenas me via, mas também conversava comigo nos corredores, como se não tivesse vergonha de que fôssemos vistos justos. Ela ria comigo também, o que era legal, porque rir sozinho de alguma coisa não era nada divertido. Conforme o fim de semana se aproximava, mais nervoso eu ficava, e comecei a me arrepender de tê-la convidado para passar um tempo comigo antes do show. Sobre o que a gente ia conversar? Como eu ia controlar minha transpiração? Será que deveria comprar flores para ela?

Amigos davam flores para amigas?

— Você está me dizendo que tem uma namorada? — Ouvi a voz de Jason pelo computador enquanto jogávamos video game na tarde de sábado. Somos melhores amigos desde o ensino fundamental, e eu sentia muita falta dele todos os dias. A mãe de Jason resolveu se mudar para Nebraska depois que descobriu que o marido a traiu, e ele foi junto, pois ficava sempre do lado da mãe. Ele odiava o pai mais do que tudo na vida — era algo que tínhamos em comum. E Jason e eu sempre jogávamos nos fins de semana, já que, quando eu tinha aula, minha mãe não me deixava jogar. E era assim que colocávamos os assuntos em dia.

— Não. Não é namorada nenhuma. Ela é só uma amiga.

— Ai, meu Deus — gemeu ele. — Eu te deixo sozinho por um minuto e você fica mais maneiro que eu.

— Não é nada disso.

— Ela é gata?

— É. Tipo, muito gata.

Jason soltou outro gemido.

— Isso não faz o menor sentido. Você é tão feio — brincou ele.

Dei uma risada.

— Sou feio, e é por isso que somos só amigos, e não namorados.

— Bem, parece que você está a fim dela. Então você vai fazer o seguinte: quando vocês se encontrarem, diga que ela está gata. Garotas adoram ouvir que estão gatas. Ah, e peça uma salada para ela. Garotas adoram alface.

Certamente eu não faria isso.

Jason entendia menos sobre garotas do que eu, que, para ser sincero, também não entendia praticamente nada. Tudo o que eu sabia sobre garotas tinha aprendido com Katie, a maior feminista do mundo. Ela me dizia que eu tinha de respeitar as mulheres, porque elas mereciam respeito. Ela vivia me dizendo que meu pai nunca havia respeitado minha mãe e foi por isso que ela o deixou.

"Seja melhor do que ele, Eli. Você não precisa ser o melhor homem do mundo, só seja melhor que o nosso pai."

Isso não era muito difícil.

— Ela tem alguma amiga gordinha para o seu amigo gordinho? — perguntou Jason.

Revirei os olhos.

— Nem vou responder.

— Pois fique sabendo que, desde que me mudei, já emagreci um quilo. Estou ficando magrinho. Acho que ir a sua casa e comer a comida da sua mãe estava me fazendo engordar.

É possível. Minha mãe usa muita manteiga.

— De qualquer forma... — começou Jason, mudando de assunto, porque a mente dele estava sempre vagando. — Depois de dizer que ela é gata, certifique-se de ter preservativos. Você vai precisar disso.

— O quê? Não. Eu não vou precisar de preservativos. Eu nem saberia onde consegui-los.

— É só procurar na caixa de absorventes da sua irmã. A minha irmã guarda lá — disse ele como quem sabe das coisas.

Levantei uma sobrancelha.

— Por que você estava mexendo na caixa de absorventes da sua irmã?

— Sexo seguro primeiro, perguntas depois — respondeu Jason, como se fosse um profissional do sexo. Se existia algo que eu sabia, sem sombra de dúvida, era que Jason e eu éramos os dois últimos virgens da história dos virgens. E o fato de ele ter se mudado para o Nebraska não alterava isso.

— A gente não vai transar! — repeti. — Ela na-não gosta de mim desse jeito.

— Tudo bem, mas, se você quer que ela goste de você assim, tem que entrar na vida dela de mansinho. Ah! Sabe o que você devia fazer? Levá-la ao seu lugar favorito!

— Meu lugar favorito?

— Sim, no beco atrás dos bares, onde você vai para ouvir música.

— O quê? Não mesmo. Aquele lugar é imundo.

— Ou romântico, se você fizer tudo direitinho. Cara, só estou dizendo que não é todo dia que uma gata conversa com garotos como a gente. Lembre-se: *carpee damum*.

— Você quer dizer *carpe diem*?

— Meu Deus, Elliott, estou feliz de ver que você deixou de ser tão nerd desde que fui embora.

Ouvi a mãe de Jason chamando por ele. Então ele se despediu de mim falando que tinha de ir jantar. Desliguei o jogo e fui tomar um banho e me aprontar para o show e para o meu não encontro.

Quando saí do banho e me vesti, minha mãe olhou para mim, sorrindo.

— Se eu soubesse que uma garota faria tão bem para sua higiene pessoal, já teria arrumado um encontro para você há muito tempo.

— Não é um encontro. Ela é só uma amiga. E eu tomo banho sempre.

— Sempre é um exagero — brincou ela. — Logo, logo você vai querer passar perfume para impressioná-la.

Perfume...
Interessante.

Corri até a casa vizinha e bati à porta. Quando ela abriu, olhei para o tio TJ, que estava limpando um trompete.

— Oi, Elliott. O que foi? Já está pronto para o show dessa noite?

— Perfume! — exclamei na cara dele, olhando para o relógio e me dando conta de que já estava ficando atrasado. Jasmine provavelmente estava entrando no ônibus agora para vir até minha casa, e eu não estava pronto... nem física nem mentalmente.

— O quê?

— Preciso passar perfume hoje.

Tio TJ deu um sorriso tímido para mim.

— Qual é o nome dela?

— O quê?

— Da garota?

— Não tem garota nenhuma — menti.

Ele continuou sorrindo.

— Eu tenho 75 anos, filho. Já vivi muitas vidas, então, pode acreditar quando eu digo que tem uma garota.

Olhei para o chão, sem querer perder a chegada de Jasmine em minha casa.

— Então...?

Tio TJ riu e deu um passo para o lado, permitindo que eu entrasse correndo.

— Banheiro do primeiro andar, segunda prateleira. Pode escolher.

Espirrei alguns deles no ar para escolher o melhor, mas todos pareciam horríveis, então escolhi qualquer um. Se as garotas gostavam disso, eu sofreria com o cheiro ruim sem problemas.

Quando saí, tio TJ abanou a mão no nariz.

— Você não devia ter passado tanto. Meu Deus! Venha aqui, vamos dar uma arejada. — Ele me colocou na frente de um ventilador e me fez abrir e fechar os braços para melhorar o cheiro. — Qual é o nome dela?

— Não tem... — comecei, mas notei sua sobrancelha arqueada. Ele não estava acreditando em mim. — Jasmine.

— Jasmine. — Ele riu. — Você a chama de Jazz?

— Não.

— Pois deveria.

Talvez.

— Então, qual é o lance? Vocês estão namorando?

— Não.

— Você quer namorar?

Talvez.

— Nós somos só amigos.

— Ela já ouviu você tocando?

— Já, ela vai me ouvir todo sábado.

Ele ficou interessado.

— É mesmo? Então ela gosta de você.

Neguei com a cabeça.

— Ela só go-gosta da-da minha música.

Tio TJ franziu o cenho, sem acreditar.

— Nenhuma mulher é capaz de se apaixonar só pela música ou pelo jazz. No fundo, ela sempre quer o músico que está por trás dos acordes.

Lancei ao tio TJ um olhar que dizia que ele se achava. Ele deu de ombros.

— Só estou dizendo... Faça o seguinte: descubra qual é a música preferida dela, está bem? Depois traga para mim e vamos seguir a partir daí.

— Para quê?

— Você vai ver. — Ele desligou o ventilador e me deu tapinhas nas costas. — Acho que você já pode ir. Tenha um ótimo show hoje.

— Valeu.

— E, cara? — Meu tio me chamou quando eu já estava quase saindo. — Vá devagar. Não precisa apressar as coisas. Deixe a harmonia falar mais alto. Não há nada pior do que uma nota apressada que podia ter sido perfeita. Então, quando estiver pronto, você pode dizer que ela está linda, nada de gata ou sexy, e sim linda. As mulheres adoram quando alguém diz que elas são lindas.

Esse, sim, era o tipo de conselho que eu gostava de receber. Tio TJ sempre sabia o que dizer, mesmo quando eu não sabia que precisava ouvir.

Esperei na varanda até Jasmine aparecer. Finalmente a vi caminhando em direção a minha casa, quando quase dei um pulo de susto ao ouvir uma voz lá dentro.

— Ela é bonita! — exclamou minha mãe, espiando pela janela da sala.

— Mãe! Vá embora! — pedi em um sussurro meio gritado, e ela balançou a cabeça.

— Está bem, está bem, mas ela é bonita, Eli! — repetiu ela antes de desaparecer. Pelo menos eu não estava mais vendo-a. Seu eu bem conhecia minha mãe, ela estava procurando um jeito de se apresentar a Jasmine.

— Oi — cumprimentei Jasmine assim que ela chegou. Ela estava perfeita, como sempre.

— Oi — respondeu ela, enfiando as mãos no bolso de trás da calça. Ficamos ali por alguns segundos, apenas olhando um para o outro enquanto o sol brilhava sobre nossas cabeças. Quando ela sorria, eu sorria. Quando eu sorria, ela sorria.

E foi basicamente o que fizemos.

— Hum, é me-melhor irmos pa-para o po-ponto de ônibus — gaguejei, fazendo um sinal em direção ao ônibus. Ela sorriu e assentiu. Ficamos no ponto, esperando o ônibus, sem falar nada. Aquela situação desconfortável devia ser coisa da minha cabeça, só que eu odiava o silêncio. Mas, sério, eu não tinha ideia do que dizer.

Quando o ônibus finalmente chegou, dei um passo para o lado e fiz um gesto com a cabeça, abrindo os lábios, mas não saiu nenhuma palavra.
Primeiro as damas. Primeiro as damas.
Diga: primeiro as damas.
Nada.
Minhas orelhas começaram a queimar enquanto eu buscava a palavra que parecia ter se perdido antes de chegar à minha boca.
— Vai! — exclamei por fim. Só que eu não falei simplesmente... gritei. Gritei para ela e fiquei com ódio de mim no instante que a palavra saiu da minha boca. Pareceu tão agressiva. E não era para ser assim. O tom agressivo era reflexo dos meus próprios problemas, mas a palavra saiu como se eu estivesse irritado com ela.
Jasmine abriu um sorriso meio sem graça e entrou no ônibus. Respirei fundo e bati na minha testa ao entrar também. Sentei-me ao lado dela. Fechei os olhos com força e respirei fundo.
— Eu não queria gritar — disse, com suavidade. — Sinto muito. — Eu me odiei naquele momento, porque, quando gritei, vi um sinal de pânico passar pelo rosto dela.
— Foi por causa da gagueira? — perguntou ela.
Fiz que sim com a cabeça.
— Eu sabia o que queria dizer, mas as palavras simplesmente não saíram, então falei outra coisa. Me desculpe.
— Posso fazer uma pergunta?
— Claro.
— O que se passa na sua cabeça quando isso acontece?
— Parece que estou parado na frente de um trem de carga, incapaz de sair do lugar.
Ela se virou para a janela e ficou olhando lá para fora por um tempo antes de se virar para mim novamente.
— Acho a sua voz deslumbrante.
Eu ri.
— Não tem nada de de-de-des... — De novo, não. *Deslumbrante.* Essa palavra sempre foi difícil. Eu nem me lembrava da última vez

que tinha conseguido pronunciá-la. Havia muitas palavras que eu simplesmente evitava, e "deslumbrante" estava no topo da lista. Fechei os olhos, sentindo o constrangimento crescer, fazendo meu estômago se revirar enquanto eu tentava dizer uma palavra que não ia sair. O suor começou a brotar na minha testa, e enterrei as unhas nas palmas das mãos.

Jasmine pousou a mão na minha perna, fazendo com que eu abrisse os olhos e visse que ela estava ali, sorrindo para mim.

— A sua voz é deslumbrante, Elliott — repetiu ela.

Sorri para ela, quase convencido de que eu estava tendo algum tipo estranho de alucinação.

As últimas semanas pareciam mais um sonho do qual eu tinha medo de acordar. Coisas como Jasmine não aconteciam para caras como eu, não na vida real.

Assim que chegamos, compramos cachorros-quentes no Dat Dog e nos sentamos aos balcões que davam para a Frenchmen Street. Quanto mais tarde ficava, mais a rua ganhava vida, repleta de gente e de música. Fiquei chocado ao ver quanto Jasmine comeu e a rapidez com que devorou tudo.

— Essa é a melhor coisa que já comi na vida. — Ela gemeu, enfiando batatas fritas na boca. — Minha mãe me mataria se soubesse que estou comendo isso. Quantas calorias você acha que isso tudo tem? — Abri a boca para falar, mas ela ergueu o indicador para me silenciar. — Nunca diga a uma garota quantas calorias o que ela acabou de comer tem.

— Mesmo se ela perguntar?

— Principalmente se ela perguntar. — Ela colocou a última batata frita na boca.

— Jasmine?

— O quê?

— Por que você passa tanto tempo comigo? Bom, eu sou um fra--fracassado.

— Não se preocupe com isso. Eu também sou.

Revirei os olhos e esfrego o braço.

— Você não é uma fracassada, Jasmine. Todo mundo te adora.

Ela franziu a testa e balançou a cabeça.

— Como as pessoas podem me adorar se nem me conhecem?

Eu não sabia o que responder, então só fiquei ali, olhando para ela. Foi então que vi em seus olhos o mesmo tipo de solidão que eu sentia todos os dias. Como uma pessoa tão linda quanto Jasmine poderia se sentir sozinha?

— Sei que você deve olhar para mim e achar que tudo é fácil na minha vida, mas não é. Tem um monte de coisas a meu respeito que as pessoas não sabem.

— Sinto muito, eu não queria...

— Tudo bem, Elliott. Não precisa se desculpar. Agora vamos, quero ouvir você tocar.

Fomos andando, e, assim que comecei a tocar, ela se sentou no meio-fio e em nenhum momento afastou o olhar de mim. Sempre que eu parava, via que ela estava com o queixo apoiado nas mãos, sorrindo. Eu ficava imaginando se ela sabia que me deixava nervoso e feliz ao mesmo tempo.

Eu me perguntava se ela sabia que eu sempre sonhei em ter alguém como ela e também me perguntava se ela por acaso sonhava em ter alguém como eu.

Quando terminei a apresentação, ela se levantou e aplaudiu, gritando:

— Mais um! — E ficou repetindo isso. Então, veio correndo e me puxou para um abraço. Eu adorava quando Jasmine me abraçava, porque ela sabia que não precisava pedir.

— Foi muito bom — elogiou, animada. — Muito, muito bom.

Olhei para o relógio antes de olhar de novo para ela.

— Você precisa ir embora agora?

Ela deu de ombros.

— Por quê?

— Eu só queria te mostrar uma coisa que acho que você vai gostar.

— Vá na frente.

Eu fui, e ela me seguiu. De vez em quando eu me beliscava para ter certeza de que estava realmente acordado. Eu a guiei por um beco e percebi que ela estava começando a ficar nervosa.

— Juro que é totalmente seguro — disse, e ela chegou mais perto de mim, entrelaçando um braço no meu.

Eu não protestei.

Chegamos ao meu lugar favorito, bem na frente de um latão de lixo com tampa. Estendi as mãos e disse, em tom de brincadeira:

— Tchan, tchan, tchan, tchan!

— O que estou vendo exatamente? — perguntou ela.

— A questão não é o que você vê, e sim o que você ouve... O que você sente... — Esfreguei a nuca. *Cara, isso é estranho. Eu não deveria ter ouvido o péssimo conselho do Jason.* — Normalmente, subo na lixeira e fico sentado ali, mas duvido que uma garota... — Eu não tinha nem terminado de falar quando vi Jasmine subindo na lixeira. Então fiz o mesmo. — Não posso entrar nos bares para curtir a música, mas daqui consigo ouvir tudo. — Ficamos sentados no beco dos acordes, atrás dos bares, e pedi a ela que fechasse os olhos. — Diga o que você está ouvindo.

— Música country — sussurrou Jasmine, me fazendo sorrir.

— Vem do Mikey's Tavern. O que mais?

— Hum... Acho que... Billie Holiday?

— É do bar de blues, o Jo's Catz. — Levantei uma sobrancelha. — Você reconhece Billie Holiday?

— O namorado da minha mãe é músico, então meu cérebro é um mar de conhecimento musical.

— Mas você não reconheceu "The Rose", da Bette Middler?

Ela ficou vermelha e começou a balançar os pés.

— Talvez eu tenha reconhecido, sim.

— E por que perguntou que música era?

— Porque... eu queria falar com você, mas não sabia o que dizer. Às vezes, fico sem saber o que dizer.

— Para mim?

Ela assentiu.

— Você me deixa nervosa.

— Por quê?

— Porque, quando você olha para mim, realmente olha nos meus olhos. Vários garotos da escola nunca olham nos olhos.

— Azar o deles — eu disse. — Seus olhos são lindos.

Ela ficou vermelha de novo.

— Obrigada, Elliott.

— Me conte algo que eu não sei sobre você.

— Eu canto.

Levantei uma sobrancelha.

— Sério?

— Sério. Eu amo soul, mas minha mãe acha que só vou conseguir ficar famosa se cantar pop. Então é isso que tenho que cantar.

— Não entendi?

Ela dá uma risada.

— Isso é uma pergunta?

— Mais ou menos. Tipo, se você go-gosta de soul, por que não canta soul?

Ela se remexeu e deu de ombros.

— Minha mãe diz que soul é para um certo tipo de pessoas com determinado tom de pele e que a minha pele não combina com essa descrição.

— Diga isso para Adele — retruquei.

Ela sorriu.

— Minha mãe diz que a Adele é uma em um milhão, e eu, não. Não vou conseguir quebrar as mesmas barreiras que ela quebrou.

— Sem querer ofender a sua mãe, mas essa é a co-coisa ma-mais idiota que já ouvi. A música não é algo que você *vê*, e sim algo que você *sente*. Música não vê cores. Ela transcende estereótipos. Você vai ser a maior cantora de soul que a humanidade já viu.

Ela riu.

— Você nem me ouviu cantar ainda.

— Então pode começar. — Fiz um gesto com a mão. — Cante.
— Agora? — perguntou Jasmine, engolindo em seco.
— Sim.
— Estou nervosa — sussurrou ela. — Não quero que você fique me olhando.
— Eu fecho os olhos. — É o melhor jeito de sentir a música.
— Promete que não vai espiar?
— Prometo.

Fechei os olhos e fiquei esperando que ela começasse. Quando começou, precisei reunir toda a minha força de vontade para não abrir os olhos. Ela cantou "Mercy Mercy Me", do Marvin Gaye, e eu senti cada palavra. A voz dela era profunda, rouca e poderosa. Era ainda mais bonita do que ela. Enquanto mantinha os olhos fechados, soube que Jasmine seria uma estrela. Não havia "se" nem "e" nem "mas". Algumas pessoas queriam cantar, mas outras estavam destinadas a isso. Jasmine Greene nasceu para ser uma estrela. Não havia motivo para ela não estar lá dentro daqueles bares cantando.

Não havia motivo para que não a ouvíssemos no rádio.

Enquanto ela cantava, todos os outros sons à nossa volta sumiram. A voz dela fez tudo ao nosso redor desaparecer.

Quando ela terminou, abri os olhos e vi seu rosto corado.

— Foi muito ruim? — perguntou ela, roendo a unha.
— Vou te ouvir no rádio e te ver na TV um dia.

Ela riu e me deu um cutucão na perna.

— Se eu aparecer na TV, vou querer que você faça parte da minha banda.
— Combinado.
— O que é o jazz para você? — perguntou ela, cruzando os braços. — O que isso significa para você?
— O jazz... hum... jazz é um lembrete de que nunca estou sozinho. Não de verdade.
— É isso que o soul é para mim. O soul é o meu melhor amigo quando todo o resto são apenas conhecidos.

Ela olhou para o relógio e se virou. Deu para perceber que sua mente estava preocupada com outra coisa, e que ela estava ficando agitada.

— Vo-você vai à festa do To-Todd hoje? — perguntei.

Ela se empertigou.

— Como você sabe que eu vou para lá?

— Ouço todo mundo falando sobre as festas dele nas segundas-feiras.

— O que dizem sobre mim? — perguntou, com a voz um pouco agressiva.

— Hum... Nada de mais. So-só que vo-você vai e fi-fica bêbada.

Jasmine se agitou, e vi em seus olhos que ela ficou constrangida.

— Isso é tudo o que dizem?

— É.

— Eu não bebo muito.

— Tudo bem se você beber.

— É, mas eu não bebo. É só... naquelas festas. Eu só preciso... — Ela passou os dedos pelo cabelo e olhou para mim. — Eles ainda implicam com você, Elliott? Notei que parece que não te importunam mais nos corredores.

Dei um sorriso falso, e ela percebeu na hora.

— Está tudo bem — afirmei. — Eu não me importo.

Ela se virou para mim e meneou a cabeça.

— Eles ainda estão implicando com você?

— Sim, mas acho que perceberam que você fica chateada quando fazem alguma coisa comigo, então... só fazem quando você não está por perto. Mas está tudo bem.

— Não. *Não*. Meu Deus. Como eu odeio aquelas pessoas. O que fizeram com você?

— Só tenho uns ar-ranhões.

— Me mostre.

Fiz uma careta.

— Mas...

Ela pousou a mão no meu antebraço, e percebi um tom de sofrimento em sua voz.

— Por favor, Eli.

Ela me chamou de Eli. Só Katie e minha mãe me chamam assim.

Eu sabia que, se levantasse a camisa, ela ficaria chocada. Que seria difícil para ela ver o que aquelas pessoas haviam feito comigo. Mas sabia que seria pior se ela não soubesse. Puxei a camisa que estava para dentro da calça, deixando à mostra a pele negra azulada que havia ganhado por ter servido de saco de pancadas de Todd e seus amigos no vestiário depois da aula de educação física.

— Elliott! — exclamou Jasmine, suas mãos voando para mim. Ela tocou nas marcas com delicadeza, e fiz uma careta. — Ai, meu Deus, não acredito nisso! Aqueles babacas mentirosos! — Ela deu um pulo para descer da lixeira e começou a andar de um lado para o outro.

— Você tem que ir comigo hoje.

— O quê?

— Você tem que... se-sei lá! Você tem que enfrentar aqueles idiotas! Entendo que não queira revidar, mas eles não vão parar porque acham que você nunca vai enfrentá-los.

— A-acho que isso não é uma boa ideia.

— Não. A gente precisa fazer isso. — Ela foi ficando mais emotiva enquanto andava de um lado para o outro. — Não tem nada que eu possa fazer para impedi-los de te machucar. Tentei de tudo, mas, talvez, se você enfrentá-los... se *nós* os enfrentarmos... talvez a gente consiga vencer. Sei que podemos conseguir. Você e eu podemos ser, tipo... os dois mosqueteiros. Um por todos e todos por um, sabe?

— Eu...

— Por favor, por favor, por favor.

Eu não conseguia dizer não diante do olhar dela. Não sabia por que o *bullying* que eu sofria a incomodava mais do que a mim, só sabia que a incomodava. Eu não tinha como dizer não para Jasmine enquanto ela estava ali, quase chorando. Desci da lixeira e assenti.

— Tudo bem. Vamos.

Capítulo 6

Elliott

— É me-melhor você ir sem mim — eu disse a Jasmine, sentindo a garganta apertar enquanto meu nervosismo aumentava.

— O quê? De jeito nenhum — retrucou ela, me puxando pelo braço. — O único motivo para eu ter vindo hoje é porque você está comigo. Eu odeio essas festas.

— Então por que você vem todo fim de semana?

Ela baixou a cabeça; depois olhou para mim. Seus olhos estavam cheios de culpa; então entendi exatamente por que ela estava aqui, na frente do portão da casa de Todd, prestes a entrar na festa dele.

Por minha causa.

— Eles disseram que iam parar de mexer com você se eu viesse às festas.

Fiz uma cara feia e coloquei a mão no bolso.

— Porque isso não é ne-nem um po-pouco constrangedor.

— Elliott...

— Vo-você não pre-precisa me defender, sabia? Posso me virar sozinho.

Ela fez que não com a cabeça.

— Mas não deveria.

— Mas eu consigo. Ti-tive que lidar com gente igual a eles durante a minha vi-vida toda. Vo-você não precisa me proteger. E po-pode acreditar, te-ter uma ga-garota me protegendo não vai me ajudar em nada. Mi-minha irmã fez isso po-por anos e na-nada mudou. Vi-vir até aqui fo-foi uma péssima ideia.

— Só entre comigo — implorou ela, juntando as mãos. — A gente pode se divertir e debochar um pouco deles por tirar sarro da gente e, então, você pode enfrentá-los. Vou ficar do seu lado. Vai ser perfeito.

Mordi a parte interna da bochecha e olhei para a lâmpada acima do portão.

— Por favor, Elliott? — implorou ela. — Pense assim: você vir a essa festa não é como se eu estivesse protegendo você, e sim como se *você estivesse me* protegendo.

— Você está mentindo.

— Não estou, não.

Fiquei parado ali, sem conseguir afastar o olhar da luz que tremeluzia. *Pare de tremer.*

— Eli — chamou Jasmine. Sua voz estava baixa e cheia de carinho. — Por favor.

Ela pousou a mão no meu antebraço, então meu olhar se afastou da luz e se fixou nos dedos dela. Senti um aperto ainda maior no peito... meu coração acelerou... Jasmine Greene estava me tocando, implorando para que eu a acompanhasse a uma festa para a qual não havia sido convidado — e nunca seria. E eu não tinha nem coragem de entrar com ela.

— Só mais cinco minutos — pedi, com a voz aguda. — Preciso de ci-cinco mi-minutos para me acalmar.

— Vou esperar com você.

— Nada disso. — Fiquei irritado. Ela franziu a testa, e eu me senti péssimo. Eu não queria que ela estivesse aqui do meu lado para assistir ao meu ataque de pânico. Não precisava dar mais motivos para que ela sentisse pena de mim. Já estava constrangido o suficiente. — Preciso de cinco minutos para respirar um pouco. Preciso ficar um po-pouco sozinho — acrescentei, com um sorriso, para que ela visse que estava tudo bem.

— Promete que vai entrar?

— Prometo.

Ela assentiu de maneira compreensiva, mesmo eu sendo uma das pessoas mais difíceis de se compreender.

— Tudo bem. Vou pegar bebida pra gente.
— Está bem.

Ela então soltou meu braço e estendeu a mão para abrir a porta. Mas, antes de entrar, Jasmine se virou para mim.

— Elliott?
— Sim?
— Não sinto pena de você. Às vezes, você olha para mim como se achasse que eu sinto. Mas quero que saiba que isso não é verdade. Acho você ótimo exatamente do jeito que é.

— Sou meio que um desastre — falei para ela, colocando as mãos na nuca.

— Eu sei... É disso que gosto em você. — Ela abriu um sorriso. Aquele sorriso que fazia o suor brotar em minhas axilas. — Porque eu também sou assim.

No instante que ela entrou, afastei-me da varanda. Enfiei a mão no bolso e peguei meu iPod. A música sempre me ajudou a enfrentar coisas assustadoras. Sempre que eu me esquecia de respirar, colocava os fones de ouvido e me perdia no que mais gostava de ouvir: jazz.

Duke Ellington.

Charlie Parker.

Ella Fitzgerald.

Havia tantas lendas em meu iPod, tantos talentos extraordinários.

Meu tio TJ ensinou a mim e à minha irmã tudo sobre os maiores jazzistas do mundo. Tenho quase certeza de que "Miles" e "Davis" foram minhas primeiras palavras, e seriam as últimas quando eu partisse.

A música era minha terapia e, depois de ouvir algumas canções, eu sempre me sentia mais forte. Era loucura ver como o jazz sempre curava o que estava machucado em mim, como os sons sempre me levavam de volta para um lugar seguro na minha alma.

A vida, às vezes, era difícil. Mas talvez Deus tenha nos presenteado com a música como se fosse um pedido de desculpas.

Olhei para a casa do Todd. Ele vinha de uma família rica. E os muitos hectares de terra eram prova disso. Era óbvio que tínhamos vidas bem diferentes. À esquerda ficava o jardim e, à direita, os estábulos. Todd sempre tentou impressionar as garotas contando para elas sobre todos os cavalos de sua família. O que ele fazia de melhor era se gabar do que possuía — era profissional nisso.

Caminhei até o estábulo, pois os animais me davam mais paz do que qualquer ser humano. Abri a porta e congelei. Todd e três dos seus amigos idiotas estavam sentados lá, tomando cerveja, segurando isqueiros e chicotes. Estavam dentro de uma baia com uma égua, xingando, batendo nela com os chicotes e fazendo-a relinchar de dor.

— Que bicho idiota — comentou Ted Jones, rindo enquanto acendia o isqueiro na frente do focinho da égua. — Eu devia colocar fogo no rabo dela.

— Cara, eu pago cinquenta dólares se você fizer isso — desafiou Keaton, incitando-o.

— Porra, eu também pago — declarou Todd, rindo.

À medida que Ted se aproximava do rabo da égua, o pânico começou a crescer em meu peito. Eu sabia que esses caras eram idiotas, mas não tinha percebido quanto até ouvir a égua relinchar de dor.

— Pa-pa-pa-parem! — gritei com voz trêmula enquanto olhava para eles com espanto.

Naquele mesmo instante, eles se esqueceram completamente da égua e concentraram a atenção em mim.

Senti um frio no estômago.

Comecei a suar.

Mas não me arrependi de ter interferido, não se isso significava proteger um animal indefeso.

— Mas quem foi que convidou a porra do Caveira? — sibilou Todd.

Senti um aperto no peito e me esforcei para evitar contato visual com eles. *Fique invisível.* Eu odiava que as pessoas prestassem atenção em mim. Odiava sentir o julgamento e o olhar deles me diminuindo só por causa da minha aparência.

— Deixem essa égua em paz — pedi, com voz tímida. Sempre fui muito tímido. Odiava isso também.

Eles vieram até mim e começam a me empurrar de um lado para o outro, como sempre faziam.

— Quem disse que você podia entrar na minha casa, esquisitão? Hein? — gritou Todd.

— Ja-Ja-Jasmine disse que eu podia vir com ela? — respondi, usando um tom não intencional de pergunta.

— Jasmine? Aquela piranha não é sua amiga. Deve ter trazido você aqui só para tirarmos sarro da sua cara.

— Não. Ela é mi-minha amiga, sim — argumentei.

— Ah, é? — Todd se aproximava de mim com a sobrancelha arqueada. — Me conta. Você é apaixonado por ela, Caveira? — Ele começou a rir, e os outros se juntaram a ele. — Cara, você acha que tem alguma chance com uma gata daquelas? Fala sério, cara. Você não conseguiria nem trepar com uma mulher feia se quisesse. Imagina com uma gata feito ela.

Engoli em seco.

Trepar.

Odiava aquela palavra.

Odiava a maneira como eles se referiam às mulheres. Minha irmã também teria odiado isso. Meu pai não teria nem ligado. Eles faziam com que eu me lembrasse dele às vezes — na maioria das vezes, na verdade. Tão cruéis, frios e com uma raiva sem motivo.

Eu odiava meu pai.

Eu os odiava também.

— Caveira, vou te fazer um favor — declarou Todd, passando o braço pelo meu ombro e abrindo um sorriso humilde. — Vou entrar e trepar com a Jasmine Greene até ficar cansado. Até ela nem conseguir andar direito. Vou trepar com ela até ela começar a gaguejar igual a você. Merda, todos nós já estamos trepando com ela há semanas. Essa garota é uma piranha. Depois, ela vai falar bem na sua cara que é muita areia para o seu caminhãozinho. Vou te ensinar uma lição valiosa, para você aprender a ficar sempre no seu nível e não tentar andar com os fodões da escola. Vou fazer daquela piranha a minha piranha.

Cerrei os punhos e me empertiguei ligeiramente.

— Ela na-não é pi-pi-*piranha* — gritei.

Não percebi o que aconteceu até sentir a dor. Não tinha me dado conta da minha reação até baixar o punho e ver o sangue nos nós dos meus dedos. Eu não sabia que tinha aquilo em mim.

— Filho da puta! — berrou Todd, cambaleando para trás e levando a mão ao nariz. — Você quebrou a porra do meu nariz! Vou acabar com você — gritou ele para mim.

— Peguem o Caveira! — ordenou Ted, e os três me agarraram por baixo do braço e me arrastaram pelo estábulo. Eu lutei para me soltar, mas não era forte o suficiente.

Eles eram mais fortes. Sempre foram.

Não sou forte o suficiente.

Não sou forte o suficiente.

— Joguem esse merda em uma baia! — orientou Todd, enquanto o sangue escorria pelo seu rosto. — Sua vida vai virar um inferno, Caveira!

Ted me empurrou para dentro de uma das baias com tanta força que me estabaquei no chão, assustando o cavalo que estava lá dentro. *Sinto muito*. Eu me esforcei para me levantar, mas, antes de conseguir, eles me trancaram lá dentro.

Não.

Eu odiava ficar preso. Odiava não ter como sair de um lugar. Eu não conseguia respirar... eu não conseguia...

— Me deixem sair daqui! — gritei.

— Não vai sair porra nenhuma — declarou Todd. — Foi você que começou essa merda toda. — Ele ficou parado por um tempo, com as mãos ao lado do corpo enquanto abria um sorriso maldoso. — Falando em merda... — *Ai, não.* — Peguem essas pás e venham até aqui.

— Esperem — implorei, sentindo a adrenalina que havia corrido pelas minhas veias se esvair completamente. — Por favor, não.

Eles não me ouviram e foram rápidos com as pás.

— Agora entrem em todas as baias e recolham a merda.

Eles fizeram exatamente o que Todd ordenou, e eu me encolhi em um canto, sabendo muito bem o que viria em seguida. Eles pegaram todo o cocô de cavalo e começaram a jogar tudo em mim, atingindo-me várias vezes. Os três riam enquanto eu tentava proteger meu rosto com as mãos. Isso durou alguns minutos, mas juro que pareceram anos.

Havia esterco em todos os lugares. Eu o sentia na minha pele, na boca. Senti ânsia de vômito e não conseguia respirar. Aquela massa úmida e nojenta... no meu cabelo, no meu sapato, na minha camisa. Eu me encolhi em posição fetal e me esforcei para não respirar e inalar o cheiro insuportável que me envolvia.

Todd então bateu na porta e gritou.

— Isso é para você aprender a nunca mais cruzar o meu caminho, seu babaca. Agora, eu vou lá trepar com a Jasmine. Mas não se preocupe, vou dizer que você teve que ir embora e voltar a ser um zé-ninguém.

Eles me deixaram lá sozinho e apagaram a luz.

Tentei me levantar, mas escorreguei no cocô de cavalo.

Eu não conseguia respirar.

Não conseguia me mexer.

Não conseguia fazer absolutamente nada.

Então, fiquei ali sentado, quieto, sozinho e magoado.

Capítulo 7

Jasmine

— Até que enfim você chegou — disse Todd, subindo para me encontrar na varanda. Eu já estava ali havia alguns minutos, esperando por algum sinal de Elliott. Todd abriu um sorriso convencido e passou o braço pelo meu ombro. — Que tal se eu der um bom motivo para você ficar mais tempo?

— O que aconteceu com o seu nariz? — perguntei, surpresa ao ver seu rosto ensanguentado.

— Não se preocupe com isso. Que tal a gente entrar e começar logo?

Revirei os olhos.

— Na verdade, estou esperando um amigo — respondi, afastando a mão dele de cima de mim.

— O Caveira? — perguntou ele.

— Elliott — corrigi. — O que aconteceu com o seu rosto? — perguntei mais uma vez.

Ele ignorou a minha pergunta.

— Você está de sacanagem com a minha cara, não é? Sobre o Caveira? — Todd riu, erguendo as mãos como se estivesse confuso. Ele estreitou os olhos e disse: — Esse cara é uma piada, então você só pode estar de sacanagem.

Vi alguns dos amigos dele vindo do estábulo, então me empertiguei.

— Elliott é meu amigo.

— Então você é uma idiota. Eu vou ser seu amigo — disse ele em tom sugestivo enquanto fechava os braços em volta de mim. Respirei fundo, me sentindo desconfortável com o toque de Todd, com sua proximidade, e sentindo também certo medo.

— Não — sussurrei, empurrando-o.

— Pare de agir como se não estivesse a fim. Conheço garotas como você.

— Garotas como eu? — repeti, ainda tentando tirar as mãos dele de cima de mim. Assim que consegui, desci correndo a escada da varanda enquanto os amigos dele caíam na risada.

— É, garotas como você. Piranhas fáceis — gritou Todd, fazendo com que eu me encolhesse. — Você se lembra da semana passada... quando chupou o meu pau? — perguntou ele. — Fácil.

Eu não sou piranha. Eu não sou piranha...

Senti minha mente se anuviar quando um dos amigos de Todd olhou para mim.

— Todo mundo sabe que você sai por aí dando para tudo quanto que é homem, Hollywood.

— Me deixem em paz. — Comecei a me afastar, sem saber exatamente para onde estava indo e sem ter ideia do que tinha acontecido com Elliott.

— Você acabou de cometer suicídio social — gritou Todd. — Pode ir ficar com aquele fracassado no estábulo.

Eu parei.

— O que foi que você fez com ele?

Os outros garotos começaram a rir, e Todd passou as mãos sujas de sangue pelo cabelo.

— Digamos que ele está na merda.

Cerrei os punhos e caminhei na direção de Todd.

— Se você o machucou...

— Ele se machucou por ser um idiota. Vamos lá, gente, vamos procurar alguma garota que não tenha herpes.

Babacas.

Corri até o estábulo, sem saber ao certo o que iria encontrar quando entrasse lá. Abri a porta, sentindo um nó no estômago, e corri lá para dentro, verificando cada pedacinho à procura de Elliott. O cheiro de esterco estava forte, então cobri o nariz com a camiseta para não vomitar.

— Eli? — chamei em voz baixa quando o vi encolhido em um canto. Ele não levantou o rosto, mas estava se balançando para a frente e para trás, com a cabeça enfiada entre os joelhos. Corri até a baia e a destranquei. — Ai, meu Deus...

Comecei a caminhar na direção dele, que se levantou depressa, completamente fora de si. Quando ele se virou, parecia aterrorizado, como se achasse que outra pessoa pudesse ter entrado ali. Seus olhos estavam arregalados, e notei que ele usava fones de ouvido.

Quando percebeu que eu não era um dos babacas, ele relaxou os ombros. E depois ficou constrangido.

— Está tudo bem — eu disse para ele, dando um passo em sua direção.

— Não! — exclamou Elliott, erguendo as mãos. — Não se aproxime.

Fiquei parada olhando enquanto ele fazia ânsia de vômito e cuspia. Quando o enjoo, piscou com força e passou por mim, correndo lá para fora. Eu o segui.

— Elliott! — chamei.

Ele ficou andando de um lado para o outro.

— Eu na-na-não de-de-deveria te-te-ter vindo! Na-não de-deveria! — Ele ficou repetindo isso várias vezes, enquanto suas mãos tremiam.

— A gente só precisa limpar você — eu disse com calma, erguendo as mãos em uma tentativa de confortá-lo. — Está tudo bem...

— Tem *merda* na minha *boca!* — gritou ele, cada vez mais irritado. Depois respirou fundo e olhou para mim. Seus olhos estavam transbordando de tristeza e de pedidos de desculpas. — De-desculpe por te-ter gritado com você.

Ah, Elliott.

A culpa era toda minha. Eu não devia tê-lo obrigado a vir à festa. Nunca devia tê-lo colocado em uma situação como aquela, mas eu não fazia ideia de que uma coisa dessas poderia acontecer. Só achei que ele teria uma chance de enfrentar os valentões e que eu estaria ao lado dele para dar apoio, mas não estava. Não estava lá por ele quando mais precisou de mim. Ele tinha confiado em mim, e eu o havia deixado na mão.

— Na-não po-posso voltar para casa assim. Não po-posso. Mi--minha mãe, mi-minha irmã... eu disse para elas que as co-coisas tinham me-melhorado na e-escola.

— Vamos para a minha casa — sugeri.

Ele parou.

— O quê?

— Você pode ir comigo para a minha casa e tomar um banho. Posso emprestar uma roupa do namorado da minha mãe para você. Sua família nem vai ficar sabendo o que aconteceu, eu juro.

— Mas a sua vai.

Balancei a cabeça.

— Não. O Ray levou minha mãe a um show. Depois eles vão sair com amigos. Vão ficar fora a noite toda. Não tem ninguém em casa.

Ele fez uma careta.

— Você vai ter que aguentar o meu fedor até chegarmos lá.

Abri um sorriso discreto.

— Prefiro caminhar ao lado de um Elliott cheirando a esterco a ter que olhar para a cara de merda do Todd outra vez.

Ele sorriu para mim. Caminhei até ele e usei a manga da minha camisa para limpar a sujeira do seu rosto.

— Agora você também está suja.

— Um por todos e todos por um, não é? — brinquei, dando de ombros.

— É. — Ele assentiu. — Um por todos e todos por um.

Caminhamos lado a lado e, por alguns quarteirões, ficamos em silêncio. Fiquei surpresa pelo motorista do ônibus ter nos deixado entrar, mas, em uma cidade como Nova Orleans, ele já deve ter visto coisas muito mais estranhas e fedorentas.

— Aliás, o que aconteceu com o nariz do Todd?

— Eu o quebrei.
— O quê? Como? Por quê?
Elliott deu de ombros e olhou pela janela.
— Ele te xingou.
— De quê?
— Não importa.
— Eli.
Ele se virou para mim e pousou os olhos castanho-esverdeados nos meus castanhos escuros.
— Jazz... — Ele negou com a cabeça. — Não era verdade.
Engoli em seco, parte de mim tinha certeza de que algumas palavras de Todd tinham um pouco de verdade.
Elliott enxergou dentro de mim — o meu medo. Ele ficava negando com a cabeça.
— Eu não sinto pena de você. Às vezes, você olha para mim como se achasse que eu sinto, mas quero que você saiba que não sinto. Acho que você é perfeita exatamente do jeito que é.
Dei uma risadinha ao ouvi-lo repetir o que eu havia dito para ele mais cedo. Lágrimas escorreram pelo meu rosto.
— Sou meio que um desastre.
— Eu sei. É por isso que eu gosto de você.
Ele voltou a olhar pela janela, e fiquei olhando para ele.
E lá estava.
Tão pequeno, tão minúsculo, tão real.
Amor.
Não era amor ainda, mas era o começo.
Eu sabia que ainda era muito nova, e sabia que era burrice, mas, naquele momento, comecei a me apaixonar pelo garoto que se preocupava comigo. O garoto que tinha medo, mas que, mesmo assim, era forte. Aquele que me defendeu quando tinha inúmeros motivos para não fazê-lo. Eu não sabia muita coisa sobre o amor. Não sabia que aparência ele tinha, não conhecia seu cheiro nem seu gosto. Não sabia como ele se movia, nem como florescia, mas sabia que meu coração

estava apertado e parecia ter deixado de bater algumas vezes. Entendi o arrepio que subia pelos meus braços. Sabia que aquele garoto gago que às vezes tinha tanto medo era uma pessoa digna de se amar. Ele era digno de ser o primeiro a ter meu coração.

Eu sabia que Elliott Adams era amor.

E eu estava me apaixonando muito rápido por ele.

Não me sentia segura havia muito tempo, e Elliott me deu esse conforto.

Deitei a cabeça no ombro dele, que estava coberto de cocô, e uma lágrima escorreu pelo meu rosto.

— Nunca ninguém me defendeu dessa maneira.

— Sempre vou defender você — declarou ele, fazendo meu coração dar uma cambalhota no peito. — Porque você não é o que as pessoas dizem que é, Jasmine.

Funguei e me aconcheguei mais a ele.

— Nem você.

— Ei, tenho uma pergunta.

— Pode falar.

— Qual é a sua música favorita?

Os cantos dos meus lábios se levantaram ligeiramente.

— "Make You Feel My Love", da Adele. Por quê?

Ele deu de ombros.

— Por nada. Só para saber.

Caminhamos até meu prédio, deixando um rastro de esterco pelo caminho, mas nem me importei. Minha única preocupação era que Elliott pudesse se limpar. Abri a porta, e ele ficou parado na entrada do apartamento sem se mexer. Fui até o quarto da minha mãe e peguei roupas que eu tinha certeza que eram cinco vezes o tamanho dele, mas eram melhores que nada.

— Venha — chamei Elliott, voltando para a sala. Ele ainda estava parado no mesmo lugar.

— Não. Não quero sujar a sua casa toda. Já é ruim o suficiente eu estar fedendo tanto.

— Elliott, fique tranquilo. Vamos limpar tudo depois. Pode confiar em mim. Venha.

Eu o acompanhei até o banheiro, mas ele ficou parado na porta.

— Você pode tomar banho primeiro — ofereceu ele. — Eu posso esperar.

Sorri. Tirando Ray, eu achava que a ideia de cavalheirismo fosse uma lenda urbana.

— Está tudo bem, vou tomar banho no banheiro da minha mãe.

— Ah, tudo bem então.

Ele entrou e fechou a porta. Entrei no meu quarto, peguei meu pijama e fui tomar banho no outro banheiro. Enquanto a água banhava meu corpo, eu não parava de pensar na sensação que Elliott havia despertado em mim. Ele era exatamente o que eu precisava, mesmo quando eu nem sabia disso. Era a luz que iluminava a escuridão em que eu estava havia tanto tempo.

O fato de eu estar sempre viajando significava que nunca tinha tempo para sentir que pertencia a algum lugar. Elliott me deu essa sensação, e eu nunca seria capaz de lhe agradecer o suficiente por isso.

Depois de me vestir, fui para a sala e vi Elliott com roupas grandes demais e limpando o chão.

— Não precisa fazer isso.

Ele olhou para mim e revirou os olhos.

— Tenho certeza de que preciso, sim.

Eu me ajoelhei ao lado dele e comecei a ajudá-lo.

— Sinto muito por hoje à noite. Estava tudo perfeito até não estar mais.

— É, mas está tudo bem.

— Não está, não — declarei com seriedade. — Eles não podem fazer o que fizeram com você.

Ele deu de ombros.

— Já estou acostumado.

— Só porque você está acostumado não quer dizer que eles podem fazer isso.

— Na vida, existem aqueles que são considerados alguém e os que são considerados zé-ninguém — explicou ele. — Acontece que eu sou um zé-ninguém, e Todd é alguém. E pessoas como ele não recebem nenhuma punição por tratar os zé-ninguéns como bem querem. É assim que as coisas funcionam.

— Você não é um zé-ninguém.

Ele riu.

— Diz a garota popular.

Se ele soubesse quantas vezes já me disseram o contrário...

Quando terminamos, jogamos as roupas sujas na máquina de lavar e nos sentamos lado a lado no sofá. Peguei dois copos de água e começamos a conversar — sobre nada e sobre tudo, sobre nós e sobre todo mundo.

Conversar era ótimo quando as duas pessoas sabiam ouvir. Eu ouvia atentamente cada palavra que Elliott dizia, e ele fazia o mesmo.

— Por que jazz? — perguntei. Estávamos deitados, virados para direções opostas, as cabeças uma ao lado da outra e as pernas penduradas de lados opostos do sofá.

— Porque a música conta histórias de um jeito único, e não há erros no jazz, não de verdade, apenas chance de fazer um equívoco brilhar.

— Gostei disso.

Ele concordou com a cabeça.

— Chet Atkins um dia disse: "Repita isso no próximo verso, e as pessoas vão achar que você fez de propósito." E Miles Davis falou: "Quando você errar uma nota, será a próxima que tornará a melodia boa ou não." É disso que mais gosto. Você tem a chance de fazer com que momentos ruins pareçam perfeitos. Gosto disso.

— Nunca ouvi jazz — confessei. — Tipo, não de verdade.

Ele ergueu ligeiramente a cabeça.

— Então quer dizer que você é uma adolescente normal que não escuta músicas de gente velha, como jazz? Estou chocado — brincou ele.

Eu ri.

— Pode colocar uma música?

— Claro. — Ele pegou o iPod e me entregou um fone de ouvido. — Não se preocupe. Eu os limpei.

Coloquei o fone no ouvido e fechei os olhos.

Quando a música começou, senti minha pele ficar arrepiada. Os trompetes, os saxofones, a dor, a alegria... aquilo me iluminava por dentro, mas o que mais me aquecia era eu me virar e olhar para Elliott. Ele estava com os olhos fechados e com o sorriso mais feliz nos lábios. Era isso que o fazia feliz. Seu porto seguro era o jazz. Era como se os momentos terríveis daquela noite desbotassem enquanto ele absorvia os sons.

Eu amava o fato de a música tê-lo salvado.

— Escute a voz dela — disse ele com os olhos ainda fechados. — Preste atenção em como ela chora quando canta. É doloroso, não é?

— É. — Chegava a doer ouvir a voz da mulher. Ouvir todo o seu sofrimento em cada acorde que ela cantava, e, ainda assim... Era lindo. Lágrimas escorreram dos meus olhos enquanto eu deixava minhas emoções me dominarem. — Mas é tão lindo.

Ele abriu os olhos, e nosso olhares se encontraram.

— Exatamente.

— Quem diria que uma coisa poderia ser tão dolorosamente linda?

— É. — Ele enxugou minhas lágrimas e deu de ombros. — Quem diria?

Ele se aproximou mais. Meu coração disparou, senti um aperto no peito e um frio na barriga. Estávamos tão próximos, e os lábios dele estavam muito perto dos meus. *Ele vai me beijar,* pensei comigo mesma. Era o momento, e eu sabia que ele ia aproveitar.

— Eli — sussurrei, meus lábios perto dos dele.

— Jazz — sussurrou ele.

Mas não consegui continuar falando. Fechei os olhos e esperei. Eu finalmente teria meu primeiro beijo de verdade, com um garoto de quem eu realmente gostava. Mas, antes de acontecer, Elliott perguntou:

— Por que você ficava com aqueles caras?

Abri os olhos e me deparei com o olhar mais sincero que já vi na vida.

— O quê?

— Foi por minha causa? — perguntou ele, nervoso. — Eles disseram que iam parar com o *bullying* se você ficasse com eles?

— Não importa.

— Importa muito.

Abri a boca para falar, e minha voz saiu fraca.

— Era só sexo, Elliott.

Ele se apoiou nos cotovelos, com uma expressão confusa no rosto.

— Como assim?

— Eu disse que era só sexo.

Ele se levantou do sofá e ficou negando com a cabeça.

— Quem disse isso para você?

Dei um risinho, confusa com sua mudança repentina de humor.

— O primeiro cara com quem transei. Eu disse que o amava, e ele me disse que era só sexo e nada mais. Está tudo bem para mim. Não é nada de mais.

— Não — argumentou Elliott, ainda balançando a cabeça de um lado para o outro. — *Não* — repetiu ele, mais sério dessa vez.

— Qual é o seu problema?

— Não é verdade. Sexo é uma coisa séria, sim. — Ele parou, os olhos castanho-esverdeados fixos nos meus. O tom dele era tão firme, como se tivesse certeza do que estava dizendo, que suas palavras atingiram meu coração em cheio. — Não é só sexo.

Antes que eu tivesse chance de responder, ouvi a chave na fechadura.

— Ah, que merda! — sibilei, me levantando rapidamente do sofá.

Elliott congelou, e senti uma pontada na barriga quando vi Ray e minha mãe parados ali, ao abrirem a porta.

Minha mãe empalideceu quando seus olhos pousaram em Elliott e, então, ela ficou lívida.

— Mas o que está acontecendo aqui? — gritou ela.

— Meu Deus — murmurou Ray coçando a nuca.

— O que vocês estão fazendo em casa? — perguntei, minha mente girando enquanto tentava recuperar o fôlego.

— Será que é essa a pergunta que você realmente quer fazer, Jasmine? — retrucou minha mãe, com voz dura e séria. — Diga ao seu amigo que ele tem cinco segundos para sair da minha casa.

— A gente não estava... — comecei.

— CINCO! — berrou minha mãe.

Elliott saiu em disparada. Nunca vi ninguém se mexer tão rápido quanto ele. Assim que a porta se fechou, senti um nó na garganta ao ver minha mãe e Ray olhando para mim.

— Branca de Neve, no que você estava pensando? Trazer um garoto para cá quando está sozinha? — perguntou Ray com toda a calma, porque ele nunca levantava a voz ao falar comigo. — Você sabe quanto isso podia ser perigoso?

— A gente não estava fazendo nada — expliquei com voz trêmula. O olhar da minha mãe estava me deixando aterrorizada. — Ele é só meu amigo.

— Você me disse que não estava se sentindo bem — reclamou ela, jogando a bolsa no sofá e colocando as mãos na cintura. — Eu só saí com o Ray hoje porque você me disse que estava passando mal e que não ia poder ir à aula de dança nem ensaiar.

— Eu sei, mas...

— E, em vez disso, você está aqui com um garoto, como se fosse uma vadiazinha — comentou ela, me fazendo encolher.

— Nossa, isso foi demais — reclamou Ray com ela enquanto eu abaixava a cabeça.

— Fique fora disso, Ray. — Ela estava irritada. Ray abriu a boca para me defender, mas meneei a cabeça de leve. Ele não precisava brigar com ela por minha causa. — Você é muito imatura e fica perdendo todas as oportunidades porque está correndo atrás de um garoto. Isso não estaria acontecendo se ela estivesse estudando em casa. Então, a partir de agora, eu a proíbo de vê-lo ou de sair com qualquer outro garoto, na verdade.

— Mas, mãe! — exclamei. — Ele é só meu amigo.

— Não, Jasmine. Ele é uma distração, e essa noite você provou que não é capaz de lidar com distrações e com a sua carreira ao mesmo tempo. Você conhece as regras. Três avisos e está fora da escola. Esse é o segundo. Agora vá para a cama.

Comecei a argumentar, mas ela não me ouviu. Fiquei deitada, ouvindo Ray e ela discutindo. Ele tentava me defender a todo custo.

— Ela é só uma adolescente, Heather, e você está tratando a sua filha como se ela fosse adulta.

— Ela precisa de foco. A última coisa de que a Jasmine precisa é de um garoto para tirá-la do caminho para o sucesso. Enquanto ela está correndo atrás desse garoto, está faltando a ensaios e perdendo oportunidades.

— A vida dela não pode se resumir a estúdios e a aulas de dança e de teatro. Você está sufocando a menina.

— Eu estou salvando a vida dela! Estou dando a ela mais do que eu jamais tive, e, se você tem alguma coisa contra, pode ir embora a hora que quiser — declarou minha mãe, friamente.

Não...

Não vá, Ray.

A discussão terminou com uma porta batendo, e minha mãe no apartamento. Peguei meu iPod, coloquei os fones no ouvido e fiquei escutando música. Era a única coisa naquele apartamento que conseguia me compreender.

Mesmo com os fones, ouvi seus passos vindo até meu quarto e fingi que estava dormindo.

— Sei muito bem que você está acordada. Você me deve quatro horas de exercícios vocais e três de academia amanhã. E vai compensar cada segundo que desperdiçou essa noite. E, se aprontar mais uma dessas comigo, vai ter que enfrentar as consequências. Estamos entendidas?

Fiquei em silêncio enquanto uma lágrima escorria pelo meu rosto.

Ela se aproximou da minha cama, se sentou e puxou meu braço.

— Eu perguntei se estamos entendidas.

— Estamos, mãe — respondi com um ligeiro tremor na voz enquanto ela assentia devagar.

— Muito bem. Talvez agora você possa pensar no seu futuro em vez de bancar a piranha de um garoto que não pode te dar nada na vida.

Ela se levantou e saiu do quarto, fechando a porta atrás de si.

Assim que minha mãe saiu, aumentei o volume da música e fiquei repetindo três palavras na minha cabeça:

Não sou piranha. Não sou piranha. Não sou piranha.

Capítulo 8

Jasmine

Na segunda-feira de manhã, caminhei pelos corredores e senti que as coisas estavam diferentes. Aquele ambiente que havia me proporcionado os momentos mais felizes da minha vida não era mais divertido. As pessoas cochichavam umas com as outras quando passavam por mim. Segurei as alças da mochila bem apertado e comecei a andar mais rápido, tentando não pensar que estavam rindo de mim, mas não consegui. Senti um arrepio ao correr até meu armário para pegar os livros e, então, parei de repente quando percebi o motivo das risadas.

PIRANHA. VADIA. VAGABUNDA.

Era o que estava escrito com tinta spray vermelha na porta do meu armário. O zelador estava parado na frente dele com uma esponja e um balde de água tentando limpar a pichação.

— Que merda — comentou Todd, passando por mim e colocando a mão no meu ombro. Seu nariz estava com curativo, e a pele embaixo de seus olhos tinha um tom arroxeado devido ao soco que Elliott lhe dera. — Não é o seu armário?

— Por que você fez isso? — perguntei, me sentindo enjoada.

— Eu? O que faz você pensar que isso é obra minha? Todo mundo sabe que você tem um milhão de caras na manga. Poderia ter sido qualquer um. Quanto a mim... — Ele se aproximou do meu ouvido e sussurrou: — ... eu não tocaria nesse traseiro cheio de DSTs nem com uma vara de três metros. Eu avisei que você estava cometendo suicídio social, Hollywood. Agora aguente as consequências.

Ele se afastou de mim, e eu fiquei ali, tremendo, enquanto as pessoas se juntavam à minha volta. Algumas garotas debocharam de mim e me chamaram de "desprezível", repetindo os comentários que tinham escutado na festa do Todd. Eu não sabia o que era pior — os rumores que estavam sendo espalhados sobre mim ou o fato de a maior parte deles ser verdade.

— Venha — disse alguém, pegando meu braço e me puxando pelo corredor. Quando meus olhos se focaram o suficiente para ver quem estava me arrastando, senti um alívio.

Katie.

Ela me conduziu pelo corredor e nós descemos dois lances de uma escada em espiral até chegarmos ao porão. Não havia aulas ali embaixo, a não ser a de mecânica de carros, cujos alunos eram, em sua maioria, garotos, o que significava que o banheiro feminino daquele andar ficava praticamente às moscas.

Entramos no banheiro, e ela se sentou na bancada da pia, perto do espelho.

— Você está bem? — perguntou ela.

— Ótima — brinquei.

Ela franziu o cenho.

— Sinto muito sobre o que aconteceu.

— Não tem importância.

— Tem, sim. É uma merda o fato de terem feito aquilo no seu armário. Essas pessoas são um bando de idiotas porque não conseguem suportar o fato de que isso é tudo o que existe para eles. O ensino médio é onde eles conseguem brilhar antes de saírem para o mundo real e perceberem que não passam de um bando de imbecis que diminuem as garotas. Eles têm medo de ser menos do que nós.

— Você é sempre tão passional assim? — perguntei.

— Só quando vejo caras tratando as garotas como se elas fossem lixo. Nesses casos, sou sempre passional mesmo.

Passei as mãos no rosto.

— E se eles não estiverem errados? E se aquelas palavras forem verdade?

— Verdade ou não, a atitude deles foi desprezível. Você não merecia isso. Ninguém merece.

Engoli em seco e me sentei ao lado dela.

— Elliott vai ver aquilo — sussurrei, sentindo o estômago embrulhar.

— Ele não vai se importar.

— É só... constrangedor saber que ele vai ver.

— Ele não vai se importar — repetiu Katie.

— Mas...

— Jasmine. — Katie pousou a mão na minha perna trêmula e me lançou um olhar sério. — Ele não vai se importar.

Ouvi as palavras dela, mas, mesmo assim, era difícil acreditar. Eu não sabia como poderia encará-lo de novo, principalmente depois de ele ter reagido daquela maneira quando descobriu que eu transava com os garotos da escola para evitar que ele apanhasse. Vi nos olhos dele quando ele disse que não era só sexo — vi como ele ficou decepcionado comigo.

— Ele é bom demais para mim — declarei.

— É o Elliott. — Ela deu uma risada. — Ele é bom demais para qualquer pessoa.

— Por que você me tirou de lá? Por que me ajudou?

— Porque sei como é. — Katie passou as mãos pelos cachos escuros e deu de ombros. Ela se parecia tanto com o irmão, desde a pele cor de caramelo até os olhos castanho-esverdeados. A única diferença entre eles é que ela era mais segura de si. Katie conseguia manter a cabeça erguida, enquanto a autoconfiança de Elliott ficava abalada.

— No ano passado, eu era você. Era de mim que os caras falavam. Eu estava no segundo ano, mas atraía a atenção dos meninos do terceiro e me sentia muito poderosa. Todas as garotas me odiavam, mas eu não ligava. Eu dizia para mim mesma que elas só estavam com inveja. Só queriam ser iguais a mim. Então, em uma noite, cometi um erro em uma festa. Enchi a cara e... — Ela engoliu em seco. — Deixei com que gravassem um vídeo meu fazendo coisas com um grupo de meninos, e isso se espalhou pela escola. Não preciso nem dizer que eu não era tão poderosa quanto achava que era. Quando cheguei à escola na segunda-feira de manhã, meu armário estava pichado com letras vermelhas, e o vídeo já tinha sido visualizado por praticamente todos os alunos. Eu me senti muito humilhada. Até o meu irmão viu.

— Meu Deus — murmurei, surpresa. — Não consigo nem imaginar isso.

Ela assentiu.

— Foi horrível. Passei várias noites chorando no meu quarto. Minha mãe não sabia o que fazer para me ajudar, porque não consegui contar para ela o que tinha acontecido. Então, certa noite, quando eu estava chorando, Elliott entrou no meu quarto, se sentou na beirada da minha cama e disse: "Não é verdade o que escreveram sobre você." Eu ri, porque era hilário, sabe? Eu sabia que era verdade e disse isso para ele. Elliott tinha visto o vídeo, então era impossível negar o que havia acontecido, mas, mesmo assim, ele repetiu: "Não é verdade." Perguntei a ele como aquilo poderia não ser verdade, e ele respondeu: "Porque eles não podem colocar um rótulo em você. Aqueles caras não podem dizer para você quem você é."

Ah, Elliott.

— Quando ele ouviu os garotos falando de mim na escola, arrumou briga com eles e, obviamente, perdeu. É por isso que ele apanha tanto agora. Ele bateu no irmão mais velho do Todd, que se formou no ano passado. E agora sofre *bullying* todos os dias por minha causa.

— Não é culpa sua que esses caras sejam babacas. Eles teriam encontrado outro motivo para ferir alguém de qualquer maneira.

— Eu sei, mas só queria que não fosse o Elliott. Ele nunca vai admitir, mas é claro que isso o incomoda, sabe? Mas ele aceita o *bullying*. E é por isso que eu me preocupo tanto com ele, porque Elliott prefere que o machuquem a ver quem ele ama ferido. Ele sempre foi assim.

— Dá para perceber.

— Quando meus pais ainda estavam juntos, meu pai costumava gritar com a minha mãe o tempo todo. Então, um dia, os gritos viraram empurrões. Depois, tapas. Normalmente, meu pai não fazia isso na nossa frente, mas, certa noite, ele ficou com tanta raiva que estapeou a nossa mãe bem na nossa frente. Elliott se levantou e o empurrou. — Katie deu uma risada amarga e meneou a cabeça. — Ele tinha 7 anos e enfrentou o nosso pai para proteger a nossa mãe. Não sei se você notou, mas Elliott é um varapau, e nenhuma parte do corpo dele foi feita para briga.

— E mesmo assim ele está disposto a ir à guerra — falei, sentindo um aperto no peito.

— Exatamente. Todos os dias. Todos os dias Elliott vai à guerra lutar por todos que ama, e ele se certifica de desviar do seu caminho para que você não pense que a culpa é sua. Então, eu entendo que você se sinta constrangida diante do que escreveram no seu armário... mas não fique, porque ele não vai ligar. Ele só vai querer se certificar de que você está bem.

Quando, finalmente, reuni coragem suficiente para sair do banheiro, voltei para aquele mundo do ensino médio. Mas não vi Elliott. Fiquei feliz e triste ao mesmo tempo por isso. Eu tinha medo do que ele devia estar pensando de mim, mas também queria muito ficar perto dele.

No fim do dia, caminhei em direção ao meu armário e vi Elliott parado na frente dele. Senti um frio na barriga. Ele abriu um meio-sorriso, e eu sorri para ele. A porta do meu armário estava limpa, mas a lembrança do ocorrido ainda estava fresca em minha mente.

— Oi — ele me cumprimentou.

— Oi.

— Você está bem?

— Estou. — Fiquei alternando o peso do corpo entre um pé e outro, incapaz de permanecer parada. — Você viu o que estava escrito aqui hoje cedo? — perguntei.

— Vi.

— Ah.

Olhei para minhas mãos e fiquei entrelaçando os dedos uns nos outros. Eu estava cada vez mais nervosa enquanto aguardava a reação dele, mas Elliott não teve nenhuma.

— É melhor eu ir, senão vou perder o ônibus para casa. — Ele esfregou a nuca. — Você está bem mesmo?

— Estou.

Ele abriu a boca para dizer mais alguma coisa, porém não saiu nada.

Eu sorri.

— E *você*, Eli, está bem?

Ele abriu um sorriso nervoso.

— Estou. Sinto muito. Tudo bem, então. Vejo você depois. — Ele começou a se afastar, mas parou e se virou para mim: — Vo-vo-você que-quer sa-sair comigo?

— O quê?

— Eu so-só... estava pe-pensando se a ge-gente po-podia ter um encontro, e na-não um encontro de amigos, mas um ro-*romântico*. — Quando ouvi aquilo, comecei a sentir um frio na barriga — Você po-pode dizer na-não — acrescentou ele, rapidamente.

— Eu quero dizer sim, mas... — Mordi o lábio inferior. — Esse convite é porque você está se sentindo mal com o que fizeram comigo hoje? Você está me convidando por pena?

Ele riu.

— Pode acreditar. Não é nada disso.

— Eu nunca tive um encontro romântico.

— Tudo bem. — Ele encolheu o ombro esquerdo. — Nem eu. Sábado, pode ser?

— E quanto ao seu show?

— Vou faltar po-por você.

Meu coração parou de bater e, em seguida, disparou.

— Tudo bem.

Ele abriu um sorriso ansioso e passou a mão pelo cabelo.

— Tudo bem, então. Hum... Ve-vejo você amanhã aqui na-na escola.
— Tchau.

Enquanto ele se afastava, eu me virei novamente para meu armário e comecei a pegar meus livros, mas tive um pequeno sobressalto quando ouvi meu nome.

— De-desculpe, sou eu de-de novo — disse Elliott. — Só esqueci de fa-falar uma coisa.

— Ah, o que foi?

— Primeiro, posso... — Ele deu um passo na minha direção, depois voltou para trás. — Po-posso te dar um abraço?

Eu ri. Elliott sempre me surpreendia.

— Claro.

Ele me abraçou, e eu respirei fundo.

Relaxei um pouco nos braços dele.

— Esqueci de dizer que nada daquilo é verdade. As palavras que escreveram no seu armário... nada daquilo é verdade. Vou ficar te abraçando até você acreditar em mim. E não diga que acredita, porque sei que não.

— Talvez leve um tempo. — Fechei os olhos enquanto ele me puxava para mais perto. — Você vai perder o ônibus.

— Sem problemas — disse ele. — Posso ir andando para casa.

***

— Você realmente está me pedindo isso, Branca de Nevé? — perguntou Ray, parado na porta do meu quarto naquela tarde. Ele estava com uma expressão de descrença no rosto ao cruzar os braços. — É óbvio que a resposta é não.

Eu gemi.

— Mas é só uma mentirinha — insisti.

— Só para ver se eu entendi direito... — Ele estreitou os olhos. — ...você está pedindo para eu inventar uma reunião entre um produtor musical e a sua mãe nesse sábado para que você possa sair com o garoto que estava na minha casa, no fim de semana passado, usando as minhas roupas?

— É isso mesmo.

— Jasmine. — Ele suspirou. Sempre que ele usava o meu nome, eu sabia que estava irritado. — Sei que a sua mãe exagera na maioria das vezes, mas dessa vez ela está certa. Você mentiu para ela e saiu escondido.

— Essa é a única forma que tenho de viver um pouco! — argumentei.

— Mas isso não torna o que você fez certo — rebateu ele. — Veja bem, Branca de Neve, estou do seu lado, está bem? Vou lutar para que você tenha um pouco de liberdade como adolescente, mas não podemos ganhar a guerra se você entrar com mentiras no campo de batalha.

— Sinto muito por ter mentido, está bem? Eu sabia que ela não teria deixado eu ir, mas esse sábado... é importante para mim. Eu juro que nunca mais vou pedir nada se você me ajudar com isso. Além do mais, se você realmente marcar uma reunião, não vai ser uma mentira.

— Não, mas vou estar mentindo ao dizer que vou levar você comigo para o estúdio.

— Pode me levar para o estúdio depois. Aí não vai ser mentira. Por favor? — implorei como uma garotinha de 5 anos. Fiz o olhar de cachorrinho abandonado mais convincente que consegui, e ele fez uma careta.

— Não faça isso.

— O quê? — perguntei, em tom de inocência.

— Não olhe para mim com esses olhos suplicantes de Branca de Neve. — Ele gemeu. — Está bem, está bem. Mas, se vamos mesmo fazer isso, tenho algumas regras. Em primeiro lugar: nós vamos para o estúdio depois do seu encontro.

— Tudo bem. — Sorri de orelha a orelha.

— Espere, ainda não terminei. Você também vai me apresentar esse garoto. Eu vou levar e buscar vocês.

Fiz uma careta.

— Você não vai brigar com ele, vai?

Ele riu.

— Com certeza vou deixá-lo um pouco assustado. Vou dizer que prometo tornar a vida dele um verdadeiro inferno se ele tentar fazer alguma coisa de errado com você ou se te magoar. — Ele estendeu a mão para mim. — Negócio fechado?

Resmunguei, me levantei e apertei a mão dele.

— Negócio fechado.

Capítulo 9

Elliott

Tio TJ não parava de franzir o cenho durante a aula de sexta-feira.

— Não, não, não. Não está certo — protestava ele, me interrompendo enquanto eu tocava saxofone. Estava andando de um lado para o outro na sala, agitando os braços. — Não tem nada aí.

— O quê?

— O jeito que você está tocando é chato. Não tem nada aí. Não tem sentimento... não tem significado.

— Estou to-tocando exatamente co-como vo-você queria — gaguejei, ficando cada vez mais irritado com suas críticas. Estamos trabalhando nas barras de compasso da introdução da música há mais de duas horas. Passamos a semana trabalhando na mesma parte. Eu já estava cansado de ouvir a mesma coisa.

— Sim, você está tocando os acordes e atingindo as notas, blá-blá-blá. — Ele fez uma cara triste enquanto agitava os braços. — Mas onde está a sua voz?

— O quê?

— Onde. Está. A. Sua. Voz? — perguntou ele de maneira mais enfática dessa vez.

— Na-não se-sei o que-que vo-você quer di-dizer co-com isso.

Ele olhou diretamente nos meus olhos e se sentou no sofá.

— Não sabe o que eu quero dizer?

— Não.

— Eu quero dizer, Elliott... — Ele pegou a xícara de café em cima da mesinha de canto — ... que o que você está tocando está uma merda.

— Não tenho como melhorar — argumentei. — A música é o que é.

— Toque de novo.

Gemi.

— Mas...

— Toque de novo.

Às vezes, trabalhar com tio TJ me deixava louco. Ele sempre me pressionava a fazer algo que eu não conseguia e, mesmo assim, eu continuava voltando para as aulas, porque, no final das contas, ele estava sempre certo.

Peguei o saxofone e comecei a tocar. Meus dedos se moveram pelas chaves, e eu executei o número musical que ele queria e, mesmo assim, não foi bom o suficiente.

Quando terminei, ele não deu um pio. Não me criticou. Não me lançou o mesmo olhar irritado. Tudo o que fez foi se levantar, pegar seu saxofone e começar a tocar.

Ele tocou a mesma música que eu havia tocado.

Mas, cara... não era a mesma coisa.

Tio TJ tocava de uma forma que parecia que toda a sua existência se fundia com a música. Não era apenas o saxofone que criava os sons, parecia que sua alma escorria por cada nota. TJ fazia um som capaz de curar qualquer alma devastada. Ele tocava como se quisesse curar o mundo.

Quando terminou, fiquei ali, sentado feito um idiota. Ele se sentou de volta no sofá e pegou novamente seu café.

— Tudo bem — suspirei. — Vou tentar de novo.

Ele não me deixou ir embora até eu acertar. Adentramos a noite, nos esquecemos até de jantar, mas não ligamos. E foi quando a magia começou a acontecer. Ela veio depois da luta, da exaustão, da dor.

TJ era um tipo único de professor. Ele não ensinava a pessoa a tocar um instrumento nem a cantar; pegava aqueles que já sabiam e os ensinava a colocar sua alma naquilo. Mostrava como se aprofundar cada vez mais dentro de si mesmo para descobrir coisas novas.

Uma vez que ele conseguia levá-lo ao lugar onde nada mais existia a não ser a música, era então que você a encontrava — a sua verdade, a sua voz.

Se não fosse por TJ, eu nem sequer teria descoberto que tinha uma voz.

É claro que sua crença em mim, às vezes, me fazia querer subir pelas paredes, mas eu não trocaria algo desse nível por nada no mundo.

Ele acreditava no meu dom quando nem eu acreditava em mim.

— Aí! — Ele uniu as mãos e assentiu. — É isso aí! — exclamou tio TJ depois que peguei a música que eu achava que já dominava perfeitamente e a transformei em magia. — Entendeu? Entendeu agora o que eu quis dizer, filho? É isso aí! É por isso que continuamos.

Eu sorri, porque sabia que ele estava certo.

— Agora, vá para casa. Estou cansado de ficar olhando para a sua cara.

Dei uma risada e peguei minhas coisas.

— Espere, tenho uma coisa para você — avisou meu tio, me chamando de volta. Ele foi até o quarto dos fundos e voltou com uma caixa. — A sua mãe me contou que você tem um encontro.

— Minha mãe fala demais.

— Só porque ela te ama. Aqui, isso é para você. Achei que poderia precisar.

Peguei a caixa e sorri.

— Perfume?

— Só duas espirradinhas, cara. Não precisa se afogar nisso. Seja sutil.

— Pode deixar.

— E, Elliott? Divirta-se o máximo que puder. Você merece. Você merece tudo isso.

Saí antes que ficasse emocionado, porque TJ era bem parecido com minha mãe nesse sentido. Ele me amava tanto que, às vezes, chorava quando alguma coisa boa acontecia comigo.

E Jasmine Greene era uma coisa boa.

* * *

Na manhã de sábado, parei em frente ao espelho e fiquei olhando para o meu reflexo. *Hoje é o dia — meu primeiro encontro.* Minha mãe já tinha chorado umas três vezes naquela manhã, e Katie não parava de falar que eu tinha de tratar Jasmine como uma dama.

Mas eu não precisava de mais dicas. Morei com duas mulheres a vida toda e acabei aprendendo direitinho o que devia ou não dizer.

Fiquei olhando para o espelho enquanto tentava dizer a palavra que eu realmente queria para Jasmine. Meu rosto já estava ficando vermelho.

— Você é de-des... — Fiz uma careta. *Deslumbrante. Deslumbrante. A palavra é deslumbrante.* — Você é de-de-des... Meu Deus! — gemi, batendo no meu rosto. Às vezes, eu me odiava mais do que conseguia descrever. Respirei fundo e olhei diretamente para meus olhos refletidos no espelho. — Você. É. De-des...

— Você não precisa dizer isso — aconselhou Katie, entrando no banheiro. — O jeito que um cara olha para uma garota já mostra a ela que ele a acha deslumbrante.

— Como devo olhar para Jasmine para que ela saiba que acho que ela é de-des...?

— Pode confiar em mim, você já olha para ela assim. Relaxe, Eli, e divirta-se.

Segui o conselho da minha irmã e parei de ficar me estressando muito. Parei de sabotar a mim mesmo.

— Venha aqui, me deixe ajeitar a sua gravata. — Ela chegou mais perto e desfez o nó horrível que eu tinha feito. — É legal você estar usando gravata. Eu nunca saí com ninguém que usasse gravata em um encontro.

Fiquei tenso.

— Você acha que é exagero? É bo-bobeira?

Ela fez que não com a cabeça.

— Acho um charme. Pode acreditar em mim, as garotas gostam quando o cara tem um charme. Sei que fui cruel com ela, mas foi só porque achei que ela era um deles. Só que eu estava enganada, Eli. A Jasmine não é nada parecida com aquele povo da escola. Ela é boa. E você merece tudo de bom.

Dei um meio-sorriso enquanto minha irmã ajeitava minha gravata.

— Valeu, mana.

— Imagina, irmãozinho.

Fiquei esperando Jasmine na varanda da frente. Ela tinha me dito durante a semana que o pai — que não era seu pai verdadeiro —, Ray, ia nos levar e nos buscar. E isso aumentou ainda mais meu nervosismo em relação ao primeiro encontro.

Quando vi um carro encostando na calçada, desci a escada e caminhei na direção dele. Um homem saltou do banco do motorista e se aproximou de mim.

Jasmine saiu do carro gritando:

— Seja legal, Ray!

— Eu sempre sou legal — respondeu ele com uma voz fria.

Conforme ele se aproximava de mim, eu ia ficando mais nervoso, até que encolhi os ombros. Quando Ray tirou os óculos de sol, eu perdi a cabeça.

— Minha nossa, mas você é o Ray Gable! — exclamei, sentindo minha mente explodir.

O olhar duro de Ray se suavizou.

— Você me conhece?

— Você o conhece? — quis saber Jasmine.

— Se eu te conheço? Você é só o incrível guitarrista e vocalista do Peter's Peak. Não quero parecer exagerado, mas eu sou seu ma-ma--maior fã. Posso dizer só mais uma coisa?

— Claro. — Ray riu, parecendo animado por ter sido reconhecido.

— Não vá para uma grande gravadora.

Ele arqueou uma das sobrancelhas.

— O quê?

— Bem... — Pigarreei e senti um aperto no estômago. — Quando artistas independentes começam a trabalhar com grandes gravadoras, o mundo da música perde um verdadeiro talento, porque a indústria fonográfica os transforma em demônios famintos por dinheiro que perdem todo o senso artístico e começam a tocar mais farofa do que música. Vi isso acontecer com vários artistas grandes por aí, e eu iria odiar se isso acontecesse com você, porque a sua música é pura e real, é algo grandioso demais para ser sacrificado por dinheiro. Não que eu esteja dizendo que não quero que você faça sucesso e ganhe dinheiro, porque, tipo, sei que esse é o objetivo, e mais pessoas deveriam saber da existência do Peter's Peak... mas é que seria uma pena se vocês perdessem o que têm.

Quando acabei de falar, soltei um suspiro profundo.

— Uau — murmurou Jasmine, surpresa. — Você acabou de entrar no modo fã e não gaguejou.

— Branca de Neve — Ray se virou para ela —, por que você não me disse que seu amigo tinha um gosto musical incrível?

— Ai, meu Deus — gemeu ela, batendo com a mão no rosto.

— Vamos nessa, Elliott. Vamos andando — disse Ray, passando o braço pelo meu ombro. — Seu perfume é ótimo.

Eu poderia morrer feliz bem ali, naquele momento.

Durante todo o caminho de carro até a Bourbon Street, Ray e eu conversamos sobre música. Ele me indicou algumas canções, e sugeri algumas das minhas preferidas para ele. Jasmine ficou no banco de trás, assistindo ao início de uma amizade sincera.

— Você deveria usar gravata-borboleta, cara. Essa aí é ótima, mas as garotas não resistem a uma gravata-borboleta — aconselhou-me Ray, e eu registrei a informação.

Quando paramos no Bairro Francês, Jasmine desceu do carro apressada. Agradeci a Ray pela carona e tentei abrir a porta, mas não consegui.

— Sinto muito, cara, mas você está trancado aqui — informou Ray colocando os óculos de novo.

— O quê? — Tentei destravar a porta, mas ele a travou de novo muito rápido. — Hum... — Engoli em seco e olhei para ele. O músico maneiro tinha desaparecido e fora substituído por um pai que não era pai de verdade, mas que era superprotetor mesmo assim.

— Jasmine é uma garota incrível — declarou ele.

— Sim, senhor.

— Ela é a coisa mais importante da minha vida. Se você a magoar, eu vou atrás de você, vou pegar o seu saxofone e enfiá-lo pela sua goela abaixo. Entendeu?

— Sim, senhor? — respondi, com a voz trêmula.

— Isso é uma pergunta?

— Não! É uma resposta, Ray. Nossa, pare com isso. Às vezes ele responde em tom interrogativo, não é nada de mais. Agora deixe-o sair — gritou Jasmine.

No segundo que a porta se abriu, saí depressa.

— Ligue para mim quando estiver na hora de buscar vocês, está bem, Branca de Neve? E, Elliott?

Engoli em seco.

— Sim?

Ele abriu um sorriso radiante.

— Vou ouvir as músicas que você me indicou. — Depois ele ficou sério de novo. — E mantenha as mãos longe da sua calça e longe da Jasmine ou eu te mato. Tchau!

Quando Ray foi embora, fiquei ali, um pouco aterrorizado com suas últimas palavras, mas também ligeiramente maravilhado por ter conhecido um cara de quem sou fã. Foi um momento estranho, para dizer o mínimo.

— Não ligue para ele — pediu Jasmine. — Cão que ladra não morde.

— Pode ser, mas, só por segurança, não se surpreenda se eu nunca tocar em você, tipo nunca mesmo. Agora vamos, senão vamos nos atrasar para pegar o barco a vapor.

— Barco? — perguntou Jasmine enquanto caminhávamos pela Bourbon Street.

— É, se chama *Steamboat Natchez*. Ele faz um pa-passeio por toda Nova Orleans e vo-você pode ver a cidade inteira.

— Ah, que legal.

— É. E eles tocam música ao vivo. Jazz e esse tipo de coisa. Acho que você vai gostar.

— Eu vou amar. — Ela cutucou meu braço e sorriu. — Ouvi o que Ray disse sobre gravata-borboleta, mas eu gosto mais da que você está usando.

Senti o rosto queimar e olhei para ela do jeito que Katie dizia que eu sempre olhava.

— Obrigado. Eu gosto do seu... Hum... de tudo.

Jasmine riu e entrelaçou o braço no meu.

— Valeu, Eli.

Não sei se ela notou, mas, definitivamente, parei de respirar — em parte porque estávamos de braços dados, mas, principalmente, porque eu estava com medo de que Ray estivesse nos observando.

Quando entramos no barco, nos acomodamos no salão de refeições enquanto a tripulação servia o banquete.

— Nunca fiz algo tão legal assim — confessou ela. — É muito triste saber que o furacão Katrina destruiu tanta coisa.

— É. Mas essa é uma cidade forte. Reconstruir era a única opção.

— Sua família foi afetada de alguma forma?

— Não, mas muitos dos nossos vizinhos foram. Fomos uns dos poucos afortunados. Outras pessoas do bairro não tiveram tanta sorte.

— Não consigo nem imaginar. — Ela ficou empurrando a comida pelo prato e meneou a cabeça. — Mas deve ser muito legal ter uma cidade para chamar de sua.

— Talvez essa cidade seja a sua nova casa — sugeri. — Talvez a sua casa não seja onde você começa a vida, e sim onde você termina.

— Gostei disso. — Jasmine abriu um sorriso. — Talvez. — Ela se remexeu na cadeira e percebi quando franziu a testa. — Elliott, posso te perguntar uma coisa? Por que você me convidou para sair depois... de tudo que descobriu que acontecia nas festas do Todd?

— As únicas coisas que importam são as que você me contou. Não dou a mínima para o que os outros pensam ou dizem.

— Mas eu contei para você o que eu fiz com aqueles garotos.

— Mas foi por mim — argumentei. — Você fez aquilo para me proteger. Aliás, sem ofensa, mas, por favor, nunca mais me proteja dessa forma. Prefiro apanhar pelo resto da vida a colocar você nessa situação.

Ela assentiu, concordando.

Antes que pudéssemos dizer mais alguma coisa, um dos músicos da banda de jazz se aproximou e bateu no meu ombro.

— Está na hora — avisou.

— O que está acontecendo? — perguntou Jasmine.

Eu apenas sorri.

— Meu tio disse que eu não podia faltar à minha apresentação de sábado. Espero que você não se importe se eu tocar uma música.

Ela abriu um sorriso.

— Claro que não me importo.

— Mas você vai ter que cantar comigo.

— O quê?

— Bem, os amigos do meu tio disseram que iriam me ajudar na apresentação se você cantasse. Eu ensaiei a semana toda.

— O quê? Não posso. Não posso simplesmente cantar. E se eu não souber a letra? — Ela esfregou os braços. — Tem um monte de gente aqui. Eu não consigo. E se eu não souber a letra da música que você vai tocar?

— Como poderia não saber? — perguntei, pegando o microfone e entregando-o para ela. — É a sua música favorita.

Caminhei até o pequeno palco do salão e troquei algumas palavras com os músicos que tocariam comigo na apresentação. Quando comecei a tocar, vi os olhos de Jasmine se arregalarem da emoção ao ouvir as primeiras notas de "Make You Feel My Love", de Adele.

Tio TJ me ajudou a aperfeiçoar a música no decorrer da semana, e ver os olhos de Jasmine se iluminarem fez aquele momento valer ainda mais a pena. Fiz um gesto para ela, que caminhou lentamente até o palco, fechou os olhos e começou a cantar. Fechei os olhos também e mergulhei completamente na música por ela.

Tudo isso era para ela.

Quando terminamos, a plateia aplaudiu com entusiasmo, fazendo as lágrimas escorrerem pelo rosto de Jasmine. Eu me aproximei dela.

— Vo-você está ouvindo isso? Esses sa-são seus fa-fãs. Isso tudo é para você. Tudo isso é para o soul que você cantou.

— Isso é incrível. Você é incrível.

— Lágrimas de felicidade? — perguntei.

— Da maior felicidade do mundo — respondeu ela.

Depois de comermos, pedimos dois sorvetes de casquinha e fomos para o convés ver os pontos turísticos enquanto cruzávamos o rio Mississippi. Conversamos sobre tudo e sobre nada ao mesmo tempo, e tudo estava absolutamente perfeito. Não houve nenhum momento em que me senti desconfortável. Eu só me senti... bem. Era bom me sentir assim.

— Eu vi você primeiro! — Ela riu, me cutucando de leve no braço.

— Notei você primeiro.

Eu ri e neguei com a cabeça.

— Não mesmo.

— Claro que foi, Eli! Eu vi você primeiro.

— Isso não pode ser verdade.

— Por que você diz isso?

Dei de ombros.

— Você estava em pe-pé na diretoria. E-estava com um vestido amarelo e um sorriso incrível nos lábios, e eu me lembro de ter pensado "Uau, essa é a garota mais linda que eu já vi".

Ela se afundou um pouco na cadeira.

— Eli...

— Também achei que você estava drogada ou algo do tipo, porque achei que seria impossível alguém ficar tão feliz assim por ir à escola — brinquei, fazendo Jasmine rir e me empurrar de novo.

O riso dela correu tão solto que fez com que eu quisesse fazê-la rir para sempre.

— Você já ouviu falar do artista Banksy? — perguntei enquanto percorríamos o rio.

Ela fez que não com a cabeça.

— Ele faz pinturas com tinta spray. É um grafiteiro. E dizem que ele criou essa pintura. Eu, hum... Eu estou te-tentando di-dizer uma co-coisa para você há muito tempo, mas... as minhas palavras... — Comecei a remexer os dedos. — Eu não consigo di-dizer, mas posso mostrar.

Ela se empertigou enquanto o barco navegava pelas águas, e lágrimas surgiram em seus olhos quando apontei para o prédio a fim de mostrar as palavras para ela.

VOCÊ É DESLUMBRANTE.

— Eli — sussurrou ela baixinho.

— Você é, sabe? Cem por cento mesmo.

Depois que o passeio acabou, seguimos pela Frenchmen Street, entramos no Beco dos Acordes e nos sentamos no latão de lixo para ouvir mais música.

— Esse foi o melhor dia da minha vida — declarou Jasmine, balançando os pés e olhando para as estrelas.

— O meu também.

— Elliott?

— O quê?

— Você vai me beijar hoje?

— Não.

— Por que não?

— Porque eu gosto demais de você para fazer isso.

Não sabia se ela compreendia o que eu estava dizendo, mas era verdade. Eu não podia beijá-la... pelo menos por enquanto. Ela já tinha sido usada por um monte de caras de um jeito que não era nem um pouco legal, e eu não queria ser um deles. Queria provar a ela que desejava mais do que seu corpo. Apenas estar perto dela já era o bastante para mim.

— Ah — respondeu ela, com um tom de decepção.

Peguei sua mão.

— Eu gosto muito de você, Jazz... mais do que de música.

Ela deu uma risada nervosa.

— Não minta.

— Não estou mentindo.

— Mas você gosta *muito* de música.

— Eu sei, e gosto *muito* de você.

Ela sorriu e colocou o cabelo atrás da orelha. Jasmine ficava linda quando estava vermelha.

— Eu também gosto muito de você, Elliott.

— Quer se apresentar comigo todo sábado? — perguntei, sem pensar duas vezes enquanto admirava as estrelas.

— O quê? — Ela ficou boquiaberta.

— Quer se apresentar comigo todo sábado? — repeti a pergunta.

— Quero. — Ela encostou a testa na minha. — Quero, sim.

Quando chegou a hora de nos encontrarmos com Ray, pegamos a Frenchmen Street, mas íamos parando toda vez que uma música chamava nossa atenção. Nós absorvemos tudo, e o jeito que Jasmine sorria fez com que eu me sentisse o cara mais rico do mundo. Ela estava se divertindo, e estava fazendo isso comigo.

Eu não sabia que uma garota como ela podia se divertir com um cara feito eu.

Capítulo 10

Jasmine

— Eu me diverti muito — disse para Elliott pela janela do carro, quando Ray o deixou em casa. Tentei sair do carro, mas Ray me trancou lá dentro só para eu não dar um abraço em Elliott.

— Eu também — respondeu ele, remexendo os pés, as mãos enfiadas no bolso. — Va-valeu pela carona, Ray.

— Elliott, não precisa ser tão informal... Melhor me chamar de Sr. Gable mesmo — brincou Ray, e eu revirei os olhos. — Dê boa noite para ele agora, Branca de Neve.

— Boa noite, Eli. Vejo você na escola na segunda-feira.

— Tchau, Jazz.

Quando Ray partiu com o carro, olhou para mim e sorriu.

— Ele é um garoto legal. Eu o odeio, porque ele gosta de você, mas ele é um garoto legal.

Assenti.

— Ele me convidou para me apresentar junto com ele na Frenchmen Street.

— Pop ou soul?

— Soul.

— Caramba, Branca de Neve. — Ray levou a mão à testa. — Vamos ter que continuar mentindo para a sua mãe e marcando reuniões para ela ir.

Ele abriu um sorrisão.

— Você faria isso por mim?

— O soul te faz feliz?
— Muito.
— Então é sua responsabilidade compartilhar essa felicidade com o mundo.
— Minha mãe vai ficar muito brava se descobrir a verdade.
Ele bufou.
— Quando é que a sua mãe não está brava comigo ultimamente? Além do mais, acho que, quando ela perceber quanto você é boa e como está feliz, vai ficar feliz também.

Ray então passou a nos buscar todo sábado e sempre ficava para assistir às nossas apresentações. Ele gravava tudo também. Nunca o vi tão animado quando eu cantava pop, mas, quando eu cantava soul, ele sempre me elogiava. Ray não sabia quanto significava para mim o fato de ele aparecer e assistir à minha apresentação.

Era como se ele me olhasse e dissesse que eu era realmente boa, não importava o que acontecesse.

— Nunca vi você assim antes, sabia? — Ray me cutucou com o cotovelo enquanto dirigia de volta para casa.
— Assim como?
— Feliz.

Ray e eu nos certificávamos de sempre estarmos em casa a tempo de jantar com minha mãe. Ela nos contava que estava conhecendo um monte de pessoas importantes da indústria e sempre dizia que eu logo seria descoberta graças aos esforços dela.

— Isso podia ter acontecido antes se você não fosse tão egoísta em relação aos seus contatos, Ray. Por sorte, já fiz outros contatos também.

— Minhas sinceras desculpas — disse Ray, sorrindo para mim. — Branca de Neve tem mandado muito bem no estúdio. Acho que você vai ficar orgulhosa dela.

Minha mãe estava verificando os e-mails no celular.
— Sim, sim. Vou ouvir logo.
— Na verdade, tenho alguns vídeos dela — continuou ele, pegando o celular no bolso.

— Não preciso ver — declarou minha mãe, cortando o frango em seu prato. — Eu estava lá.

— O quê? — indaguei.

Ela espetou o garfo num pedaço de frango e o levou à boca.

— Eu disse que estava lá. Tive a sensação de que vocês dois estavam mentindo, então resolvi seguir vocês essa tarde. Vi a Jasmine se apresentando na esquina com um garoto esquisito.

— Ele não é esquisito — sussurrei.

Ela arqueou uma das sobrancelhas antes de cortar mais um pedaço de frango.

— É, sim.

— Tudo bem, então... — Ray se empertigou e pigarreou. — Eu sei que você deve estar chateada e tudo, mas... você a viu? Ela é incrível, Heather. E foi feita para cantar soul, entende? E eu acho...

— Nada — interrompeu ela.

— Hã?

— Você não acha nada — declarou ela, colocando os talheres no prato e lançando um olhar frio para Ray. — Você não tinha o direito de levá-la até lá e alimentar as esperanças dela em relação a esse tipo de música idiota. Ela não chega nem perto de ser tão boa quanto é quando canta pop.

— Que mentira — argumentou Ray.

— Não estou mentindo e, de qualquer forma, você não tem o direito de decidir o que é melhor para ela. Você não é o pai dela.

— Mãe! — exclamei. — Pare com isso.

— Eu realmente gostaria que você parasse com isso. — Ray cerrou os punhos. — Convivo com vocês há 15 anos, Heather. Vi essa garotinha crescer e se transformar na adolescente que é hoje. Dei o melhor de mim para proporcionar uma vida boa para vocês duas. Então dá para você parar com essa merda? Posso não ser o pai biológico dela, mas sou o pai de criação, e estou cansado de ver você ficar tentando tirar isso de mim. Ela é minha filha. Nossa filha. E talvez você notasse que ela está totalmente infeliz com a vida que você está tentando fazer com que ela viva, se ao menos pensasse em outra pessoa que não fosse você mesma por um minuto.

— Como assim? Ela ama a vida que leva.

— Ela odeia! — afirmou Ray. Fechei os olhos e respirei fundo. — Ela odeia tudo isso e, admita... você a viu cantando na rua. E viu, pela primeira vez, em muito tempo, a sua filha realmente feliz. E o fato de você não ter nada a ver com isso está te matando. Você fica louca por não ter conseguido controlar esse aspecto da vida dela.

— Vá para o inferno — sibilou minha mãe.

— Já estou nele — devolveu Ray, na lata.

Minha mãe empurrou a cadeira para trás e se levantou.

— Você não é mais bem-vindo aqui. Vá embora.

— Como assim? — perguntei, assustada. — Mãe, esse apartamento é dele.

— Não é mais. — Ela cruzou os braços. — Vá embora, Ray.

— Não vou mesmo. Se você acha que vamos ficar sentados aqui enquanto você fica fazendo esse draminha todo e...

— Eu transei com outro cara — declarou minha mãe, como se isso fosse algo normal.

Fiquei boquiaberta, assim como Ray, e ficamos olhando, surpresos, para ela.

Ele baixou a voz:

— O que foi que você disse?

— Não importa. Eu só não quero mais ficar com você. Você é um fraco.

Ray respirou fundo.

— Com quem foi?

— Não importa...

— Quem? — berrou ele.

Eu nunca o vi tão nervoso e tão magoado na vida. Com certeza, minha mãe não era a pessoa mais fácil de se amar, mas, mesmo assim, Ray era Ray... um cara legal, e caras legais sempre sofriam mais do que os outros.

— Trevor — respondeu ela com a voz suave. — Nós dois passamos mais de 15 anos juntos, e você nunca fez nada por mim. Trevor é diferente. Ele me prometeu um monte de coisas.

— Trevor Su? — perguntou ele.

— Sim, Trevor Su. O cara que você não queria me apresentar.

— Porque ele é uma cobra!

— Ele é uma pessoa influente! — Minha mãe se empertigou, orgulhosa. — E vai mudar as nossas vidas.

— Você não pode trabalhar com ele, Heather. Não pode deixar a Jasmine chegar nem perto desse babaca.

— Não só posso como vou.

— Estou falando sério. Ele é perigoso. É como um incêndio descontrolado, e ele vai queimar vocês duas.

Minha mãe apertou os lábios e deu de ombros.

— Prefiro brincar com fogo a ficar ao lado de uma fagulha fraca como você.

As palavras dela atingiram Ray em cheio, e os olhos dele ficaram pesados de tristeza. Foi como se essa última traição estraçalhasse seu coração. Com certeza, ele não era loucamente apaixonado pela minha mãe, mas nunca a traiu. Sempre foi fiel. Ele passou as mãos no rosto e piscou com força.

— Tudo bem. Você venceu. Estou indo embora. — Ray empurrou a cadeira, afastando-a da mesa, e cerrou os punhos ao lado do corpo. Então seu rosto ficou vermelho de raiva, mas ele não disse mais nada.

Ray simplesmente se levantou e foi embora, fechando a porta suavemente atrás de si.

Eu não sabia como era ter um coração partido até olhar nos olhos de Ray naquela noite. Não sabia que meu coração poderia se estilhaçar enquanto observava a pessoa mais próxima que já tive de um pai sair pela porta.

— Como você pôde fazer uma coisa dessas? — perguntei. — Como pôde fazer isso com ele? — *Comigo.*

— Ele não era nada, um aspirante ao estrelato que estava te prendendo. Encontrei novas oportunidades. Na vida, tudo é uma questão de oportunidades. São elas que fazem você crescer. E Ray não estava nos levando a lugar nenhum.

Ela voltou a comer o frango, mas eu não consegui resolver a confusão de sentimentos dentro do meu peito. Eu sabia que minha mãe era difícil às vezes, mas não tinha noção de que ela poderia ser tão fria.

— Mas ele amava você.

— Amava? — perguntou minha mãe. — O amor não leva você a lugar nenhum nesse mundo, filha. Não seja ridícula.

— Você não o amava?

— Eu amava o que ele poderia ter feito por essa família. Mas ele não fez. Como eu disse, o amor torna as pessoas fracas, e eu não tenho tempo para fraquezas.

— Você me ama? — perguntei, morrendo de medo da resposta.

Ela franziu as sobrancelhas e largou o garfo.

— Vou te amar no dia que você parar de me decepcionar.

Eu nunca tinha sentido solidão de verdade até aquele momento.

Capítulo 11

Jasmine

Semanas se passaram, e Ray não voltou. Como o homem de verdade que era, ele ainda pagava as contas, sem hesitar. *Por mim.* Tudo o que aquele homem fez na vida foi por mim.

Cada dia que passava era mais doloroso, e minha mãe ficava mais agressiva e cruel. Trabalhava obsessivamente comigo dia e noite sempre que eu não estava na escola. Encontrar-me com Elliott estava fora de questão, e a única oportunidade que tínhamos para conversar era quando nos esbarrávamos nos corredores antes das aulas.

Eu estava cansada. Sentia saudade do Elliott, do Ray e do soul.

Em uma tarde de segunda-feira, eu estava na escola quando senti um aperto no estômago ao passar pela diretoria e ver minha mãe apertando a mão da diretora. Corri até lá e a alcancei quando ela estava saindo da sala.

— O que você está fazendo aqui? — perguntei.

— Que bom te encontrar aqui, Jasmine — respondeu minha mãe, de forma seca.

— O que você está fazendo aqui? — repeti.

Ela olhou para o corredor.

— Não consigo entender por que você queria tanto entrar na escola. Eu odiava a escola.

— Eu adoro.

— Sim. Bem, agora você poderá dizer que vivenciou isso. Vamos embora amanhã de manhã.

— O quê?

— Ao contrário do Ray, Trevor conseguiu excelentes oportunidades para você na Europa. Ele até agendou a viagem para nós e arrumou um lugar para ficarmos em Londres.

— O quê? — Senti que meu coração ia saltar pela boca. — Não...

— É isso que você ouviu. Vai ser maravilhoso. Vamos conhecer o melhor estúdio do mundo. Eles são famosos por criarem os maiores astros da música.

— Eu não vou.

— Claro que vai. Já resolvi tudo aqui com a diretora.

O quê?

— Há quanto tempo você está sabendo disso? — perguntei. — Quando foi que soube que a gente ia se mudar?

Minha mãe revirou os olhos.

— Pare de fazer drama, Jasmine.

— Há quanto tempo?

— Algumas semanas, quase um mês.

Meu coração se partiu.

— Você nem ia me contar, não é? Não até amanhã, quando estivéssemos entrando no avião. Se eu não tivesse visto você aqui, só iria descobrir quando tudo estivesse acontecendo.

— E qual é o problema? — perguntou ela, parecendo confusa por eu estar com raiva. — Isso é o que a gente faz. A gente se muda, a gente corre atrás do sonho.

— Eu não quero correr atrás desse seu sonho idiota! — exclamei, me afastando dela correndo. Desci as escadas em espiral em direção ao banheiro do porão. Empurrei a porta e entrei, respirando fundo. Peguei meu celular, liguei para Ray e suspirei aliviada quando ele atendeu.

— Branca de Neve? Tudo bem? — perguntou ele. — Você não deveria estar na escola? O que houve?

— A gente vai se mudar — soltei, engolindo em seco. — Ela disse que a gente vai para Londres trabalhar com o Trevor, mas eu não quero ir. Ela está tentando me obrigar. Por favor, Ray, não deixe que ela faça isso comigo. Por favor, faça com que ela fique.

— Eu queria que isso não fosse verdade...

— Você sabia?

— Sabia. Mas achei que ela não iria em frente. Sinto muito, Branca de Neve.

Meus olhos ficaram marejados. Comecei a balançar a cabeça, estava em negação.

— Quero ficar aqui. Quero ficar com você. Me deixe ficar com você. Minha mãe pode ir embora, eu não me importo. Quero ficar aqui. Esse é o lugar mais próximo de um lar que eu já tive, e você é o mais próximo que tive de um pai. Por favor, quero ficar com você, Ray.

Seguiu-se uma longa pausa. Cada segundo me fazia chorar ainda mais.

— Não há nada no mundo que eu queira mais do que isso, Branca de Neve.

Sim...

— Mas... — começou ele.

Não...

— No final das contas, eu realmente não tenho como interferir. Não posso fazer nada, porque não sou seu pai.

Fiquei imaginando se aquelas palavras doíam tanto nele como em minha alma.

Desliguei e saí do banheiro. Estava caminhando pelos corredores com vontade de chorar de novo quando encontrei Elliott parado ali, depois de ter apanhado de Todd e seus amigos. Desde o dia em que tinha dado um soco em Todd, ele vinha sofrendo ainda mais agressões. Elliott nunca falava sobre isso comigo e, sempre que eu perguntava sobre o assunto, ele alegava que estava bem e começava a falar sobre outra coisa.

— Jazz? O que houve? — perguntou Elliott, aproximando-se de mim.

— Eu... Eu... — As lágrimas começaram a escorrer pelo meu rosto, e balancei a cabeça. Eu ainda tinha mais três horas pela frente, mas sabia que não ia conseguir. Estava magoada demais para continuar assistindo às aulas. — Foge comigo? — pedi. — Só pelo resto do dia?

— O que houve? — perguntou ele de novo.

— Está tudo errado.

Ele olhou para o corredor e estendeu a mão para mim.

— Tudo bem. Vamos nessa.

* * *

Fiquei fungando sem parar enquanto Elliott e eu nos acomodávamos em cima do latão de lixo no beco atrás da Frenchmen Street, ouvindo a música tocar nos bares em que não podíamos entrar. Estávamos ali havia horas, observando o sol desaparecer no céu.

— Você vai mesmo embora? — perguntou Elliott, a voz baixa enquanto remexia os dedos. Os óculos de aro redondo e fino em seu rosto escondiam os olhos castanho-esverdeados que eu tanto amava; seus lábios estavam curvados para baixo.

Assenti, sem conseguir desviar o olhar do seu rosto, mesmo que ele não estivesse olhando para mim.

— Vou.

A gente mal se conhecia, mas já era o suficiente.

Meu ano em Nova Orleans havia passado rápido demais. As horas pareciam apenas minutos, e os minutos pareciam apenas poucos segundos. *Tempo* — isso era tudo que queríamos. Precisávamos de um pouco mais de tempo, e nunca havia o suficiente.

Passamos tanto tempo atrás daqueles bares, ouvindo vários tipos de música e fazendo promessas que não poderíamos cumprir — promessas de futuros e sonhos de mantermos contato, promessas de que tudo seria para sempre.

Tínhamos apenas 16 anos, mas nossos corações pareciam mais velhos sempre que estávamos juntos. Antes de conhecer Elliott, eu achava que a solidão era algo que eu sentiria para sempre. Então ele me encontrou com a sua música, e tudo mudou. Se eu tivesse escolha, teria ficado com ele, mas a vida me ensinou que pessoas da nossa idade não podiam tomar decisões.

Tínhamos que ir para onde os adultos queriam nos levar.

— Para onde vocês vão dessa vez? — perguntou ele.

Eu odiava a sensação de aperto no estômago que estava sentindo. Odiava o fato de que parecia que minha mãe não se importava comigo. Estudei em casa a maior parte da minha vida e foi só quando Ray conseguiu o contrato em Nova Orleans que tive um vislumbre do que poderia ser uma vida de verdade... como seria ter uma cama no mesmo lugar todo dia, frequentar uma escola... saber como é ter um melhor amigo, o que significava um lar — e agora eu estava perdendo isso tudo.

— Londres. Vamos ficar lá por um tempo.

Ele se virou para mim, tentando encontrar um vislumbre de esperança em meus olhos.

— Depois você vai voltar para cá?

Franzi o cenho. A gente nunca voltava.

Dei de ombros.

— Talvez.

Ele também franziu o cenho, porque não acreditou em mim.

— Quanto custa uma ligação internacional?

— Provavelmente muito.

— Mas isso é uma coisa boa. Vai ajudar na sua carreira.

— Eu não quero ter uma carreira — confessei, sendo sincera. — Eu só quero ficar aqui com você.

— Eu também quero isso, mas, se for bom para você, quero que vá.

— Não seja tão lógico — reclamei. — Odeio quando você diz coisas racionais.

— Pense bem, se você ga-ganhar muito dinheiro, po-pode voltar e comprar uma casa grande, com árvores grandes, e vai po-poder se sentar na varanda e tomar chá gelado. A sua casa... uma casa para você...

Suspirei.

— Pode ser. — Baixei a voz e olhei para minhas mãos. — Mas eu não quero te deixar. Você é meu único amigo. E Ray é minha única família. — A única família que se importa comigo, pelo menos.

Elliott notou a reação do meu corpo. Minhas mãos estavam tremendo, e minha voz começou a falhar. Ele se empertigou um pouco.

— Você acha que isso vai mesmo ajudar na sua carreira?

— Minha mãe acha.

Ele se aproximou mais e ficou balançando os pés em cima do latão de lixo.

— Não foi isso que eu perguntei.

— É, eu sei. — Passei a mão pelo meu cabelo grosso e preto, tão parecido com o da minha mãe. — Mas é só isso que importa.

Elliott olhou para mim e sorriu, mas seus olhos pareciam muito pesados e tristes.

— Você quer fugir comigo essa noite?

Quero.

Por favor.

Para qualquer lugar.

Vamos nessa.

— Quem me dera — sussurrei.

Ele se afastou de mim e voltou a remexer os dedos.

— Era tudo o que eu queria — disse ele.

— Você pode se despedir da sua irmã por mim?

— Claro.

— Obrigada.

Por alguns minutos, ficamos sentados ali, em cima do latão de lixo, fingindo que nossas vidas não estavam prestes a mudar para sempre. Ouvimos a música que vinha do Jazz Lounge. E ouvimos o rhythm and blues do Jo's Catz. Sorrimos ao escutar a música country do Mikey's Tavern. Por alguns minutos, vivemos apenas o momento.

— Você é a minha pessoa favorita, Jazz — declarou Elliott em voz tão baixa que fiquei em dúvida se tinha entendido direito. Eu amava quando ele me chamava de Jazz, porque era seu estilo musical favorito. Sim, Ray era um grande músico, mas ninguém tocava saxofone como Elliott.

— E você também é a minha pessoa favorita. Vou sentir saudade da sua música.

— Vou sentir saudade da sua voz.

Abri a boca para dizer alguma coisa, mas não saiu nada. O que mais eu poderia dizer?

Eu não tinha ideia de que meu coração pudesse doer tanto. Eu não conhecia Elliott havia muito tempo, fazia apenas alguns meses que éramos amigos, mas sentia que nos conhecíamos desde sempre. Éramos completamente opostos de muitas formas. Eu era a nova garota popular na escola, e ele, o garoto tímido que sofria *bullying*. Eu era extrovertida; ele, controlado. Eu estava perdida; ele era o caminho de volta para casa.

E agora era hora de dizer adeus.

— Jazz?

— O quê?

— Me promete uma coisa?

— O quê?

Elliott se aproximou mais e levou as mãos ao meu rosto, me fazendo olhar para ele.

— Se ela fizer você sentir que está se tornando outra pessoa... — Fechei os olhos ao ouvir essas palavras, e as lágrimas começaram a escorrer pelo meu rosto. Elliott as enxugava com o polegar enquanto continua falando. — Se ela te magoar e você precisar fugir, volte para cá. Volte para mim que eu vou cuidar de você para sempre. Sempre, está bem?

— Está bem, eu prometo.

Ele enfiou a mão no bolso de trás e pegou um chaveiro. Tirou uma das chaves e a entregou para mim.

— Essa é uma cópia da chave da minha casa. Fique com ela.

— Por quê?

— Na minha família, sempre que passamos por bons ou maus momentos, a gente dá uma chave para o outro. É um lembrete de que você tem um lugar para chamar de lar, não importa o que aconteça. Além disso, sempre que tiver um dia ruim, você pode segurar a chave e se lembrar de que não está sozinha. Não de verdade. Será a sua fo-força nos dias difíceis. É um lembrete de que você sempre terá um lar para onde voltar.

Segurei firme a minha chave.

— Obrigada, Eli.

— Sempre, Jazz.

Naquela noite, ficamos ali, no beco atrás dos bares, até a música acabar. Depois, quando não havia mais som, ficamos por mais um tempo, desejando permanecer no mesmo lugar até que a música voltasse a tocar no dia seguinte.

Então, quando já era hora de ir, nós dois nos levantamos.

Elliott me abraçou, e eu pressionei meu corpo contra o dele.

Ele se afastou ligeiramente e colocou meu cabelo atrás da orelha. Nossos olhares se encontraram — ele focou nos meus olhos castanhos, e eu estudei os olhos castanho-esverdeados que me olhavam com tanta intensidade. Eu amava o rosto dele. Na verdade, amava cada parte dele, mas, Deus, como eu amava o seu rosto.

Não dissemos as palavras, mas as sentimos naquela noite.

Amor.

Ele era tão magro e frágil, e eu jurava que eu tinha pelo menos o triplo do seu peso, mas ele me amava exatamente como eu o amava. Elliott era pele e osso, e eu, cheia de curvas. Sua pele era da cor de caramelo, e a minha, branca como leite. Éramos completamente diferentes. Não deveríamos ter nos apaixonado um pelo outro, mas, quando estávamos juntos, éramos lindos.

Se não fosse por Elliott, eu sempre acharia que o amor era algo tedioso. Se não fosse por ele, nunca teria descoberto o que é ser jovem e livre. Teria ficado presa a vida toda, e Elliott abriu a porta e me deixou voar.

— Vamos trocar muitos e-mails — prometeu ele. — Sempre. Vamos mandar mensagens um para o outro.

— Combinado.

— Jazz?

— O quê, Eli?

— Vou be-beijar vo-você agora?

Dei um risinho ao sentir um frio na barriga.

— Isso é uma pergunta?

Ele fez que não com a cabeça.

— Não.

Lágrimas escorreram pelo meu rosto e fechei os olhos.

— Eu nunca fui beijada.

Ele arqueou uma das sobrancelhas.

— Mas, você...

Eu assenti.

— Pois é. Acontece que os outros caras antes de você não estavam interessados em beijar — contei com a voz cheia de vergonha.

— Tudo bem — ele me tranquilizou. — Eu também nunca beijei ninguém.

Fiz que sim com a cabeça e senti um frio na barriga.

— Odeio o fato de que o nosso primeiro beijo também vai ser o último.

— Não. Essa não vai ser a última vez. Quando eu te encontrar de novo, a primeira coisa que vou fazer é te beijar para compensar tudo o que deixamos de fazer juntos. Da próxima vez que nos beijarmos, será para sempre.

— Promete?

— Prometo.

E eu senti que aquela promessa era verdadeira. Ofeguei levemente quando seus lábios roçaram nos meus. Ele me beijou de forma tão suave, mas, mesmo assim, pude senti-lo do alto da cabeça até a pontinha dos dedos dos pés. Foi doce, triste, feliz e real.

Muito, muito real.

Então é assim que deve ser. É assim que o coração deve bater.
Isso é amor.

Mesmo que eu estivesse indo embora no dia seguinte, acreditei que ficaria bem. Ficaria bem porque Elliott havia me mostrado o que o amor verdadeiro significava, como era a sensação e seu gosto, e nada jamais poderia tirar aquilo de mim. Mesmo se a vida ficasse sombria, aquele sentimento permaneceria vivo em minha mente.

Elliott Adams, seu amor e seus beijos suaves que haviam me prometido o para sempre.

Capítulo 12

Elliott

Na última semana, minha mãe passou a olhar para mim com o cenho franzido durante o jantar. Ela conseguia enxergar minha tristeza, mas eu tentava escondê-la para que ela não ficasse tão infeliz.

— Estou bem — eu disse, empurrando o macarrão no prato.

— Tudo bem se não estiver — retrucou ela. Katie também estava com a cara fechada. As duas estavam mal por minha causa. — É normal não estar bem o tempo todo.

Dei de ombros.

— Posso ir para o meu quarto? Não estou com fome.

— Claro. Se precisar de alguma coisa, é só falar. E eu sei que amanhã você tem aula, mas, se quiser jogar video game com o Jason, por mim tudo bem — propôs minha mãe, esperando que isso me fizesse sorrir.

Sorri para ela.

— Tudo bem.

— Eu amo você, Eli.

— Também te amo, mãe.

Deitei na cama e coloquei os fones de ouvido. A parte mais triste do jazz é que cada música afeta você de forma diferente com base em seu próprio humor. Algumas das minhas músicas favoritas me deixavam com vontade de chorar, enquanto outras me faziam querer jogar o iPod longe.

Eu estava com saudade dela.

Apenas seis dias se passaram desde que ela foi embora, e eu estava com mais saudade do que achava que seria possível. Trocávamos e-mails, mas não tínhamos como conversar de verdade. Quando ela estava dormindo, eu estava acordado e vice-versa. Era difícil saber o que estava acontecendo na vida dela estando em um fuso horário diferente.

A escola não ficou mais fácil depois que Jasmine foi para Londres. Na verdade, piorou muito. Katie se esforçava para me ajudar, mas Todd e seu bando voltaram com o *bullying* com força total.

Um novo semestre significava uma nova grade de horários, e tive a sorte de ter Todd ou um de seus amigos como companheiro de classe em cinco das sete matérias.

A pior era a aula de educação física, junto com três deles.

— Você acha que pode simplesmente se safar depois de ter quebrado o meu nariz, Caveira? — sibilou Todd no vestiário enquanto dois de seus seguidores me seguravam. — Agora que a piranha da sua namoradinha foi embora, você não tem mais uma gostosona para te proteger — declarou ele, cuspindo em mim.

Não respondi, porque palavras não adiantavam de nada.

— Só espere. Você vai ver o que vai te acontecer. Mas é meio triste. Agora que não posso mais trepar com a sua vadia, vou precisar de outra pessoa. — Ele riu. — Pensando bem, a sua irmã tem uma bunda maravilhosa e, vamos ser sinceros, todo mundo já viu os peitões dela. Então acho que posso muito bem tirar uma casquinha.

Cerrei os punhos e dei um salto, querendo acabar com ele, mas seus amigos me seguraram.

Não sou forte o suficiente.
Não sou forte o suficiente.

— Se vo-você en-encostar um dedo nela... — avisei, e eles caíram na gargalhada.

— Se-se-se eu en-encostar um dedo ne-nela *o quê?* — debochou Todd. — Eu vou tocar nela todinha... em cada pedacinho do corpo dela e depois vou chutar a sua bunda por você ter quebrado o meu nariz, seu fracassado. Você não vai saber nem onde nem quando. A sua vida vai ser uma bomba-relógio, e eu vou acabar com você.

Mais uma vez, tentei me desvencilhar daqueles babacas, mas não consegui.

Não sou forte o suficiente.
Não sou forte o suficiente.

— Podem soltá-lo — ordenou Todd, e os dois garotos me jogaram de volta no banco, fazendo com que minha cabeça batesse no armário.

Minha visão estava girando, e eu não tinha a mínima ideia do que fazer, de que forma poderia proteger minha irmã nem como conseguiria me certificar de que nada de ruim acontecesse com ela. Se algo acontecesse, eu jamais iria me perdoar. Se alguém encostasse um dedo nela...

Não consegui parar de pensar naquilo enquanto andava de um lado para o outro. Ajeitei os óculos. Só havia uma coisa a fazer, e eu não me importava se isso faria com que eu parecesse um derrotado ou não, se me faria parecer fraco. A única coisa que importava era proteger a Katie, o que significava que eu tinha de contar tudo para a minha mãe.

Se havia alguém que poderia dar um jeito em tudo, esse alguém era ela, e não demorou muito para que minha mãe tomasse as providências.

Alguns dias depois, minha mãe, Katie e eu estávamos na sala do diretor com Todd e os pais dele ao nosso lado. Katie não ergueu o olhar nenhuma vez, e eu ficava remexendo as mãos no colo.

— Você sabe que essa é uma alegação muito séria, Sra. Adams — avisou o diretor Williams, recostando-se na cadeira. — Dizer que Todd faria algo assim...

— Claro que eu não faria isso! — insistiu Todd, parecendo mais inocente do que nunca. — Eu jamais faria algo desse tipo com uma garota.

Meu Deus. Ele realmente deveria considerar seguir a carreira de ator. Se eu não soubesse que ele era uma pessoa tão ruim, teria acreditado naquele babaca.

Katie bufou, revirando os olhos. Minha mãe estava lívida. Seus dedos se fecharam nos braços da cadeira.

— Tem que haver alguma coisa que possamos fazer a respeito desse assunto, algum tipo de ação contra ele. Não me sinto confortável sabendo que a minha filha está andando no mesmo corredor que esse garoto, e você também não deveria estar. Francamente, você deveria estar preocupado com a segurança de todas as alunas!

— Isso é um absurdo — gemeu o Sr. Clause, revirando os olhos. — Não acredito que tive que sair do trabalho por algo tão sem sentido. Todd não fez nada.

— Ele ameaçou estuprar a minha filha! — gritou minha mãe, muito brava. — Se você acha que isso é absurdo e que não merece nenhum tipo de reprimenda, eu só posso falar que o caso é assustador, para dizer o mínimo.

— Ah, faça-me o favor! Vamos parar de pisar em ovos aqui? — começou a Sra. Clause, fazendo um gesto em direção à minha irmã. — Será que podemos levar qualquer coisa que venha dessa garota em consideração?

— O que você quer dizer com isso? — perguntou minha mãe.

Senti o estômago embrulhar, e Katie arregalou os olhos de medo.

— Mãe, vamos deixar isso para lá. Quero ir embora — sussurrou minha irmã, puxando o braço dela. — Isso é bobeira.

— Não — declarou minha mãe com firmeza, sem tirar os olhos da Sra. Clause. — O que você quer dizer com isso?

— Quero dizer que, no ano passado, um vídeo da sua filha transando com vários garotos em uma festa estava circulando por aí. O vídeo viralizou. Estou surpresa por saber que a senhora não viu.

— Do que você está falando? — perguntou minha mãe.

— Eu só acho que isso é ridículo. Meu filho não ia querer nem chegar perto de uma garota como ela — desdenhou a Sra. Clause.

— Uma garota como ela? — Minha mãe foi ficando vermelha, parecia prestes a explodir.

— Você sabe... fácil.

— *Como você se atreve?* — gritou minha mãe. — O seu filho é um merdinha que merece ser punido por suas ações.

— Mesmo ele tendo dito isso, são apenas palavras, não ações — corrigiu o Sr. Clause.

— Sério? — sibilou minha mãe, pasma. — É assim que vocês criam o seu filho?

O diretor Williams tentou interceder para pôr um fim à discussão, mas já era tarde demais.

— Faço melhor do que você com os seus! Sua filha anda pela escola feito uma vadia, e esse garoto não consegue nem articular uma frase inteira. Acho que é isso que acontece quando uma criança não tem uma figura paterna em casa — declarou a Sra. Clause com cara de nojo.

Minha mãe se levantou com um salto e partiu para cima da mulher, mas eu fui mais rápido do que ela e a segurei. Quando olhou para mim, seus olhos estavam cheios de fúria, como se ela fosse capaz de matar para proteger seus filhotes.

— Está tu-tudo be-bem, mãe — afirmei.

— É, mãe, vamos embora — implorou Katie.

Os olhos da minha mãe ficaram marejados. Ela olhou sério para o diretor Williams e declarou:

— Eu não sei quanto eles estão pagando para você, nem quanto doam à escola para controlá-lo dessa forma, mas esses meninos são meus filhos. Esse é o seu trabalho. *Faça alguma coisa.*

Depois de desabafar, ela saiu da sala, fazendo com que Katie e eu fôssemos atrás dela.

Caminhamos apressados até o carro. Ela abriu a porta do veículo e nós dois entramos nele. Depois, ela bateu a porta com força. Passei para o banco de trás e Katie ficou na frente. Minha mãe se sentou ao volante e o segurou com força, sua respiração estava ofegante.

— Desculpe, mãe — disse Katie finalmente, enquanto lágrimas escorriam pelo seu rosto. — Eu...

— Foi por isso que você parou de andar com os seus amigos? — perguntou minha mãe.

Katie assentiu.

— Foi numa festa idiota, e eu fiquei com muito medo de contar para você e com vergonha... Desculpe. — Katie estava chorando.

Minha mãe se virou para ela, olhando-a diretamente nos olhos, e pousou as mãos nos ombros dela.

— Katlyn Rae Adams, você não precisa ter vergonha de si mesma nem medo de me contar nada. Entendeu?

Katie assentiu.

— Entendi, mãe.

— Vamos conversar sobre isso em algum momento, combinado? Mas, agora, só preciso saber se você está bem.

— Estou.

— E aqueles, aqueles... *monstros* que estavam na diretoria da escola hoje... Aqueles adultos que falaram de forma tão nojenta sobre uma criança... Eles são o problema. Esse mundo é o problema. Não você.

Minha mãe puxou Katie para um abraço, e as duas choraram juntas por um bom tempo. Ficamos no estacionamento até que elas recuperassem o fôlego. Minha mãe enxugou os olhos de Katie, e Katie, os da nossa mãe.

— Vamos para casa jantar — declarou ela, partindo com o carro. — E depois vamos procurar uma escola nova para vocês.

— Mãe? — chamei.

— O que foi, Elliott?

— Você, hum... chamou o Todd de me-merdinha?

Ela riu e olhou para mim pelo espelho retrovisor antes de dar de ombros.

— Acho que chamei, sim.

Abri o maior sorriso enquanto ela nos levava para casa.

Tenho a mãe mais legal do mundo.

Capítulo 13

Jasmine

— Mickey Rice é um dos maiores produtores do mundo, Jasmine. Se conseguirmos que ele tope trabalhar com você, isso pode mudar as nossas vidas. Ele tem contato com os melhores profissionais da indústria musical e vai nos apresentar a T.K. Reid, o engenheiro de som. Você não poderia ter mais sorte! — exclamou Trevor, assim que entramos em um táxi para o estúdio em Londres.

Minha mãe olhava pela janela e tirava fotos de todos os prédios pelos quais passávamos. Já estávamos na Inglaterra havia algumas semanas, e eu estava trabalhando sem parar. Quando não estava no estúdio ou em reunião com produtores, tinha aulas com minha mãe.

Sempre que eu tinha um tempinho livre, mandava e-mail para Elliott. Era a única forma de nos comunicarmos e, com a diferença de horário, diversas vezes acordava com novas mensagens e ia dormir querendo mais.

— Quando chegarmos à reunião, deixe que eu tome as rédeas, ok? — alertou-me Trevor, ajustando a gravata. Pelo jeito que ele estava vestido, concluí que aquele encontro devia ser muito importante.

Trevor era o oposto de Ray. Ele parecia uma cobra e agia como uma também. Não havia nenhuma suavidade nele.

— Posso participar da reunião? — pediu minha mãe.

Trevor fez uma careta.

— Não sei, Heather. Acho que talvez seja melhor deixarmos apenas os profissionais trabalharem, sabe? — Ele deu uma piscadinha para ela.

— Quero que ela esteja comigo — eu disse, determinada, olhando pela janela enquanto passávamos pelo Big Ben.

— Mas...

— Se a minha mãe não for comigo, eu não vou entrar.

— Não, Jasmine. Está tudo bem. Provavelmente, eu ia acabar atrapalhando mesmo — falou ela, com um tom leve e um sorriso no rosto. — Trevor vai estar com você. Vai dar tudo certo.

Tentei argumentar, mas percebi que ela não ia ficar contra Trevor. Diferente de Ray, ele não aturava a língua afiada da minha mãe. Quando ela atacava, ele revidava — e de forma ainda pior.

Atualizei meu e-mail, na esperança de ter recebido uma nova mensagem de Elliott desde a última vez que verifiquei, cinco segundos antes, mas não havia nada novo. Mesmo que ainda fossem três horas da manhã em Nova Orleans, eu realmente queria que ele estivesse acordado para conversar comigo.

* * *

— Há quanto tempo ela se apresenta? — perguntou Mickey Rice a Trevor, debruçando-se na mesa. Ele estava girando um lápis entre os dedos e olhava para mim de cima a baixo.

— Há seis anos — respondeu Trevor por mim. — Ela se apresenta profissionalmente há seis anos.

— E quantos anos ela tem? — quis saber ele, com o olhar grudado em mim, embora estivesse falando com Trevor.

— Dezesseis.

Mickey arqueou uma sobrancelha.

— Ela poderia se passar por uma garota de 19.

— É a maquiagem. Podemos dar um jeito nisso, se for necessário — esclareceu Trevor.

Os olhos de Mickey passearam pelo meu corpo de novo. Cruzei as pernas e os braços, me sentindo totalmente desconfortável. Odiava o fato de que eles estavam falando de mim como se eu não estivesse na sala e que não me deixassem responder a nenhuma pergunta. Odiava que Trevor, um completo estranho, fosse a minha voz.

— Não. Não. Queremos que ela aparente ser mais velha. Chama mais atenção. — Mickey deu um sorriso dissimulado. — Quanto ela pesa?

— Por que você não pergunta para mim? — explodi, e Trevor deu um beliscão no meu braço e me lançou um olhar severo.

— Ela está com 59 quilos.

— Precisa perder uns sete.

— Mas eu tenho um metro e setenta e três — argumentei.

— Você está certa. Melhor perder nove.

— O que isso tem a ver com a minha carreira? — perguntei, irritada.

— A indústria musical é assim, queridinha. Tudo tem a ver com a sua carreira. — Mickey pegou um maço de cigarros, tirou um e o colocou entre os lábios. Ofereceu um cigarro para Trevor, que o aceitou. *Meu Deus,* eu odiava aquele cheiro.

— Descreva o gênero dela para mim — continuou Mickey.

Isso se estendeu por muito tempo. Os dois falaram sobre meus defeitos e discutiam sobre meu talento, sobre a direção que cada um acreditava que eu devia tomar, entre outras coisas. Fui ficando cansada de tudo aquilo e, de vez em quando, dava uma olhada no celular para ver se havia chegado algum e-mail novo de Elliott.

Claro que não tinha.

Ele ainda está dormindo.

— E ela dança? — perguntou Mickey.

— Você não quer me ouvir cantar? — interrompi, farta da conversa deles. Mickey me fulminou com o olhar.

— Com licença, mocinha. Os adultos estão conversando.

— Sobre mim — argumentei.

Trevor me lançou um olhar que dizia claramente que era para eu calar a boca, mas eu não me importei.

— Vocês estão falando sobre mim, a minha carreira e isso e aquilo que dizem respeito a mim, e você nem pediu para que eu cantasse.

— E o que a sua voz tem a ver com isso?

— Minha voz é o motivo de eu estar aqui.

Mickey riu.

— A indústria musical é assim mesmo. Isso não tem nada a ver com a sua carreira.

Trevor se inclinou na minha direção e meneou a cabeça discretamente.

— Deixe tudo comigo, garota. Estou do seu lado.

Não acreditei nele.

Eles continuaram conversando, e eu voltei a ficar atualizando meu e-mail. Meu coração deu um salto quando vi EAdams aparecer na minha caixa de entrada.

Assunto: Três horas da manhã.

Jazz,

Acordei para ir ao banheiro, e o despertador indicava que eram 3:33h. Pensei em você. Que horas devem ser aí? Nove da manhã? Você tem uma reunião com um grande produtor, não é? Vai ser perfeita. Eles só não vão assinar com você se forem loucos.
  Saudade.

Eli.

Assunto: Re: Três horas da manhã.

Eli,

Estou na reunião agora. São quase dez da manhã aqui. O cara não dá a mínima para mim como pessoa, só está interessado em saber como eu venderia a minha marca.
  Eu nem sabia que tinha uma marca.
  Eu só queria cantar soul.

Trevor parece estar feliz da vida.
Estou com mais saudade. Vá dormir.

Jazz

Assunto: Re: Re: Três horas da manhã.

Não consigo voltar a dormir.
Diga a eles que você só canta soul.
Que você não gosta de pop.
Fale a verdade.
Você está feliz?

Eli

Assunto: Feliz?

Feliz? Sim, estou feliz.

Jazz

Assunto: Re: Feliz?

Mentirosa.

Eli

Assunto: Re: Re: Feliz?

Boa noite, Elliott.

Jazz

P.S.: Ouça Ella James. Ela sempre me ajuda a pegar no sono.

Assunto: Re: Re: Re: Feliz?

Bom dia, Jasmine.

                                                          Eli

P.S.: Ouça Tupac. Ele sempre me ajuda a mandar o mundo para aquele lugar.

Assunto: P.S.

Jasmine?

                                                          Eli

Assunto: Re: P.S.

O que foi, Elliott?

                                                         Jazz

Assunto: Re: Re: P.S.

Acho você deslumbrante.
    Maravilhosamente deslumbrante.
    Por dentro e por fora.

                                                          Eli

Ah, e eu amo você.

Assunto: Primeira vez

Essa é a primeira vez que você me diz isso.

                                                    Jazz

Assunto: Re: Primeira vez

Eu sei.

                                                    Eli

Assunto: Re: Re: Primeira vez

Elliott?

                                                    Jazz

Assunto: Re: Re: Re: primeira vez

O que foi, Jasmine?

                                                    Eli

Assunto: Re: Re: Re: Re: Primeira vez

Acho a sua voz linda.
    Mesmo quando você trava.

                                                    Jazz

Ah, e eu também amo você.

Capítulo 14

Elliott

— Você sabe o que acontece com quem é dedo-duro? — sussurrou Todd certo dia quando passou por mim, dando um leve esbarrão no meu ombro.

Ele vinha me assediando todos os dias, mas eram assédios bem mais leves agora, quase como se temesse ser pego. Seus amigos também estavam agindo da mesma forma e só me chamavam de dedo-duro porque eu tinha chamado minha mãe para me ajudar a defender a Katie.

Mas eu não ligava. Desde que minha irmã estivesse segura, eu não estava nem aí se me chamassem de dedo-duro.

Atualizei meu e-mail para ver se havia alguma mensagem de Jasmine. Sempre que eu pressionava o botão de atualização, sentia um frio no estômago enquanto esperava para ver se ela havia respondido.

Quando não, eu simplesmente relia os e-mails mais antigos.

Isso já era o suficiente para mim.

Tio TJ ainda me obrigava a tocar na rua, mesmo sem eu querer fazer isso sem ela.

— A música deve continuar sempre, apesar do coração partido, Elliott. Se ela não continuasse, como as pessoas iriam se curar?

Eu continuava tocando na esquina, e as pessoas me aplaudiam sempre, mas pareciam menos radiantes sem Jasmine ao meu lado, pareciam até um pouco solitárias.

Tio TJ estava certo — a música ajudava. Porém, o que ajudava muito mais era a presença da minha mãe, do tio TJ ou da Katie em todas as minhas apresentações. Naquela noite, foi a vez da minha irmã vir me aplaudir.

— Você não precisa vir, sabia? — avisei, enquanto Katie continuava me aplaudindo.

— Não vou deixar você aqui sem nenhum apoio, irmãozinho, e, já que a mamãe está trabalhando e o TJ está dando aula, aqui estou eu. Além disso, adoro ouvir você tocar. Você é incrível, Eli. — Dei um sorriso sem graça. Às vezes, tinha dificuldade de aceitar elogios. — Você vai para o beco ouvir música? — perguntou ela.

— Vou. Só um pouquinho.

— Quer que eu compre cachorro-quente do Dat Dog e vá junto com você?

Levantei uma sobrancelha.

— Se se eu disser não, você vai vir do mesmo jeito, não é?

— Exatamente.

— Então eu quero o especial com Coca-Cola.

— Deixe comigo! Encontro você em alguns minutos. — Ela saiu apressada para comprar cachorro-quente, e eu segui para o beco.

Estar ali, atrás daqueles bares, sempre foi meu jeito de me desligar do mundo. Ouvir música me dava uma sensação de paz. Durante o tempo que eu passava lá, imaginava como seria ver Jasmine de novo, como seria abraçá-la.

Jasmine Greene era a garota com a qual eu nem deveria sonhar em ter uma chance e, se pudesse vê-la de novo, sei que não a deixaria partir.

Ouvi uma voz enquanto olhava para o céu escuro, mas não foi a de Katie.

— Sabe o que acontece com dedos-duros?

Todd e seus amigos estavam vindo pelo beco, na minha direção. Fiquei tenso e pulei do latão de lixo para correr, mas um deles agarrou meu braço.

— Aonde você vai com tanta pressa? — perguntou Todd. — A gente está perguntando isso há semanas, e acho que chegou a hora de você responder, Caveira Ossuda. O que acontece com dedos-duros? — sibilou ele, enquanto dois de seus amigos me prendiam contra o latão de lixo. Todd me deu um soco na barriga, fazendo com que todo o ar saísse dos meus pulmões. — Dedos-duros são enterrados no lixo.

— Na-não, po-por fa-favor — implorei, mas eles não deram a mínima. Era óbvio que estavam bêbados ou drogados. Talvez as duas coisas.

— Vi você conversando com sua irmã na rua. Ela vem te encontrar aqui? — perguntou, enquanto eu continuava me retorcendo, tentando me livrar deles.

— Não — menti, engolindo em seco.

— Talvez fosse melhor ligar para ela agora mesmo e dizer para ela voltar rapidinho. Pegue o celular dele — ordenou Todd.

— Deixem a minha irmã em paz! — berrei. Os caras me jogaram contra o latão, fazendo com que eu gemesse de dor.

Eles pegaram meu celular, e Todd o abriu. Tentou acessar o aparelho e fez uma careta.

— Qual é a senha, idiota? — Fiquei calado. Ele bufou e veio para cima de mim. — Eu perguntei... — Ele socou minha barriga. — ...qual é... — *soco*. — ...a sua... — *soco*. — ...senha.

Comecei a sentir o vômito subindo pela garganta, mas não disse nada. Não podia. Tinha de proteger minha irmã. Ele podia me espancar quanto quisesse, desde que Katie ficasse em segurança.

— Mas o que vocês estão fazendo? — gritou uma voz na entrada do beco. Eu me virei e vi minha irmã deixar a comida cair no chão.

Ah, não, Katie...

— Bem, temos um mentiroso aqui — disse Todd antes de me dar uma bofetada.

— Não, Katie! Fuja! — berrei, mas ela não me deu ouvidos. Começou a correr em nossa direção. — Não!

— Que merda, façam o Caveira calar a porra da boca — gemeu Todd. — Joguem ele no latão de lixo enquanto eu cuido dessa vadia.

Ele abriu a tampa, e os outros meninos começaram a me levantar. Um deles me agarrou pelos tornozelos e outro, pelos pulsos. Eles me ergueram e me jogaram lá dentro. Tentei me levantar rápido, mas eles fecharam a tampa e se sentaram em cima dela.

Forcei, tentando abri-la, mas não conseguia.

Não sou forte o suficiente.

Não sou forte o suficiente.

Eu os ouvi rindo. O cheiro de comida podre provocou ânsia de vômito em mim, mas por sorte consegui me controlar. Minha única preocupação era me certificar de que Katie estivesse bem.

— Ora, ora, vejam se não é a maior piranha da cidade — provocou Todd.

— Soltem o meu irmão agora mesmo! — ordenou Katie com a voz séria. — Deixe de ser babaca.

Katie, não... Vá embora.

— Não se preocupe. Ele só está respirando um pouco de ar puro — debochou Todd enquanto alguém socava a tampa do latão.

— Eli. — Embora a voz de Katie estivesse firme, percebi que ela estava aterrorizada. Eu não queria que ela ficasse preocupada comigo.

— Fuja, Katie! — berrei, minha voz queimando enquanto eu socava as paredes de metal.

— Eu não vou embora — respondeu ela. — Não se preocupe. Vou chamar a polícia.

— Nada disso. Acho que vamos ter uma conversinha primeiro — avisou Todd.

— Devolva já o meu telefone, seu babaca! — exclamou ela.

Todd riu.

— Você sabia que meus os pais tiraram o meu carro de mim depois do que o seu irmãozinho aprontou?

— Se você não fosse um porco, talvez não tivesse nenhum problema — gritou Katie, sem nenhum tremor na voz. Eu amava essa característica dela. Katie não tinha medo de nada. Não demonstrava ter, pelo menos. Mesmo depois de tudo pelo que passou, ela sempre manteve a cabeça erguida.

— Você tem a língua afiada, não é? Mas o que mais essa linguinha consegue fazer? — perguntou Todd, cheio de malícia.

Eu socava a tampa da lixeira enquanto gritava. Minhas veias do pescoço saltaram e minhas mãos começaram a sangrar de tanto socar o interior da lata de lixo. Eu socava, chutava, batia e arranhava o metal. Os nós dos meus dedos ficaram em carne viva. Meu corpo estava ferido por tentar escapar da prisão em que haviam me colocado, mas nada adiantou. Usei toda a minha força, usei cada célula do meu corpo para tentar sair, mas, mesmo assim, eu não conseguia.

Não sou forte o suficiente.

Não sou forte o suficiente.

— Me solte! — gritou Katie.

O fato de as mãos dele estarem tocando minha irmã me deixaram lívido de raiva, mas, nem assim, consegui sair dali.

— Que tal usar a sua língua para fazer outra coisa além de falar, hein? Sei que o meu irmão adorava a sua boca e tudo o que você fazia com a língua — sibilou Todd, antes de eu ouvi-lo gritar, em pânico. — Mas que porra é essa?

— O que aconteceu? — perguntou um dos amigos dele, descendo da lixeira. Aproveitei a deixa e empurrei a tampa de novo, mas não consegui movê-la.

— Essa vadia espirrou spray de pimenta na minha cara! — gritou ele. — Você vai pagar caro por isso, sua piranha. Pegue a vadia, Tim! E, Ryan, não se atreva a descer daí.

Seguiu-se uma grande comoção, e ouvi Katie tentando fugir deles.

— Me soltem! Me soltem! — Ela lutou, tentando chegar até mim enquanto eu tentava chegar até ela, mas nada estava funcionando. Por mais que eu tentasse. — Não — gritou ela. — Não, por favor — implorou.

Então, a voz de Katie sumiu.

— Cara. Todd, você está estrangulando a garota — murmurou um dos caras.

— Cala a porra da boca, Ryan. Eu sei o que estou fazendo!

— E o que você está fazendo, cara? — perguntou Tim, parecendo chocado.

— Ela é uma piranha — sibilou Todd.

— Ela não está respirando! — exclamou Ryan, e eu senti quando ele pulou da lata de lixo.

Empurrei a tampa e, finalmente, consegui abri-la. Vi Tim e Ryan se esforçando para tirar Todd de cima da minha irmã. Uma de suas mãos apertava a garganta dela com força, e vi que ela respirava com dificuldade. A outra mão estava enfiada em sua calça.

Não...

Todd batia o corpo dela repetidas vezes contra a parede de concreto enquanto Katie agarrava as mãos dele.

Saí do latão de lixo bem na hora que os caras conseguiram afastar Todd dela. Vi o corpo da minha irmã escorregar e cair no chão, vi sangue na parede. Vi o olhar de pânico no rosto dos outros garotos ao olhar para o corpo imóvel de Katie.

— Cara! — exclamou Ryan, aterrorizado. — O que foi que você fez?

Ataquei Todd no instante que meus pés atingiram o chão. Eu o derrubei, gritando, chorando e berrando coisas sem sentido. Ele era maior que eu, todos eram, mas eu não estava nem aí. Minhas mãos voaram para o rosto dele, e eu o socava sem parar. Vi que o sangue dele cobriu minhas mãos, mas não parei de bater. Não sabia o que estava fazendo, só queria que ele sentisse dor, e que parasse de respirar e sofresse o mesmo que havia feito minha irmã sofrer. Tim e Ryan fugiram correndo, e Todd me deu um empurrão. Eu caí para trás, então ele também saiu correndo do beco.

Eu me levantei e fui até Katie. Sua respiração estava fraca, e seus olhos estavam arregalados, em pânico.

— Eli — murmurou ela, e eu a envolvi em meus braços.

— Está tudo bem — eu disse para ela, em pânico, ao sentir o sangue dela em minhas mãos. — Você vai ficar bem. Você vai ficar bem.

Ela começou a fechar os olhos, e eu a sacudi.

Não...

— Fi-Fique comigo, Katie. Fique co-comigo. — Abri a bolsa dela para pegar o celular, mas me lembrei de que Todd o tinha pegado. Comecei a procurar em volta e vi meu celular no chão, onde os garotos o haviam jogado. Corri até ele, disquei o número da emergência e voltei para Katie. Apoiei a cabeça dela no meu colo e não a soltei mais. Ela ficou comigo conforme sua respiração foi enfraquecendo e meu pânico, aumentando.

Não me lembro do que eu disse para o atendente.

Ele ficou fazendo perguntas, e eu não me lembro de ter respondido. Não me lembro de nada. Estava completamente entorpecido. Cada parte do meu corpo morria por causa da dor.

— Não — eu implorava, segurando-a, puxando seu corpo imóvel para mim. — Não, não, não. Por fa-favor, Katie. Por favor. — Chorei quando o atendente disse que estava mandando alguém. Uma ambulância estava a caminho. *Uma ambulância... Uma ambulância estava a caminho...*

Comecei a soluçar abraçado à minha irmã, porque sabia que ela não ia resistir. Soube, no momento que a ambulância apareceu na esquina, que já era tarde demais para ajudá-la.

Segurei minha irmã enquanto ela dava os últimos suspiros.

— Katie, não — gritei, enquanto soluçava incontrolavelmente.

Quando eles chegaram, me empurraram para o lado, tentando usar técnicas de ressuscitação, e a colocaram em uma maca. Eu fui com ela. Quando se afastaram, anunciaram que ela estava morta.

Cada parte do meu ser morreu bem ali com ela — minha irmã, minha família, minha melhor amiga. Minha vida foi arruinada para sempre no momento em que Todd Clause roubou a vida do melhor ser humano que eu já havia conhecido. Nada jamais seria o mesmo.

Assunto: Orgulho da mãe

Sinto que não estou sendo eu mesma há muito tempo. Sempre que canto soul já está de noite e é quase em um sussurro para que minha mãe e Trevor não escutem.

Sinto muito por não estar falando com mais frequência por aqui. Minha mãe tem brigado comigo para que eu fique longe do celular.

Odeio o fato de você estar tão longe. Odeio não poder te ver.

Vou ter uma reunião com um produtor superfamoso. Ele é conhecido por lançar grandes estrelas e astros do pop.

Fiquei pensando em várias maneiras de dizer não para todo mundo. Tentando encontrar uma maneira de fugir e nunca mais voltar.

Fugir para você. Para nós. Para o soul.

Mas aí eu penso na minha mãe.

Talvez essa seja a chance que passei a vida toda procurando. Talvez, se eu fizer isso, se conseguir ter uma carreira como cantora pop, então ela sinta orgulho de mim.

Isso é tudo o que eu quero.

É tudo o que eu sempre quis.

Agora, às vezes, ela sorri, sabe? Quando canto o que ela quer.

Não se preocupe. Ainda canto soul. Só que um pouco mais baixo do que antes.

Como estão as coisas?

Jazz

Ainda amo você.

Capítulo 15

Elliott

Eu me levantei e fui até Katie. Sua respiração estava fraca, e seus olhos estavam arregalados, em pânico.

— Eli — murmurou ela, e eu a envolvi em meus braços.

— Está tudo bem — eu disse para ela, em pânico, ao sentir o sangue dela em minhas mãos. — Você vai ficar bem. Você vai ficar bem.

Ela começou a fechar os olhos, e eu a sacudi.

— Filho — alguém gritou, me chamando, arrancando-me dos meus devaneios. Minhas lembranças recentes estavam se repetindo sem parar em minha mente.

— Filho, mantenha o foco.

Abri os olhos.

Eu estava sentado em um banco, no corredor do hospital, e havia dois policiais na minha frente. Um deles segurava um bloco e estava em silêncio, o outro estava falando. Ele ficava me chamando de filho, mesmo não sendo meu pai.

— Filho, você precisa entender, precisamos de toda informação que puder nos dar. Precisamos saber o que aconteceu em detalhes. O que você viu. Você entende, filho?

Não sou seu filho.

Fiquei olhando para a parede, piscando de vez em quando. Uma luz não parava de piscar no corredor e, cada vez que ela piscava, eu me encolhia. *Por favor, pare de piscar.* Minhas mãos estavam trêmulas, minha garganta, seca. Cada vez que eu engolia, parecia que algo cortava minha traqueia.

— Filho, por favor, quanto antes conseguirmos as informações, mais rápido poderemos resolver esse acidente.

— Isso, isso, isso na... — sussurrei, fechando os olhos. — Não fo--foi, fo-foi...

— Vamos logo. Diga logo. — Ele me apressou. — O que eles estavam usando? Quantos eram? Você os conhece? Sabe o nome deles?

Comecei a balançar para a frente e para trás e, quando abri os olhos, olhei para a minha mão em carne viva e toda suja de sangue. Coberta com o meu sangue e o da minha irmã.

Fechei os olhos de novo.

Não.

Não.

Não...

Lágrimas escorreram pelo meu rosto enquanto um gosto ácido subia pelo meu estômago e parava na minha garganta.

Eu não fui forte o suficiente. Ela havia morrido por minha causa.

— Talvez a gente deva dar um tempinho para ele, Kenny — sugeriu o policial que estava quieto até então. — Vamos esperar a mãe dele chegar. O garoto está em estado de choque.

— Mas... — retrucou o policial Kenny.

— Só um tempinho — insistiu o outro, interrompendo-o. — Acho que ele precisa.

Quando eles se afastaram, voltei a olhar para a parede enquanto a luz continuava piscando acima de mim.

Por favor, pare de piscar.

— Elliott — gritou minha mãe, entrando na sala de espera do hospital e correndo em minha direção. Eu não conseguia tirar os olhos das minhas mãos trêmulas e sujas de sangue enquanto esperava por ela. Assim que a vi, eu me levantei. Tio TJ não estava muito atrás.

— E-e-e-e-e-eu — Meus lábios se abriram, e o tremor aumentou. Eu não conseguia formar palavras na minha cabeça nem no meu coração, por mais que tentasse me desculpar com ela. Tentei pensar no que dizer para implorar-lhe seu perdão, para que ela entendesse que tudo tinha sido culpa minha. — E-e-e-eu...

Não.

Não.

Não...

Eu precisava de palavras, mas não conseguia agarrá-las. Eu precisava de ar, mas não havia ar ali.

Estava tonto. Enjoado. Magoado. Perdido.

Minhas pernas cederam, e minha visão ficou embaçada. Quando estava prestes a cair, minha mãe me pegou e me abraçou. Mas isso não impediu que nós dois caíssemos no chão à medida que uma dor intensa tomava nossos corações.

— Não, não, não — chorou minha mãe enquanto me abraçava. — A minha filha não. A minha filha não — soluçava ela de maneira incontrolável.

Tio TJ tentou nos ajudar, mas não conseguiu. Não havia como ficarmos firmes agora.

Minha mãe havia se dado conta, naquele momento, que estava vivendo o pior pesadelo de uma mãe. Ela se entregou ali, no chão do hospital, e nada poderia ajudá-la, porque, quando uma mãe perde um filho, ela se perde também. Não havia como curar um coração partido pela perda de um filho. Não havia como consolar uma pessoa que tinha acabado de ver seu mundo ser roubado.

Não havia como fazer as coisas ficarem bem.

Enquanto minha mãe tentava me consolar, eu tentava abraçá-la. Nenhum de nós jamais voltaria a ficar bem. Algo dentro de nós havia se partido e não tinha mais conserto. Aquilo ficaria quebrado para sempre, e nunca mais nos sentiríamos vivos de novo.

E isso era o nosso coração.

O meu parou de bater no instante em que Katie morreu. Por minha causa.

O da minha mãe parou no instante em que ela se deu conta do que havia acontecido.

Eu nunca ia me perdoar.

Também não esperava que minha mãe me perdoasse.

Enquanto ficamos sentados ali no chão, arrasados e sofrendo, consegui dizer as únicas palavras que passavam pela minha cabeça. Lágrimas escorriam pelo meu rosto, e minha garganta queimava. Finalmente consegui dizer as três palavras que nunca seriam suficientes, mas que me assombrariam por todos os dias da minha vida a partir de então.

— Sinto muito, mãe. Sinto muito, mãe. Sinto muito, mãe.

Fiquei repetindo isso várias vezes, até que perdesse o sentido.

Assunto: 7.500 km

Eli,

Oi! Faz muito tempo que não tenho notícias suas, mas acho que você deve estar ocupado. Também estou bem ocupada. Só queria que soubesse que ainda penso em você.

Londres fica a quase 7.500km de Nova Orleans.

Hoje pensei em começar a percorrer cada quilômetro para voltar para você.

Jazz

Ah, ainda te amo.

Capítulo 16

Elliott

No dia do enterro, fiquei parado diante do espelho do meu quarto, olhando para minha imagem refletida usando um terno preto. Meus olhos estavam inchados, e eu não conseguia dar nó na gravata. Ficava dando laçadas, mas, por mais que tentasse, não conseguia dar um nó. Katie sempre me ajudava.

Ela sempre arrumava a minha gravata.

— Posso? — perguntou tio TJ.

Eu sabia que ele estava parado na porta, mas não falei com ele. Na verdade, não falei com ninguém. As palavras agora pareciam não ter sentido algum. Dar nó na gravata parecia não ter sentido.

Nada tinha sentido, na verdade.

Deixei as mãos caírem ao lado do corpo, com uma postura totalmente derrotada, então tio TJ entrou no meu quarto. Ele pegou as duas pontas da gravata e, ao fazer isso, pigarreou.

— Você pode conversar comigo, sabia? Sobre qualquer coisa. Sobre tudo e sobre nada.

Continuei em silêncio.

Minha mãe passou pelo meu quarto e espiou lá dentro. Parou por um instante e abriu a boca, como se fosse dizer alguma coisa, mas desistiu. Ela também não falou muito nos últimos dias.

Principalmente comigo.

Não sabia que um olhar poderia ser tão triste até ver o da minha mãe. Ela era a minha Mulher-Maravilha, e vê-la andando pelos cantos totalmente derrotada era extremamente doloroso. Eu havia sido o responsável por provocar aquela dor, aquele sofrimento.

— Ela na-não pa-parece mais a mesma — sussurrei para tio TJ.

— Ela me odeia.

Ele franziu o cenho, negando com a cabeça.

— Elliott Adams, ninguém jamais conseguiria odiar você.

— Ela não fala comigo.

— Não é porque ela te odeia. É só que ela não sabe o que dizer agora.

Olhei para os sapatos pretos e lustrosos.

— Porque eu ma-ma-matei a Katie?

Tio TJ balançou a cabeça e pegou meu queixo com a mão, me fazendo olhar para ele.

— Garoto, se eu ouvir você falar essas mentiras de novo, vou arrancar a sua língua. — Meu corpo começou a tremer sob seu toque, enquanto ele olhava sério para mim. — Você está entendendo? — perguntou ele. As lágrimas escorriam pelo meu rosto. — Você entende que o que aconteceu não foi culpa sua?

— Sim, senhor — menti, e ele sabia que eu estava mentindo.

Os olhos de tio TJ ficaram marejados, e ele me puxou para um abraço bem apertado. Eu tremia em seus braços.

— Não foi você que fez aquilo, Elliott. Não foi mesmo. Nunca mais diga uma coisa dessas. Nunca mais — repetiu ele diversas vezes, meneando a cabeça.

Enquanto ele me abraçava apertado, consegui sentir acontecendo com ele também.

Seu coração estava se partindo.

Muita gente foi ao enterro, e isso me deixou muito bravo. Todos os "amigos" que Katie um dia teve entraram na igreja como se não tivessem passado o último ano inteiro renegando-a. Alguns deles tiveram a cara de pau até de chorar.

— Eles na-não de-deviam estar aqui — gritei, zangado e cerrando os punhos diante da falta de respeito. Como eles se atreviam a aparecer agora, quando deveriam, na verdade, ter ficado do lado dela no ano passado, quando ela enfrentou o período mais difícil de sua vida?

Como se atreviam a pedir desculpas?

Como podiam fingir que se importavam só porque era tarde demais para mudar as coisas?

— Deixe essas pessoas para lá — falou tio TJ, apertando meu ombro. — A culpa é capaz de consumir uma pessoa. Elas estão só arrependidas agora.

— Elas a magoaram.

— Elas sabem disso. E a culpa que estão sentindo agora, você pode imaginar? Isso não tem nada a ver com você. É entre Deus e elas.

Não tive coragem de dizer para tio TJ que Deus não existia. Pelo menos, não um Deus em quem eu teria fé depois de ter tirado minha irmã de mim.

— Aquelas pessoas fizeram escolhas ruins, Eli. E elas não têm como consertar as coisas. Elas tomaram suas próprias decisões, agora terão que arcar com as consequências pelo resto da vida. Mas, hoje, deixe que fiquem em paz.

Odiei tio TJ naquele momento, porque ele sempre fazia o que era certo.

No enterro, nós nos reunimos em volta do caixão, e eu fiquei ali, observando tudo enquanto baixavam minha irmã para dentro de um buraco na terra. Foi muito surreal. Fiquei chocado ao perceber como tudo podia estar bem e, no dia seguinte, uma pessoa que você amava poderia ir embora para sempre.

— Elliott — chamou uma voz atrás de mim. Eu me virei e vi um cara ruivo e gordinho vindo na minha direção com as mãos enfiadas nos bolsos.

— Jason. — Semicerrei os olhos, confuso por ver meu melhor amigo parado bem na minha frente. — O que-que vo-você está fazendo aqui? — perguntei.

Era para ele estar em Nebraska com a mãe.

Ele deu de ombros.

— Eu quis voltar para passar um tempo com o meu pai.

— Mas você odeia o seu pai.

— Eu sei, mas você é meu melhor amigo — afirmou ele, com um ar melancólico. — Então eu vou passar um tempo com o meu pai.

Ele nunca soube quanto isso significou para mim. Sempre que eu começava a chorar, ele me dava tapinhas nas costas e desviava o olhar para que eu não visse que ele também estava chorando. Katie foi a primeira paixão de Jason, a garota com quem ele acreditava estar destinado a ficar depois que a vida alinhasse seus caminhos. Foi a primeira garota que disse que gostava dele do jeito que ele era, e foi a primeira a falar que ele era bonito. Jason a amava, e isso não me surpreendia.

Como alguém poderia não amá-la? Ela era só coisas boas em um mundo onde tudo é ruim.

— Eles querem... hum... o advogado da minha mãe quer que os caras sejam julgados como adultos, e não como me-menores — contei a Jason.

Ele fez uma careta.

— Não é suficiente.

— Não — concordei. — Não mesmo.

Deixar alguém preso em uma cela não parecia a ideia de fazer justiça para mim, não quando se tratava da pessoa que havia tirado a vida da minha irmã.

Pelo resto dos meus dias, eu ficaria enclausurado na prisão da culpa. Ficaria preso atrás das grades da minha mente, sem conseguir me libertar do mal que havia sido feito ao meu coração e à minha alma naquela noite no beco atrás dos bares.

Mesmo assim, não era o suficiente.

Não era mesmo.

Ficamos mais um tempo ali no cemitério até minha mãe se sentir pronta para dar o último adeus a Katie... até eu estar pronto para dar meu último adeus à minha querida irmã.

— Quando meu avô morreu, eu me lembro de ter ficado muito triste por não ter tido a chance de me despedir. Então, minha mãe se virou para mim e disse: "Nunca é um adeus, é sempre um boa-noite até acordarmos de novo." — Ele franziu o cenho e deu de ombros. — Eu nunca tinha entendido o significado disso... até hoje. Você não está dando adeus para sempre, Eli. É só um boa-noite por ora.

Abaixei a cabeça.

— Isso não torna as coisas mais fáceis.

— Não — Jason concordou comigo. — Não mesmo. Mas talvez, um dia, sim.

A morte era algo estranho. Você sabia que era triste, entendia que isso trazia tristeza às pessoas, mas nunca compreendia o luto de verdade até que a morte fizesse parte da sua vida. Então, depois de conhecê-la, você desejava voltar no tempo para conversar com todas as pessoas que perderam um ente querido e se desculpar por não ter dado a elas aquela dose extra de conforto. Eu não sabia ao certo quem a morte machucava mais — os que partiam ou os que ficavam.

A cada dia que passava, eu me dava conta de como era impossível superar a saudade de alguém. Sempre havia os pequenos lembretes que traziam a pessoa de volta para sua cabeça. Quando ouvia a risada de alguém no supermercado ou quando via uma pessoa dançando mal. Ou até mesmo quando estava sozinho em um quarto escuro, sentindo falta do calor do ente querido, então você caía no choro na escuridão. Ou podia acontecer em uma festa na qual estivesse cercado de pessoas, de amor e felicidade e, do nada, você desmoronasse porque o bolo era roxo e *essa era a cor preferida dela*.

De certo modo, era como se a pessoa nunca tivesse partido. Os entes queridos permaneciam em tudo e em todos.

Eu não tinha certeza se isso era uma bênção ou uma maldição.

* * *

Levou uma semana para que minha mãe conseguisse olhar para mim sem cair no choro. Uma noite, ela parou na porta do meu quarto e cruzou os braços.

— Sinto muito — lamentou-se.

— Eu também.

Seus olhos estavam marejados, mas ela não chorou.

— Não foi culpa sua, Eli. Eu só preciso que você saiba disso. Mas, quando olho para você... -- Ela respirou fundo e soltou um grande suspiro. — Seus lindos olhos. Você tem os lindos olhos da sua irmã. Acho que é difícil para mim. Mas estou me esforçando, está bem? Eu só quero que você saiba que estou me esforçando para melhorar. Por você. Sempre por você.

Ela se aproximou de mim e me deu um beijo na testa.

— Você é o meu mundo, sabia?

Assenti.

— Sim.

Depois daquela conversa, todas as noites minha mãe vinha me dar boa-noite. Ela sorria para mim, e eu a achava a mulher mais corajosa que já havia conhecido. Ela repetia que nada do que tinha acontecido havia sido culpa minha. Dizia que me amava com todo o coração. Ela pedia a mim que eu não me culpasse por algo que o diabo havia colocado em nossa porta. Ela dizia tudo isso sem derramar uma lágrima enquanto a tristeza escorria de mim.

Então, ela se levantava, me dava um beijo na testa e dizia para eu tentar descansar.

Mais tarde, eu a ouvia.

Ela escondia as lágrimas de mim, mas eu sempre a ouvia chorando no quarto.

Então eu ia ver como ela estava.

Eu sorria para ela e tentava ser o homem mais corajoso que conseguia. Dizia que nada daquilo era culpa dela. Que eu a amava com todo o coração. Depois pedia a ela que não se culpasse por algo que o diabo havia colocado em nossa porta. E dizia tudo isso sem derramar uma lágrima enquanto a tristeza escorria dela.

Eu ficava ali até ter certeza de que ela tinha caído no sono.

E, então, eu dormia ao seu lado, porque eu, egoísta que era, não queria ficar sozinho.

Assunto: 01

Eli,

Não tive mais notícias suas. Está tudo bem? Minha mãe está me obrigando a fazer shows em lugares que eu não queria. Estou tentando seguir o seu conselho e ir de acordo com o meu coração, mas é como se ela não ouvisse as batidas.

Por que você não me mandou mais notícias? Estou com saudades e começando a ficar preocupada.

Jazz

Ah, eu amo você.

Capítulo 17

Elliott

As coisas estavam diferentes na escola. Ninguém mais fazia *bullying* comigo.

O diretor Williams pediu demissão. Minha mãe disse que foi a consciência pesada por não ter feito nada para impedir o que aconteceu.

Quando eu andava pelos corredores, todo mundo abria caminho para mim. Até mesmo os professores tinham dificuldade de olhar nos meus olhos. Era como se eu, finalmente, tivesse ficado invisível, do jeito que sempre sonhei ser. A única pessoa que conseguia me ver era Jason, e ele não me deixava sozinho nem quando eu pedia a ele que fizesse isso.

Jason levava suas obrigações de melhor amigo muito a sério e queria saber como eu estava me sentindo o tempo todo.

— Tudo bem, Elliott? — perguntava ele.
— Tudo.
— Sério?
— Não.

A verdade era que eu nunca voltaria a ficar bem. Nunca mais seria a mesma pessoa, porque não fui forte o suficiente para salvar minha irmã.

Minha mãe me obrigou a fazer terapia, o que eu odiava mais do que as palavras podem expressar. O Sr. Yang se sentava de frente para mim e me dava aquele tipo de sorriso triste que todo mundo dava.

— Deve ter sido difícil ter passado por tudo aquilo, Elliott — co- começou ele.

— Na verdade, não. Estranhamente, a mo-morte é uma co-coisa fácil de se lidar — respondi com sarcasmo.

Na minha cabeça, eu sabia que deveria pedir desculpas, mas, no meu coração, não estava nem aí. Eu não ligava para mais nada. Minha irmã estava morta, e era por minha causa. Ela não estaria naquele beco se não fosse por mim. Não teria sido estrangulada até a morte se eu não fosse um fracassado. Era como se tivessem sido as minhas mãos apertando o pescoço dela, e eu passaria o resto da vida aprisionado por essa culpa.

— Trouxe alguns panfletos para você — disse ele, me entregando alguns papéis dobrados.

Como seguir em frente e manter as lembranças boas.
Os fatos da morte.
Como lidar com o impensável.
Os sete estágios do luto.

— Acho que isso pode ajudar — declarou.

Certo, porque o luto era curado com a leitura de panfletos.

— Sr. Yang?
— Pois não, Elliott?
— Posso ir agora?
— Pode, sim.

* * *

Eu estava no tribunal no dia que Todd foi condenado. Fiquei lá sentado enquanto a mãe dele chorava, angustiada. Vi quando Todd começou a chorar e quando seu irmão ficou pálido ao ouvir a sentença. Fiquei sentado lá enquanto o pai deles permaneceu imóvel.

A sentença: prisão perpétua, sem possibilidade de condicional.

Todd Clause passaria a vida inteira atrás das grades pelo assassinato da minha irmã, e o mundo chamou isso de justiça.

Não existe justiça.

O que aconteceu naquele tribunal não foi justiça, porque Todd iria apodrecer em uma cela, mas Katie ainda estava morta. Os pulmões de Todd ainda funcionavam, mas Katlyn Rae Adams já não respirava mais.

Estudei a dor e o sofrimento deles, mas aquilo não significava nada para mim.

O caso não havia sido um sucesso nem uma vitória.

Não havia justiça quando um inocente tinha sido assassinado. Havia apenas o vazio que vivia dentro de cada pessoa obrigada a se despedir cedo demais.

Sim, Todd Clause ia passar a vida trancafiado, mas isso não me trouxe nenhuma paz de espírito. Nunca haveria paz, porque minha irmã ainda estava morta, e tudo tinha acontecido por minha causa.

Assunto: Cadê você?

Eli,

Estou preocupada.
 Cadê você?

Assunto: Eu não sei

Eli,

Não sei o que aconteceu. Você está ocupado? Está com raiva de mim? Eu fiz alguma coisa de errado? Porque não consigo imaginar o que pode ter feito você parar de falar comigo. Só quero saber se você está bem e, se não estiver, me deixe ajudar. Faço qualquer coisa por você. Estou com saudade, Eli. Muita saudade. E não ter notícias suas está me deixando louca. Não sei o que fazer.

Se eu não tiver mais notícias, vou te deixar em paz depois desse e-mail. Se você não responder, vou sair da sua vida.

Por favor, me responda.

                                                Jazz

Ah, eu ainda amo você.
Não importa o que aconteça.

Capítulo 18

Elliott

Todos os dias eu olhava para os e-mails de Jasmine, mas não conseguir respondê-los. O cursor ficava piscando na tela, mas eu não conseguia me obrigar a digitar as palavras que contariam a ela que Katie havia partido. Eu não conseguia me colocar em uma posição na qual seria consolado por Jasmine.

Mesmo a 7.500 quilômetros de distância, eu sabia que ela faria com que eu me sentisse melhor. Mas, ainda assim, eu não queria isso.

Desde a morte da Katie, passei a sentir uma queimação no estômago, mas eu não queria que aquilo passasse. Aquela sensação seria um lembrete de que eu era o responsável por tudo o que havia acontecido.

Nunca mencionei esse desconforto para ninguém, porque sabia que todo mundo diria que a culpa não tinha sido minha. Na minha cabeça, no meu coração e na minha alma, eu sabia a verdade, e iria sofrer por causa disso todos os dias pelo resto da minha vida.

Com o tempo, comecei a ficar irritado com as mensagens de Jasmine, com seu carinho, seu cuidado... seus sentimentos e suas esperanças.

Não tinha mais lugar para esperança na minha vida. Eu não queria ser feliz nem ao menos um segundo, porque tudo que eu merecia era viver na tristeza.

Li os panfletos idiotas — umas vinte vezes cada um.

O que eu mais lia era *Os sete estágios do luto*.

Achei interessante o modo como explicava tudo de forma tão clara.

Primeiro havia o choque e a negação.

Senti esse logo de cara, mas rapidamente segui para o estágio dois: dor e culpa. Na verdade, a dor nunca desapareceu. Ela só se transformou no estágio três: raiva.

Essa me atingiu com tudo. Eu estava com raiva do mundo, com raiva de mim por não ter sido forte o suficiente para ajudar Katie, por não ter sido homem o suficiente para salvá-la.

Então, cheguei à solidão. E foi aí que falhei nos sete estágios do luto. Eu ficava oscilando entre a raiva e a solidão.

Não consegui avançar para a curva de subida, a da reconstrução e aceitação.

Fiquei vagando pela escuridão da dor que queimava em minha alma. Separei-me do mundo. A cada dia que passava, eu ficava mais desesperado. A cada dia que passava, eu me perdia mais.

Em vez de tocar saxofone, comecei a fazer flexões de braço.

Em vez de ir para a Frenchmen Street, comecei a fazer musculação.

Vou ser forte o suficiente.

Vou ser forte o suficiente...

Com o passar dos anos, meu corpo começou a mudar. Fiquei obcecado em ser forte. A cada dia, levantava mais peso — a cada noite, tinha menos sentimentos. Eu fazia tudo que podia para ganhar peso e músculos. Eu me esforçava todos os dias para ficar mais forte.

Eu cresci.

Eu mudei.

Eu me esforcei.

Eu me transformei.

E, de alguma forma, perdi tudo que me fazia ser... eu mesmo.

Eu me afastei de todos porque só assim poderia garantir que ninguém iria se ferir. Eu me tornei a sombra do homem que um dia existiu no mundo, e que agora não fazia mais parte dele.

A música dentro de mim morreu no dia em que minha irmã deixou a Terra, e a melodia do meu coração emudeceu.

Capítulo 19

Jasmine

Nunca mais tive notícias de Elliott.

Nunca mais beijei os lábios do garoto que me amou, nem vi seus olhos castanho-esverdeados. Não recebi mais nenhum e-mail dele dizendo que estava com saudade.

À medida que o tempo passava, a vida se tornava mais difícil... mais dura... *mais sombria*.

Muito mais do que jamais julguei ser possível. As únicas partículas de luz durante esses anos surgiam quando Ray me ligava ou mandava um e-mail. Conversávamos pelo FaceTime duas vezes por semana, e ele fazia a mesma pergunta no início e no fim de nossas conversas.

— Seu dia foi bom, Branca de Neve?

Em alguns dias, essas palavras eram o que bastavam para trazer lágrimas aos meus olhos, mas eu nunca permiti que ele me visse chorar.

— Sim. — Essa era sempre a minha resposta. — Está tudo bem.

Eu mentia todas as vezes, e ele sabia disso, mas não me pressionava. Ele sabia quanto eu me esforçava para fazer as coisas saírem do jeito que minha mãe queria.

Ele sabia como eu queria que ela tivesse orgulho de mim. Ray não entendia essa minha necessidade, mas me respeitava.

Enquanto minha carreira musical estava sendo construída, todo o resto ruía à minha volta. Eu odiava acordar sabendo que tinha de entrar em um estúdio e me perder dentro de uma indústria que não havia sido feita para me amar do jeito que eu era.

Trevor também não facilitava em nada.

Ele amava apontar cada um dos meus defeitos e, então, fazia com que minha mãe me obrigasse a corrigir todos eles.

Ray estava certo a respeito dele — o homem era uma cobra. Tudo nele me deixava enojada, desde o sorriso malicioso até o jeito como pousava as mãos nas minhas costas quando me apresentava a alguém.

Quando contei à minha mãe que eu me sentia desconfortável na presença dele, ela brigou comigo.

— Tudo o que ele está fazendo é pela sua carreira, Jasmine. Como você se atreve a falar dele dessa maneira?

Com Trevor não era nada parecido do que havia sido com Ray. Eu conseguia perceber isso. Minha mãe sempre ficava do lado dele, não importava o que ele tivesse feito de errado. Ela olhava para Trevor com admiração. Ele era tudo que ela sempre quis. Era o oposto de Ray — e esse era exatamente o motivo de eu odiá-lo tanto, e a razão pela qual minha mãe o amava tanto, mesmo que o amor dele por ela fosse, no máximo, medíocre.

Eu só queria que ela me desse a mesma atenção que dava para ele. Isso era tudo o que eu sempre quis.

A cada dia que passava, começou a ficar mais fácil me desligar das coisas boas, esquecer o amor, o calor e Elliott. Quando eu era mais nova, costumava achar que já tinha passado pelas fases mais difíceis da minha vida. Depois que cresci, me dei conta de que seria capaz de dar qualquer coisa para voltar à minha adolescência, aos dias em que um garoto sofrido amou uma garota arruinada.

Mas a vida não era assim. O mundo estava determinado a estilhaçar cada pedaço de mim até que meu corpo se tornasse um monumento de cicatrizes causadas pela vida.

***

Fiquei em Londres por seis anos, e foram seis longos anos.

Eu me entreguei à música pop, mesmo que minha alma clamasse pelo soul. Todas as minhas decisões foram tomadas pensando na minha mãe. Eu me submetia a comentários humilhantes porque ela dizia que eram apenas palavras. Deixava que alguns homens colocassem suas mãos nos meus ombros, nas minhas costas e nas minhas curvas, porque ela dizia que isso era normal no meio musical.

— Saiba o seu lugar, Jasmine — disse ela certa noite, quando chorei até cair no sono porque um dos produtores havia apertado a minha bunda. — Você sabia no que estava se metendo.

Era uma grande mentira, mas ela acreditava nisso.

Eu não era mais uma pessoa. Pelo menos não na cabeça dela.

Às vezes, eu vislumbrava um sorriso em seus lábios quando me apresentava, mas sabia que não era a mim que ela estava vendo, e sim a marca.

Minha mãe amava a marca que havia criado, embora nunca tivesse me amado de verdade.

Eu costumava me perguntar se ela via como os homens à nossa volta olhavam para mim, se notava os abraços demorados, as mãos bobas, os assobios baixinhos. Queria saber se ela os ignorava porque só tinha olhos para o prêmio... porque o que ela mais queria no mundo era o sucesso... porque ela não queria morder a mão que a estava alimentando.

Ela sabia qual era o lugar dela.

Sabia no que estava se metendo.

Ficava me perguntando se ela fazia ideia de que eu sentia minha pele repuxar e a garganta queimar, que eu tomava longos banhos para me livrar da sujeira do dia, que eu chorava até cair no sono todas as noites. E me perguntava se ela se importava comigo, mesmo que apenas um pouco.

Ela era uma mulher de negócios que ignorava as sombras que se escondiam atrás das portas. Estava focada nos meus talentos e em aperfeiçoá-los cada vez mais. Mais talentos significavam mais oportunidades, que significavam mais fama e, assim, talvez, minha mãe pudesse finalmente se orgulhar de mim.

A cada dia que passava, comecei a me importar um pouco menos com o orgulho dela e passei a repetir cada vez mais minha nova palavra favorita.

Não.

Dizer essa palavra não ficou mais fácil com o tempo. Ela nunca se tornava sem sentido ou insignificante quando eu a dizia para alguém que achava que tinha o direito de colocar as mãos em mim. Quando me olhavam de cima a baixo assim que eu entrava para fazer um teste... ou o modo como me julgavam por tudo que eu era ou que não era... o jeito que cochichavam enquanto eu ainda estava no local.

Ela é sexy. Ela é gata. Aposto que cantar não é tudo que aquela boquinha sabe fazer.

Eu tinha acabado de fazer 22 anos e já havia passado por muito mais humilhações do que uma pessoa comum. Eu sabia o que era estar em uma sala, totalmente vestida, e ainda assim ouvir que era provocante; ser chamada de sedutora quando não estava fazendo absolutamente nada. Sabia como era ouvir que eu faria mais sucesso se mostrasse ainda mais os peitos e o bumbum durante os shows.

Eu sempre aparecia e fazia o meu trabalho — nada mais, nada menos. Continuava vestida e falava baixo, mas continuava dizendo não.

Não.

Não.

Pare.

Não faça isso.

Mas isso não os impediu de me depreciarem. Isso não os impediu de me levarem de um show ou de uma reunião para outra e de apresentarem meu corpo como moeda de troca. Como se eu fosse algum tipo de prêmio em vez de um ser humano. E minha mãe permitia que tudo isso acontecesse. Eu era sua estrela, sua superstar. Eu seria tudo o que ela jamais conseguiu ser, porque era isso que os filhos deveriam fazer, como ela disse para mim diversas vezes.

Nós devíamos ser melhores que nossos pais.

Eu já sou melhor que um dos meus pais.

Se eu tivesse filhos, jamais os trataria dessa forma. Eu os amaria e os protegeria. Independentemente do que acontecesse.

Não era isso que eu queria.

Eu não sabia no que estava me metendo quando entrei para a indústria da música.

Fiz isso pela minha mãe, para conquistar seu amor. Seu respeito. Seu coração. Com o tempo, percebi que isso nunca ia acontecer. Por mais que eu tentasse.

Em todas as histórias que conhecemos, há um limite. Todo mundo chegava a um momento em que não conseguia mais aguentar, e eu cheguei ao meu no dia trinta de julho.

Nesse dia, as vozes na minha cabeça ficaram altas demais. E, então, arrumei as malas no meio da noite. No dia trinta de julho, meu coração gritou para que eu saísse correndo, e foi exatamente o que fiz.

Corri o mais rápido que minhas pernas me permitiram.

O mais rápido que consegui.

E um pouco mais.

Comprei uma passagem só de ida.

E me acomodei na poltrona do avião.

No dia 31 de julho de 2017, com dor no coração e cicatrizes na alma, finalmente voltei para casa.

Parte Dois

"As coisas que realmente amamos permanecem conosco, dentro de nossos corações enquanto estivermos vivos."

Josephine Baker

Capítulo 20

Jasmine

Sempre que eu pensava em lar, não era um lugar que me vinha à cabeça. Eram pessoas. Pensava naqueles que me ajudaram a me tornar a mulher que eu sou hoje, e que me amavam mesmo com todas as minhas cicatrizes e me diziam que elas eram bonitas; pensava naqueles que me permitiam errar e que ainda continuavam me amando.

Isso era o que lar significava para mim.

Não era um grande número de pessoas. Meu lar era pequeno e reduzido. Qualquer um poderia olhar para ele e pensar que eu não tinha muita coisa. Mas eu tinha. Na verdade, eu era até bastante sortuda, porque sempre tive para onde voltar se precisasse de um lugar para me refugiar. Existiam tantas pessoas no mundo que não tinham nada parecido com isso, que não tinham para onde ir se precisassem.

Se você tiver alguém para lhe segurar quando a vida estiver ruindo à sua volta, é uma pessoa muito abençoada.

Depois de anos sentindo que estava em queda livre, finalmente cheguei bem perto do chão. Quando me vi aterrorizada com o tombo, já estava de cara com ele.

O meu lar estava lá. Pronto para me segurar, com os braços abertos.

Atravessei o aeroporto internacional de Nova Orleans com os nervos à flor da pele e o coração acelerado. A cada passo, eu me aproximava mais da época mais feliz da minha vida. Cada instante representava uma chance de recomeçar.

Passei os últimos seis anos tentando agradar a minha mãe, tentando conquistar um sonho no qual ela acreditava. Fiz tudo isso para que ela ficasse orgulhosa de mim. E eu sempre falhava. Todos os dias. Não importava quanto tentasse, mesmo dando tudo de mim, eu falhava.

Com o tempo e o sofrimento, aprendi a dura realidade da vida: não dava para obrigar alguém a amar você. Não importava quanto você se esforçasse. Era impossível obrigar alguém a amar você, a sentir orgulho do que você fazia e a se importar de verdade com você. A única coisa que você realmente consegue controlar é a própria alma. E, com o tempo, somos nós que descobrimos o que faz nosso coração bater.

Estava na hora de eu me colocar em primeiro lugar, mesmo que isso me fizesse sofrer, porque eu ainda amava muito minha mãe. Essa foi outra dura lição da vida: você não consegue fazer o amor ir embora. Ele fica no seu coração pelo tempo que quiser, com ou sem a sua permissão.

Eu olhava tudo à minha volta, então vi um rosto cheio de amor, aquele que eu estava morrendo de vontade de ver fazia muito tempo. Larguei as malas na calçada e saí correndo na direção dele, pulando em seu colo e puxando-o para o abraço mais apertado do mundo.

Ele me apertou forte e sussurrou em meu ouvido:

— Oi, Branca de Neve.

Tentei conter as lágrimas que escorriam pelo meu rosto enquanto o abraçava ainda mais forte.

— Oi, Ray.

Ele me levou para o apartamento dele, que era três vezes maior do que aquele em que moramos. Era bonito, tinha três quartos, dois banheiros, uma cozinha enorme, pé-direito alto, arte moderna e mobília cara.

Ray estava carregando todas as minhas malas, e eu não conseguia parar de sorrir.

— Então quer dizer que vale a pena seguir as tendências, hein? — Sorri. Com o passar dos anos, a banda de Ray decolou, e eles estavam fazendo coisas incríveis agora.

Ele deu um sorriso afetado.

— Seguir *um pouco* as tendências. É que existe uma diferença. Não sou o Adam Levine, mas faço um sucesso razoável.

— Isso parece mais do que razoável, Ray.

Ele sorriu.

— Vale a pena quando você encontra uma gravadora que não tenta te transformar no que você não é e ainda te paga o suficiente para que você possa ter um apartamento decente. Venha, pode ficar com o quarto principal.

Revirei os olhos.

— Eu não vou ficar com o quarto principal.

— Branca de Neve, vamos lá, eu só estou... — As palavras falharam, e ele se virou para olhar para mim. Ray cruzou os braços e deu um sorriso brincalhão.

— O que foi?

Ele ficou com os olhos marejados e colocou as mãos na nuca.

— Você cresceu. Só isso.

Fiquei sem jeito e meneei a cabeça.

— Ray, não me faça chorar. Já chorei demais nos últimos tempos.

Ele assentiu e fungou.

— É que estou muito feliz por você estar aqui.

— Eu também.

Ele pegou minhas malas e seguiu por um corredor.

— Mas você vai ficar no quarto principal. Nem tente discutir.

Tentei argumentar, mas ele estava irredutível. Então, no instante que entramos no quarto, não consegui segurar as lágrimas. Havia seis cartões e seis caixas de presente embrulhadas com papel dourado e laços prateados.

— O que é isso? — perguntei.

Ele me deu um cutucão no braço.

— Perdi seis aniversários, então juntei todos os seus presentes.

— Ah, Ray — sussurrei, puxando-o para mais um abraço apertado e, dessa vez, chorando e molhando a camiseta dele. — Obrigada por tudo. Pelos presentes, pelo quarto e por me acolher.

Ele abriu um enorme sorriso e me deu um beijo na testa.

— Bem-vinda de volta ao lar, Branca de Neve. Vou deixar você descansar um pouco.

Lar.

Fazia tanto tempo que eu não tinha um lar.

Na mesma hora, eu me sentei na cama e li todos os cartões, meu coração pulando dentro do peito a cada palavra. Todos eles tinham a imagem da Branca de Neve e, dentro, as palavras que ele havia escrito para mim em cada aniversário, desejando-me felicidades e dizendo quanto gostaria de estar comigo para comemorarmos juntos.

Quando abri os presentes, percebi que eles se completavam. Na primeira caixa, havia uma pulseira e, nas outras cinco, os pingentes: um microfone, um coração, uma nota musical, um floco de neve e uma letra J. Coloquei os pingentes na pulseira e a fechei no punho.

Ray sempre esteve presente, mesmo quando não estava por perto. Durante os anos que passei com minha mãe em Londres, ele sempre me disse que eu poderia ligar quando precisasse. E, quando cheguei ao meu limite, quando precisei de um lugar para me refugiar, corri para ele e para a única cidade que tinha sido um lar para mim.

Não desfiz as malas. Só peguei um pijama e me enfiei embaixo das cobertas. Quando fechei os olhos, permiti que meu coração machucado descansasse pela primeira vez em muito tempo. Não fiquei pensando obsessivamente na minha vida, ou na minha situação atual nem sobre mais nada. Eu me dei o tempo de que tanto precisava. Eu me deitei, fechei os olhos e adormeci.

Eu havia me esquecido de como era bom permitir um descanso à mente.

***

Acordei na manhã seguinte sobressaltada, com raios de sol dançando pela janela e aquecendo meus braços, ainda estranhando, por um instante, o quarto. Esfreguei os olhos para despertar e soltei um suspiro de alívio.

Está tudo bem. Estou em casa.

Meu estômago roncou assim que senti o cheiro do bacon queimado. Eu me levantei e fui até a cozinha, onde Ray estava tentando preparar o café da manhã, sem muito sucesso.

— O que você está fazendo? — Dei uma risada, enquanto o observava virar as panquecas, já destruídas.

Ele se virou para me olhar, e vi seu rosto sujo de massa de panqueca. Não consegui me controlar e comecei a rir.

— Você está um horror. E o *cheiro* aqui também.

Ele deu um sorriso sem graça.

— Eu só queria preparar um café da manhã de boas-vindas.

Fui até o fogão e peguei o bacon queimado.

— E você realmente cozinhou demais, hein? — Dei uma mordida no bacon e fiz uma careta. — Que tal comermos umas *beignets* no Café Du Monde para comemorar? — sugeri.

O suspiro de alívio que saiu dos lábios de Ray foi hilário.

— Isso! Comer um doce típico de Nova Orleans é um jeito muito melhor de comemorar a sua volta. Mas, antes de mergulharmos de cabeça nessa comemoração de massa recheada com creme e coberta com açúcar de confeiteiro... — Ele fez um gesto para a sala, e nós fomos para lá. — A sua mãe ligou?

— Não — respondi.

— Mandou e-mail?

— Não...

Ele suspirou.

— O que foi que aconteceu?

— Bem, eu disse para ela que não aguentava mais. Falei que não estava mais suportando ser tratada daquela forma e que queria voltar para cá.

— E o que ela disse?

— Disse que eu não podia vir. Que estávamos muito perto do sucesso. Então eu implorei. — Fechei os olhos e respirei fundo. — Implorei a ela que voltasse comigo e deixasse o Trevor. Eu disse para ela que poderíamos recomeçar e construir uma vida para nós duas aqui.

— E o que ela falou?

Dei uma risada nervosa e mordi o lábio inferior.

— Ela falou que eu era a maior decepção da vida dela e que, se ela pudesse... — Soltei o ar. *Se eu pudesse voltar no tempo, eu não teria tido você.* As palavras dela ainda ecoavam na minha mente, por mais que eu me esforçasse para afastá-las. — Ela me desejou sorte — menti. — E eu desejei o mesmo para ela.

— Meu Deus — murmurou ele. — Sinto muito.

— Tudo bem. Foi melhor assim.

— Mas eu sei quanto você queria que ela fosse algo... que ela não é. Sei quanto se esforçou para melhorar o relacionamento de vocês duas.

Abri um sorriso radiante para ele, tentando aliviar o clima triste da nossa conversa.

— Está tudo bem. De verdade. É claro que eu queria que o nosso relacionamento fosse diferente, e tentei fazer com que tudo melhorasse. Eu me esforcei ao máximo, mas não foi o suficiente. E já aceitei isso. Estou bem.

— Tem certeza? — perguntou ele, hesitante.

— Absoluta.

— Bom, só para você saber, eu sempre vou estar ao seu lado. Sempre e para sempre.

— Sempre e para sempre — repeti baixinho. — Nem sei como te agradecer. Por tudo o que você sempre fez por mim. Só uma pessoa muito especial é capaz de assumir o filho de outro homem.

— Ter o mesmo sangue não torna uma pessoa da família, Branca de Neve. É o amor que faz isso.

— Eu amo você, pai — sussurrei, sentindo o coração disparar no peito.

Os olhos de Ray ficaram marejados, e ele levou as mãos ao rosto.

— Você me chamou de pai.

— Mas é exatamente isso que você é.

— Amo você, minha filha. Só mais uma coisa... — Ele franziu as sobrancelhas e uniu as mãos. — É difícil para mim, mas preciso perguntar uma coisa, Branca de Neve. E preciso que você me diga a verdade. Promete?

— Prometo.

— Alguém te machucou? Alguém na indústria se aproveitou de você?

— Ray, fala sério.

— Estou falando sério, Jasmine. Alguém...? — Seus olhos expressavam medo ao fazer a pergunta.

Estendi a mão para pegar a dele.

— Só com palavras. Às vezes, eles me tocavam ou tentavam me obrigar a usar roupas minúsculas, mas nada além disso.

— Jura?

— Juro.

Ele pareceu extremamente aliviado.

— Que bom, mas eu juro por Deus que, se desse de cara com alguém que tivesse feito com que você se sentisse menos do que é ou que tivesse tentado te tocar... eu seria capaz de matar o sujeito.

— Meu herói. — Dei uma risada. — Mas, de verdade, Ray, eu estou bem. Estou em casa.

Depois de esclarecermos tudo, seguimos para o Café Du Monde, no Bairro Francês, e, quando nos sentamos, ficamos apenas olhando um para o outro e sorrindo.

— Estou muito orgulhoso de você, sabia? — declarou Ray quando as *beignets* chegaram. O açúcar de confeiteiro caiu para todos os lados enquanto nos fartávamos. — Por ter cuidado de si mesma e por, finalmente, ter vindo embora quando viu que não dava mais.

— Eu já devia ter feito isso há muito tempo.

Ele deu de ombros.

— Tudo acontece na hora certa.

Ah, pai, como eu senti sua falta.

— Então — começou ele, comendo mais uma *beignet*. — Me conte tudo que perdi.

Eu ri.

— A gente sempre se falava.

— Eu sei, mas é diferente conversar assim, pessoalmente. É só que... — Ele se recostou na cadeira, maravilhado. — Você está tão adulta. É muito doido perceber o que perdi.

Ele nem fazia ideia de quanto.

Ficamos ali conversando enquanto nos deliciávamos com as *beignets* e tomávamos café. A conversa fluía fácil, e as palavras simplesmente saíam. Ray era uma dessas pessoas que faziam com que você se sentisse amada pela forma que ele falava com você, como se você fosse a única pessoa com quem ele se preocupasse. Uma das coisas que eu mais senti falta nesse tempo todo foi a forma como ele falava de música, o jeito que os olhos dele brilhavam quando contava sobre o estúdio, sobre os fãs e sobre as letras das músicas dele. Ele se iluminava por dentro. O amor de Ray era a música e, quando ele falava sobre isso, usava o mais melódico e doce dos tons.

— Ah, esqueci de dizer uma coisa. Você tem um emprego.

Ergui uma sobrancelha.

— Como assim?

— Consegui um emprego para você em um bar que toca blues. Você pode trabalhar como garçonete e, quando estiver a fim, pode subir ao palco para cantar.

Balancei a cabeça.

— Por que iam me contratar sem me conhecer? Eles nem sabem se eu sei cantar.

— Mas eu sei, e eles confiam em mim. Eu tocava lá antes dessa reviravolta na minha carreira. Você vai amar. A dona do bar se chama Mia e é muito gente boa. Contei para ela que você é boa. Você começa na segunda-feira.

— Você é bom demais.

Ele riu e deu de ombros.

— Pode ter certeza disso. Só é chato que eu tenha que ir para Los Angeles hoje — ele se lamentou, enquanto pagava a conta e limpava o açúcar de confeiteiro da camisa. Era para ele estar com a banda naquele momento, mas, quando liguei, Ray prometeu que esperaria eu chegar. Eu sabia que não teríamos muito tempo juntos, já que ele estaria em turnê nos próximos meses, então aproveitei cada momento que ele ficou comigo.

— Sem problemas — eu disse. — Você já fez mais do que deveria. Eu não posso agra...

— Se você me agradecer mais uma vez, vou jogar esse açúcar todo em você. Branca de Neve, eu sempre estarei aqui para você, aconteça o que acontecer. Porque é isso que a família faz. Ela sempre está presente.

Nós nos levantamos e começamos a andar pelas ruas do Bairro Francês. Eu tinha esquecido quanto amava essa parte da cidade, quanto adorava a vida e a energia de Nova Orleans, as lojas de vodu, os *donuts*, as "estátuas" humanas na Bourbon Street e a música ao vivo que nunca parava.

Era muito bom estar de volta. E parecia que eu estava exatamente onde deveria estar.

— Temos o dia todo antes de eu ir para o aeroporto. Tem alguma coisa que você queira fazer?

— Bem... — Minha mão se fechou em volta de uma chave pendurada no colar que eu não havia tirado do pescoço nos últimos seis anos. A chave que um garoto tímido havia me dado fazia alguns anos ainda descansava em minha pele. — Tem uma coisa...

* * *

— Aqui estamos nós — anunciou Ray, estacionando em frente à casa na esquina da Maplewood e da Chase Street. Parecia que meu coração ia sair pela boca quando olhei para a casa com paredes de tijolo e para o gramado recém-cortado na frente e para o carvalho com galhos repletos de folhas verdes. Ray ergueu a mão e tocou meu ombro. — Tem certeza de que quer fazer isso? Seis anos é muito tempo. Muita coisa pode ter mudado, Branca de Neve.

Assenti.

— Eu sei, mas, se eu não descobrir o que aconteceu, isso vai me corroer por dentro.

Desci do carro e caminhei até a varanda. Os pássaros voavam para a rua, cantando músicas de liberdade enquanto meu coração permanecia acorrentado às lembranças do garoto que um dia havia me enxergado como eu realmente era.

Meu punho fechado pairou próximo à porta enquanto minha mente travava uma batalha com a minha alma. Minha consciência me dizia para fugir e deixar o passado para trás, enquanto minha alma me lembrava de Elliott Adams.

Meu coração disparou quando imaginei como ele poderia estar agora. Será que ainda tinha aquele ar nerd, ainda seria um garoto magricelo com óculos de aros finos? Será que ainda gaguejava? Será que ainda sorria de forma tão suave que sua covinha nem aparecia muito?

Finalmente reuni coragem suficiente e bati na porta. E esperei.

E esperei.

E esperei.

Olhei para Ray, que me observava com os lábios contraídos.

Ninguém atendeu, e senti meu coração afundar no peito. Dei de ombros, olhando para Ray, e voltei para o carro. Mas, nesse momento, ouvi a porta abrir.

— Pois não?

Eu me virei, sentindo meu coração se encher de esperança, que rapidamente se esvaíram, pois dei de cara com um senhor branco.

— Em que posso ajudar?

Dei um sorriso sem graça e pigarreei.

— Oi. Na verdade, eu estava.... hum... Bem... — Minha voz falhou e minhas mãos começaram a tremer. Eu simplesmente não conseguia falar. Só voltei a respirar quando senti a mão de Ray no meu ombro, me dando força.

— Olá. Meu nome é Ray, e essa é minha filha, Jasmine. Ela tinha um amigo que morava aqui. Talvez você o conheça. Elliott... — Ray olhou para mim, querendo saber o sobrenome dele.

— Adams — completei, ainda trêmula.

O senhor olhou para mim e balançou a cabeça.

— Sinto muito. A família que morava aqui se mudou há cinco anos. Eu moro nessa casa desde então.

Meu coração se partiu.

— Hum... sabe o que pode ter acontecido com eles? Ou para onde foram? — perguntei.

Ele franziu c cenho, esfregando a careca.

— Sinto muito, eu não sei.

— Tudo bem — disse Ray, trocando um aperto de mãos com o senhor. — Obrigado de qualquer forma.

— Gostaria de poder ajudar mais — falou ele.

— O senhor fez mais do que o suficiente — concluiu Ray com um sorriso.

Voltamos para o carro, e Ray abriu a porta para mim. Ele a fechou e entrou do outro lado.

— Sinto muito, Branca de Neve.

— Tudo bem. Não precisa se preocupar.

— Você está bem?

Eu ri.

— É claro que sim. — Assenti e abri um sorriso. — Era meio improvável, mas eu precisava tentar.

Voltamos para o apartamento e ficamos juntos até a hora de Ray ir para o aeroporto.

— Tem certeza de que não quer que eu leve você? — perguntei.

Ele sorriu e fez uma careta.

— Você tem dirigido do lado errado da rua pelos últimos seis anos. Acho mais seguro eu pegar um táxi. — Ele me deu um abraço. — Mas, se precisar de qualquer coisa, é só me ligar, está bem?

— Tudo bem.
Ele seguiu pelo corredor e depois me chamou:
— Branca de Neve?
— O quê?
— Você está em Nova Orleans, um dos melhores lugares do mundo para se redefinir e se redescobrir. Vá encontrar a música. Vá reencontrar o seu soul e a sua alma.

Capítulo 21

Jasmine

Mais tarde naquela noite, vesti uma calça jeans, camisa preta e uma jaqueta de couro. Eu ia seguir o conselho do Ray: ia sair em busca da minha alma.

Fui visitar meus pontos favoritos da cidade — na verdade, não os *pontos* favoritos, mas o *ponto* favorito.

Conforme caminhava pela Frenchmen Street, respirei fundo, enchendo meus pulmões com o ar de Nova Orleans. Fui até o beco atrás dos bares e permiti que as lembranças fluíssem em minha mente enquanto a música enchia meus ouvidos.

Havia tanta paz naqueles bares, naquele beco.

Aqui era onde eu costumava me sentir em casa. Este lugar era meu porto seguro.

Fechei o latão de lixo e me sentei em cima dele, como costumávamos fazer. O céu estava nublado e, mesmo sem conseguir ver uma única estrela, comecei a contá-las, porque sabia que elas estavam lá, exatamente como sabia que, em algum lugar por aí, um garoto chamado Elliott ainda existia.

Eu pensava muito nele... todos os dias desses seis anos que haviam se passado.

Sempre me senti boba por permitir que Elliot existisse em minhas lembranças. Fazia muito tempo desde a última vez que tínhamos nos visto, desde que ele havia escrito o último e-mail. Mas, mesmo assim, mantive a chave que ele me deu em um cordão e o usava o tempo todo. *Para você saber que sempre tem um lar para onde voltar.*

Eu não sabia por que a havia guardado durante todos aqueles anos. Para me proteger? Para manter vivas as lembranças? Para controlar a dor? Para ter esperança? Eu não sabia, mas, durante algumas noites escuras e solitárias, era sempre aquela chave que me dava força para continuar. Ela era o lembrete de uma época boa.

Um lembrete de que talvez um dia tudo pudesse voltar a ser bom.

Então, sempre que eu me lembrava de Elliott, desejava que nossos caminhos voltassem a se cruzar. Eu era egoísta o suficiente para pedir ao universo que fizesse o que fosse necessário para trazer Elliott de volta para minha vida. Eu queria vê-lo de qualquer maneira, só para saber que ele havia se saído melhor do que eu.

Para onde ele e a família tinham ido? Eu sabia que ele não precisava de uma pessoa como eu em sua vida. Eu estava longe de ser a garota que ele conheceu um dia e, mesmo assim... Ficava imaginando aqueles olhos e para quem eles olhavam todas as noites.

Rezei para que meus desejos fossem atendidos. Desejei que seus olhos castanho-esverdeados, de alguma forma, voltassem a encontrar os meus. Eu só precisava ver o homem que ele tinha se tornado, mesmo que fosse apenas por um instante. Ficava imaginando como a música dele estava agora e para quais ouvidos tocava. Eu me perguntava se ele estava feliz.

Torcia e rezava para que estivesse.

* * *

Depois de passar um tempo mergulhada em minhas lembranças, eu me levantei e segui para a Frenchmen Street. Havia dezenas de pessoas na rua naquela noite, exatamente como na época em que eu era adolescente. As pessoas gritavam, dançavam e se amavam em meio a toda aquela energia.

Quando ouvi o som de um saxofone, minha pele se arrepiou. Então me virei e segui a música. Minha cabeça estava a mil por hora enquanto eu me apressava pelas ruas e seguia o som que me parecia tão familiar. Os sons me levaram até a esquina.

Até a nossa esquina.

Até o lugar onde eu cantava soul com toda minha alma, e Elliot tocava com seu coração.

O som era esplêndido, surreal, e eu estava sem fôlego quando cheguei à esquina. Mas ele não estava lá.

Havia apenas um senhor de pé, tocando uma música como se sua vida dependesse daquilo. Uma multidão havia se formado à sua volta, aplaudindo-o.

Comecei a ficar emocionada. Enquanto ouvia as notas encherem o ar, tentava me recompor.

Pare com isso, Jasmine, disse a mim mesma. *Você está sendo ridícula.*

Mas não consegui evitar. A música era linda. Eu só gostaria que estivesse vindo de outra pessoa. E me odiei naquele momento por me lembrar tão bem de tudo.

Por que ainda sentia saudade de um garoto que nunca mais respondeu às minhas mensagens?

Por que eu ainda me importava depois de tanto tempo?

Eu me sentei no meio-fio para ouviu aquele senhor tocar saxofone Ele tocava muito bem. Levava a música a outro nível e parecia estar fazendo amor com cada nota. O homem se apresentava como se a música fosse o ar que ele respirava. Tocava como se fosse a última vez. Colocava sua alma na música e parecia o dono da própria história.

Enquanto eu o via se entregar à música, eu me entregava aos meus sentimentos. Chorei naquela noite. Primeiro foram só algumas lágrimas, que depois se transformaram em uma torrente. Não conseguia me controlar. Tudo que tinha acontecido comigo nos últimos seis anos e na última semana veio à tona, inundando meu ser. Não consegui segurar as lágrimas ao ouvir a música que ele tocava. Não consegui conter todo o sofrimento.

Quando ele terminou, todo mundo seguiu seu rumo, mas eu fiquei lá, ainda chorando.

O homem guardou o instrumento no estojo, se aproximou de mim e se sentou ao meu lado. Eu me virei para o lado oposto, constrangida por demonstrar tanta emoção.

Mas ele não me julgou. Apenas enfiou a mão no bolso, pegou um lenço e o entregou a mim. Aceitei e enxuguei os olhos.

— Desculpe — declarei, envergonhada.

Ele abriu um leve sorriso, e seus olhos castanhos mostraram sua alma.

— Menina, você é jovem demais para sofrer tanto. — Eu ri ao continuar enxugando as lágrimas, ainda tentando recuperar o fôlego e me esforcei para responder, mas ele fez que não com a cabeça. — Espere um pouco. Deixe a emoção falar mais alto. A gente não pode apressar os sentimentos. Entregue-se a eles.

Não entendi o porquê, mas esse comentário me fez chorar mais ainda, mas ele continuou sentado ao meu lado. Ele era um estranho que me deixou ser apenas uma estranha naquela noite.

Quando consegui me recompor, assoei o nariz no lenço e o devolvi para ele.

O homem abafou o riso e disse:

— Pode ficar com ele.

— Obrigada.

— Que tipo de música você canta?

Ergui uma sobrancelha.

— O que faz você pensar que eu canto?

Ele abriu um sorriso de quem entende das coisas.

— Estamos em Nova Orleans. Todo mundo por aqui é ligado à música — brincou ele. — Além disso, notei os pingentes na sua pulseira.

Ah, faz sentido.

— Passei os últimos anos cantando música pop, mas o soul é o que realmente me move.

Ele assentiu.

— Faz sentido. Eu vi a sua reação enquanto me observava tocar. Vi como sentiu a dor na música que toquei e percebi a sua tristeza. Você está perdida?

Fiz uma careta.

— Estou tentando encontrar o caminho de volta.

— Sabe o que a minha esposa, que Deus a tenha, costumava dizer quando eu me sentia perdido? — Ele se levantou e estendeu a mão para me ajudar. — "Procure a música quando a vida não fizer nenhum sentido." Você fez a coisa certa se entregando a tudo isso essa noite, sabia?

— Obrigada. — Dei um sorriso e esfreguei os braços. — Pela música.

— De nada. Mas eu tenho uma pergunta para você.

— Pode perguntar.

— Qual é a sua verdade?

— A minha verdade?

— Isso.

— Sinto muito. Não sei o que o senhor quer dizer com isso.

Ele me encarou, sério.

— O que te move? Qual é a sua motivação? O que te destrói e te cura ao mesmo tempo? O que te faz se levantar todas as manhãs? Qual é a sua verdade? Quais são as partes mais tristes da sua alma? O que faz o seu coração ficar em pedaços?

Dei uma risada fraca.

— Não sei como responder a isso tudo.

Ele assentiu.

— A maioria das pessoas não sabe. Mas vale a pena pensar nisso, não acha?

Sorri para ele.

Ele sorriu para mim também.

— As pessoas por aqui me chamam de Teddy James, mas meus amigos e minha família me chamam de TJ. Você pode me chamar do que quiser. — Ele deu uma piscadinha para mim. — Estou aqui todas as noites. Se quiser vir me assistir, será um prazer. Não prometo perfeição, mas garanto que irá se emocionar.

— Isso é tudo de que preciso. Obrigada, TJ. Eu me chamo Jasmine, e sei que vai parecer loucura, mas a sua música... Ela faz com que eu me lembre de... — As palavras morreram na minha boca, e eu franzi o cenho. — Você conhece um cara chamado Elliott Adams?

TJ arregalou os olhos, e um sorriso rapidamente iluminou seu rosto.

— *Jasmine* — repetiu ele cantarolando. Ele pegou a minha mão e sorriu ainda mais. — E esse Elliott já te chamou de Jazz alguma vez?

Senti um frio na barriga.

— Já.

— Tenho uma pergunta para você.

— Pode perguntar o que quiser.

— O que significa essa chave no seu pescoço?

Olhei para meu cordão. Eu nem tinha notado que, em determinado momento, havia segurado a chave enquanto conversava com TJ. Fiquei me perguntando se fazia isso com frequência sem perceber.

— Não sei exatamente. Esperança, talvez? — Fiz cara de dúvida, olhando mais uma vez para o pedaço de metal.

— Onde você a conseguiu?

Meus olhos ficaram marejados.

— Você o conhece.

TJ enfiou a mão no bolso e pegou um chaveiro bem pesado.

— Essa é uma tradição da minha família. A troca de chaves começou há muitas gerações. Sempre que alguém passa por um período difícil, você dá a essa pessoa uma cópia da chave da sua casa para que ela se lembre sempre de que nunca está sozinha. — Ele me mostrou as chaves dele. — Essa aqui foi a minha mãe que me deu no dia em que meu pai se foi. Essa aqui, ganhei no dia do meu casamento. Foi a minha avó quem me deu. Ela é uma espécie de bênção e representa um lar caloroso e de muito amor. Essa outra eu ganhei do meu pai quando ele foi para a guerra. Cada chave tem um significado especial. Cada uma também carrega um tipo de esperança. Esperanças para os dias bons e para os ruins. Para os dias de sol e para os dias tempestuosos.

— Adorei essa tradição.

— Essa aqui... — Ele tirou a chave do chaveiro e a colocou na minha mão — ...eu ganhei de um garoto de 13 anos chamado Elliott Adams quando perdi minha mulher para o câncer. Nós sempre fomos vizinhos, e eu sempre considerei Elliott e a irmã dele meus sobrinhos. Eu era bem próximo da família e, quando ele me deu essa chave, ela me salvou. Eu estava chorando, sentado na sala da minha casa, quando ele me disse as seguintes palavras: "Não se preocupe, tio TJ, eu sei que ela se foi e que você se sente sozinho, mas você não vai ficar sozinho, porque estamos aqui. Sempre estaremos."

Senti os olhos marejados ao ouvir TJ falar sobre Elliott. Meu coração começou a bater mais rápido.

— Eu fui até a antiga casa da família dele, mas descobri que ele não mora mais lá.

— É. Depois do incidente, ele e a mãe se mudaram para o outro lado da cidade.

— Que incidente?

TJ olhou para baixo, e sua expressão ficou mais séria.

— Você se lembra do valentão que fazia *bullying* com o Elliott? Todd Clause?

Senti um nó na garganta.

— Lembro.

— Eu jamais vou esquecer esse nome nem o que ele roubou daquela pobre família. — Os olhos de TJ ficaram marejados, e ele tentou se recompor. — Depois que você foi embora, as coisas no colégio pioraram muito para o Elliott...

Então ele me contou tudo. Contou que Todd e os amigos atacaram Elliot e o usaram como isca, e depois o prenderam dentro do latão de lixo. O coitado havia ficado lá ouvindo tudo enquanto a irmã era atacada pelos brutamontes. Ele me disse que, quando Elliott conseguiu se libertar, já era tarde demais. TJ me contou que Elliott se culpava todos os dias, que a esquina em que estávamos abrigava os fantasmas que o assombravam dia e noite.

Quanto fiquei sabendo o que tinha acontecido com Katie, senti vontade de vomitar.

— Meu Deus do céu...

Senti lágrimas escorrerem dos meus olhos quando fiquei sabendo que a irmã de Elliott tinha, literalmente, morrido em seus braços. Não conseguia nem imaginar como uma tragédia feito aquela podia mexer com a cabeça de alguém. Não fazia ideia da batalha diária que acontecia no coração e na alma de Elliott. Eu tinha certeza de que ele se culpava pelo que acontecera com a irmã. Só que nada daquilo era culpa dele. Nada.

— A culpa foi minha — sussurrei com a voz trêmula.

TJ ergueu uma sobrancelha.

— O que foi culpa sua?

— Tudo isso que aconteceu. O único motivo para o *bullying* ter piorado foi porque Elliott os enfrentou para me defender. Se não fosse por mim...

— Não — discordou TJ, me interrompendo. — Aqueles garotos já faziam *bullying* com o Elliott muito antes de você aparecer. Não se culpe pelo que aqueles monstros fizeram.

Ouvir aquilo, no entanto, não fez com que a dor no meu peito diminuísse.

— Mas eu tenho certeza de que ele se culpa.

— Sim — concordou TJ. — Ele se culpa muito.

— Eu continuei escrevendo para ele — revelei, com o corpo tremendo de tanto nervoso. — Ele nunca mais me respondeu.

— Porque Eli se tornou um recluso. Ele começou a se isolar e nunca mais se abriu com ninguém. Ele ainda aparece de vez em quando, mas não é mais a mesma pessoa. Não *de verdade*. É quase como se sua mente tivesse se esvaziado. Ele parece um fantasma, é como se tivesse morrido bem ali com a irmã.

— TJ?
— O quê?
— Onde ele está?

Um suspiro pesado e sofrido escapou de seus lábios.

— Jasmine, é importante que você saiba que ele não é mais a mesma pessoa que você conheceu. Ele está... diferente, muito mais frio e solitário. Ele não deixa as pessoas se aproximarem. É difícil de explicar. Se você o vir, não se surpreenda se as coisas não saírem do jeito que você imagina.

Entendi o que ele estava dizendo. Entendi o aviso que ele estava me dando, mas, mesmo assim...

Eu precisava ver aqueles olhos castanho-esverdeados.

— TJ?
— O quê?

Respirei fundo.

— Onde ele está?

Capítulo 22

Elliott

Eu gostava do meu emprego.

Pagava minhas contas e me mantinha ocupado. Além disso, durante os intervalos, eu podia malhar, e aproveitava todas as chances. E era exatamente por isso que o dia estava péssimo.

— De-desculpe, o que você disse? — Eu me inclinei para a frente, em direção ao Marc. Ele estava sentado à sua mesa, coberta de amostras de barrinhas de proteína, documentos, papéis e garrafas de água. Estava uma bagunça, assim como quase tudo naquela academia arruinada, mas Marc, o dono, não se mostrava muito preocupado em reformá-la.

Ele havia assumido a academia do pai, e estava bem claro que não tinha se empolgado com o projeto. Depois de se formar em artes cênicas na faculdade, arrumar um emprego no qual ganhasse o suficiente para um aluguel em Nova Orleans era quase impossível. Então, quando o pai lhe ofereceu a academia, ele aceitou de bom grado.

Marc não era empresário, mas, como tinha um diploma de ator, conseguia representar o papel.

— É... Sinto muito. Você está demitido.

Marc olhou para os documentos em cima da mesa e os folheou, evitando me encarar. Era assim que ele lidava com tudo — tentava se esquivar dos problemas e, depois, reclamava e jogava a culpa nos funcionários quando, na verdade, havia sido sua própria falta de liderança que provocara a ruína da academia.

— Sério? — perguntei.

Ele deixou os documentos de lado, olhou para mim e deu de ombros.

— É só isso que você vai dizer? Sério? Você não quer saber por que está sendo demitido?

— Isso vai mu-mudar a sua de-decisão?

— Não.

— Então eu não quero saber. — Eu já havia me levantado para ir embora, mas ele continuou falando.

— Você fez três alunos chorarem ontem.

— Eles estavam sendo fracos. — Os três tinham mais séries de peito para fazer e não conseguiram. — Achei que o meu trabalho fosse estimular os nossos alunos.

— Exatamente. *Estimular* — concordou ele. — Não acabar com eles. Você é o melhor personal trainer que temos aqui quando se trata do aspecto técnico. Conhece bem o equipamento e sabe demonstrar o jeito correto de usá-lo. Tem conhecimentos sólidos de educação física, ginástica e bem-estar, e conhece as melhores técnicas para transformar o corpo. Você fez isso com o próprio corpo. Em termos físicos, você é um deus grego. Seus músculos têm vida própria, e seu corpo é uma coisa de louco, mas, em termos emocionais...? Você não dá o apoio adequado para as pessoas que buscam uma vida saudável.

Fiquei olhando para ele, impassível.

— Você está me demitindo porque três pessoas choraram ontem?

— Sim... Não. Quero dizer... — Ele bufou. — Elliott, será que você não percebe que não dá para oferecer o apoio emocional e a compaixão de que as pessoas precisam se continuar sendo frio assim?

— Não?

Ele levantou uma sobrancelha.

— Isso é uma pergunta?

— Não.

Ele suspirou, confuso.

— A maioria dos nossos alunos quer emagrecer. Muitos travaram batalhas contra a balança e enfrentaram problemas de autoestima a vida inteira. Será que você não percebe que ter um treinador que grita com eles e que diz que não são fortes o suficiente não é a melhor abordagem?

— Mas é a verdade. Eles não são fortes o suficiente.

— Nem sempre é preciso dizer isso — retrucou Marc.

— Eu quase não falo com eles. Quase não falo com ninguém.

Isso também era verdade. Eu falava o mínimo possível. A maioria das pessoas não fazia ideia de que eu era gago, e esse era exatamente o motivo de eu ser tão calado. De qualquer forma, quase não gaguejo mais. A gagueira sempre foi uma fraqueza e, com o passar dos anos, minha missão na vida se tornou não revelar minhas fraquezas para ninguém. Fiz muitas sessões de fonoaudiologia e, atualmente, a gagueira só se manifesta quando estou nervoso ou chateado.

— Essa é outra questão — continuou ele. — Todo mundo diz que você é esquisito.

— Esquisito?

— Tipo, que você é mudo. E que só abre a boca para chamar os outros de fraco. Você não se envolve com os alunos. Quando eles fazem tudo direitinho, você não elogia.

— E como isso poderia ajudá-los?

— Isso se chama reforço positivo. E é de uma ajuda enorme.

— Eu não vou fazer isso — declarei.

Marc assentiu.

— Sem problemas. Até porque você está demitido.

— Ah?

— Cara, você fala tudo como se fosse uma pergunta?

Fiquei em silêncio.

Ele ficou olhando para mim.

— Pode ir agora. — Eu me levantei da cadeira e, antes de sair do escritório de Marc, ele acrescentou: — E desocupe o armário. O novo treinador vai chegar daqui a meia hora.

Fui até o armário e peguei minhas coisas. Ao passar pela sala de levantamento de peso, ouvi algumas pessoas comemorarem o fato de que eu não ia mais voltar. Eles sempre me odiaram, o que foi um choque para mim.

Como eles podiam odiar uma pessoa que nem conheciam?

Eu ficava na minha na maior parte do tempo, raramente falava com alguém, mas, de certa forma, eles tiraram as próprias conclusões sobre quem eu era. E me incomodava o fato de eu ser o monstro da história.

Nunca foi minha intenção ser o vilão.

Tudo que sempre quis foi ser o herói de uma história. Mesmo assim, de alguma forma, acabei me perdendo no caminho, e tinha certeza de que já estava tão perdido que não tinha mais volta.

* * *

Na mesa dos fundos do Daze Jazz Lounge, na Bourbon Street, ninguém me incomodava. Eu me sentava àquela mesa todas as noites, tomava uísque e escrevia em um caderno. Nunca ninguém me incomodava. Eu estava sempre sozinho, a não ser quando Jason aparecia.

Todas as noites, ele se sentava na minha frente com uma garrafa de Jim Beam. Sempre completava o meu copo e começava a conversar comigo.

— O que quer dizer com te demitiram?

— Exatamente isso — respondi, virando uma página do caderno.

— Que babaca — resmungou Jason, aparentando estar mais chateado do que eu. — Você deu o sangue por aquele lugar. O Marc é um escroto.

Dei de ombros.

— *Droga!* — exclamou ele, dando um soco na mesa. — Sei que você não está nem aí para nada, mas isso é errado — reclamou ele. — Olhe só, se precisar de dinheiro, pode fazer uns turnos aqui.

Dei um meio-sorriso e lhe agradeci. O pai de Jason era dono do bar, e eu morava no apartamento que ficava em cima. Era Jason quem vivia lá antes, mas, quando foi morar com a noiva, Kelly, ele me ofereceu o espaço. Era quase metade do preço do apartamento em quem eu morava na época, então aceitei na hora.

— Além disso, você viu as minhas mensagens sobre a despedida de solteiro? — perguntou ele.

— Você me mandou umas dez mensagens.

Ele riu.

— Foram só oito, seu babaca melodramático. Você vai?

— Não.

— Fala sério, quantas vezes o seu melhor amigo vai se casar? Você é o padrinho!

— Eu na-não curto festas. Além disso, seus amigos da fraternidade me odeiam.

— Você está viajando! — mentiu ele.

— Eles me acham esquisito.

— Mas você é esquisito! Só que você é meu melhor amigo esquisito e, se eles têm problemas com isso, que se fodam. Se você quiser, posso desfazer o convite e nós dois podemos ter uma bela noite só a gente e encher a cara.

— E não é exatamente isso o que a gente faz aqui?

— É, mas a gente vai fazer isso, tipo, com strippers!

Eu ri.

— Vou ter que passar essa, mas estarei no casamento.

Bem neste instante, Jimmy Shaw entrou cambaleando no bar, interrompendo nossa conversa. Ele andava de bar em bar nos últimos meses desde que a mulher o havia deixado. Nós nos viramos para olhá-lo quando ele se jogou na cadeira e abaixou a cabeça.

— Oi, Jimmy! — cumprimentamos.

Ele manteve a cabeça baixa e acenou.

— Tudo bem? — perguntamos.

Ele levantou o polegar e então soluçou. Jason fez uma careta.

— Se você concordar, vou pegar essa garrafa de Jim Beam e levar para aquele pobre coitado ali. Parece que ele precisa disso mais do que você.

Fiz que sim com a cabeça e observei Jason consolar Jimmy. Meu melhor amigo era um cara legal. Sempre foi. Todas as vezes que tentei me isolar, ele metia o pé na porta e entrava.

Enquanto Jason cuidava de Jimmy, voltei às minhas anotações.

Eu podia até ser um recluso, mas, com uísque, meu caderno e Jason, nunca estava sozinho de verdade.

Capítulo 23

Jasmine

Eu o vi primeiro, mas sei que um dia ele vai dizer que isso é mentira.

Ele estava sozinho, sentado a uma mesa de canto no Daze, com o lápis atrás da orelha, folheando as páginas de um caderno velho e bebendo uísque. Já estava sentado lá quando cheguei, duas horas antes, e não ergueu o olhar nenhuma vez. A única pessoa a quem dava atenção era o garçom, que se aproximava de vez em quando para lhe servir mais bebida.

Fiquei sentada a uma mesa em frente à dele, olhando em sua direção algumas vezes enquanto eu tomava o drinque que escolhi para a noite: vodca.

Eu costumava beber tequila, mas me deixava emotiva demais.

Uma vez provei Bourbon, mas fiquei enjoada.

Então vodca era a aposta mais segura.

Ele estava diferente em praticamente todos os aspectos. Estava enorme, forte, em forma e cheio de músculos. A camiseta preta se ajustava ao corpo nos lugares certos, e seus lábios não sorriam, mas aqueles olhos...

Aqueles olhos doces, tristes e castanho-esverdeados... exatamente como eu me lembrava deles, só que não estavam mais escondidos atrás de óculos.

Muitas mulheres que já estavam meio bêbadas foram até a mesa de Elliott, na tentativa de chamar sua atenção, mas ele não dava bola para ninguém. Ele as ignorava, mantendo a cabeça baixa, concentrado em seu caderno. De vez em quando, pegava o lápis atrás da orelha e escrevia alguma coisa no caderno.

— Você está sozinha? — perguntou um cara bêbado, cambaleando até a minha mesa e se sentando à minha frente.

— Bem, na verdade...

— Posso te pagar uma bebida? — ofereceu ele, estendendo a mão imunda de gasolina e com cheiro de graxa para pegar a minha. A camiseta branca que ele usava também estava bem suja, como se aquele homem tivesse vivido embaixo do capô de um carro pelos últimos dez anos.

— Não precisa. Obrigada — respondi, me esforçando para manter a calma enquanto puxava o braço para mais perto do meu corpo.

— Ah, por favor — implorou ele, estendo ainda mais o braço. — Vamos beber juntos e nos divertir.

Meus lábios se abriram para falar, mas parei quando outra voz disse:

— Jimmy, saia daí. — Olhei para a mesa do canto, onde Elliott ainda estava fazendo anotações enquanto falava com o bêbado.

Jimmy se recostou na cadeira e gemeu.

— Fala sério, Elliott. Não seja tão...

— Jimmy — repetiu Elliott com um tom mais sério, sem tirar os olhos do caderno. — Saia daí.

Jimmy resmungou, mas se levantou e foi embora.

— Obrigada — eu lhe agradeci.

Ele assentiu, ainda olhando para o caderno.

— Jimmy é inofensivo. Só está passando por um período difícil.

— Todos nós já passamos por um momento difícil, não é? — perguntei.

Por um instante, ele olhou para mim, mas seu olhar logo voltou ao caderno.

Então ele parou.

E se empertigou.

Semicerrou os olhos castanho-esverdeados.

Fechou o caderno.

Quando levantou a cabeça e girou o corpo na minha direção, meu coração disparou dentro do peito, sem saber ao certo o que ia acontecer em seguida.

Ele se levantou primeiro, e eu fiz o mesmo, alisando minha jaqueta de couro.

— Jasmine — disse ele, soltando o ar. Seus olhos demostravam que estava confuso.

— Elliott.

— O que você está... — começou ele, mas sua voz falhou.

O lábio inferior tremeu um pouco, e ele colocou as mãos nos bolsos de trás da calça jeans. Meus olhos passearam pelo seu rosto, absorvendo cada detalhe, tentando assimilar tudo que havia mudado e me agarrar ao que continuava igual.

A maior parte havia mudado.

A barba estava aparada bem curta — eu nunca o tinha visto com pelos no rosto. E adorei. Ele tinha várias tatuagens no braço esquerdo. Fiquei pensando no que poderia ser cada uma delas.

Elliott parecia tão adulto agora.

Seu corpo estava bem diferente, mas aqueles olhos...

Aqueles lindos olhos castanho-esverdeados...

Ele pegou o uísque e tomou o restinho antes de colocar o copo de volta à mesa.

— O que você... — Ele parou de falar e fechou os olhos. — O que vo-você está fazendo aqui? — A leve gagueira fez meu coração dar um salto.

— Procurando você. — Não sabia mais o que dizer ou o que deveria realmente sentir. Meus olhos ficaram marejados, e senti o fogo queimar minhas entranhas frente à situação devastadora. Vê-lo novamente provocou uma onda de emoções dentro de mim. — Sinto muito. Sei que isso é esquisito e parece que estou perseguindo você. Talvez você não esteja interessado em saber de mim, mas eu queria te ver porque... — Minhas mãos começaram a tremer, e não consegui encontrar as palavras certas para expressar o que estava sentido. — Porque... — Eu estava agitada e ficava cada vez mais nervosa. — Bem, porque... porque... — Meus olhos se encheram de lágrimas enquanto eu olhava para o cara que, quando conheci, era muito magro e frágil. — Porque... — Minha voz falhou, e Elliott continuava me encarando, estreitando os olhos.

— Jasmine?
— O quê?
— Respire.
— E-estou respirando.
— Não está. Pode acreditar. Eu sei como é não respirar.

E lá estava ele — o garoto que conheci um dia.
Meu coração...
Parou de bater por um segundo...
Rachou.
Quebrou-se.
Curou-se.

— Eu não queria simplesmente aparecer do nada, mas...
— Jazz. — A voz dele estava baixa, e ouvir Elliott me chamar por aquele apelido fez com que eu sentisse um arrepio.
— O quê?
— Vou beijar você? — disse ele em tom de pergunta.
Assenti
— Tudo bem.

Sua boca encontrou a minha enquanto seu corpo se aproximava mais do meu, e ele me envolvia com os braços, me empurrando de encontro à mesa. Foi um beijo intenso, profundo, como se eu fosse o último desejo que Elliott tinha no coração. Suas mãos escorregaram pelas minhas coxas, e ele me colocou sentada na mesa, permitindo que eu enrolasse as pernas em volta de sua cintura — e, assim, de repente, eu estava de volta à história dele. No entanto, diferente dos capítulos iniciais nos quais nosso fogo era apenas uma centelha, esses capítulos eram um verdadeiro incêndio.

Seus lábios...
Seu toque...
Seu corpo...
Seu mundo...

Ah, como desejei voltar para o mundo de Elliott, onde tudo fazia sentido e eu nunca questionava o significado do amor.

Ele tinha gosto de uísque e de lembranças que eu quase havia esquecido.

Soltei um leve gemido enquanto ele fazia amor com meus lábios. Nossos corpos pressionados um contra o outro, duas pessoas revivendo uma fantasia do passado.

Ele se lembrou da promessa que me fez.

Ele se lembrou da promessa de que ia me beijar quando nos encontrássemos de novo.

Ele se lembrou de suas palavras.

Mas esse beijo...

Esse beijo era muito mais. Era mais do que eu achei que fosse receber e, provavelmente, mais do que ele pensava que poderia me dar. Era doloroso, feio, triste e, mesmo assim, de alguma forma, belo.

Nosso beijo foi um pedido de desculpas a tudo que não vivemos juntos.

Ele se afastou lentamente, minhas mãos descansando em seu peito, e as dele ainda envolvendo meu corpo. Seus dentes mordiscaram de leve meu lábio inferior enquanto ele apoiava a testa na minha. Nossas respirações estavam ofegantes, e fiquei imaginando se o coração dele estava batendo de forma tão selvagem e livre quanto o meu. Ele passou a língua pelos lábios bem devagar e me deu um abraço apertado.

TJ estava enganado.

Ele era o mesmo garoto gentil cujo toque me curava. Era o mesmo garoto tranquilo que me abraçava quando eu mais precisava. Era a mesma luz em um mundo repleto de escuridão.

Respirei fundo e o abracei, sentindo que, se eu o soltasse, ele poderia desaparecer.

— Sinto muito, Elliott. — Comecei a chorar e o abracei mais forte enquanto nossos lábios se tocavam. — Sinto muito pela Katie.

Ele me soltou.

Deu um passo para trás e, quando nossos olhares se encontraram de novo, seu semblante estava confuso. Então, a cada piscada que dava, seu olhar ficava mais sombrio... indiferente... frio.

Duro.

— O quê? — perguntou ele, em voz baixa.

— Eu... TJ me contou o que aconteceu. Sinto muito. Não consigo acreditar que ela...

— Cale a boca — gritou ele do nada.

Aquela aura gentil havia desaparecido. Minha cabeça começou a girar, e fiquei pensando se eu não havia inventado tudo aquilo, como se nosso abraço e nosso beijo tivessem sido simplesmente imaginação da minha cabeça cansada.

— O quê? — Eu estava desnorteada. Desci da mesa. — Eli...

— Não — ordenou ele sem dizer mais nada. Elliott pegou o caderno e se afastou, subindo uma escada nos fundos do bar. Meu coração estava disparado no peito, e minha cabeça, completamente confusa.

Elliott tinha me dado boas-vindas à sua vida.

E, depois, num piscar de olhos, desapareceu.

Capítulo 24

Elliott

Jazz.

O meu tipo favorito de música.

Minha cabeça ficou extasiada no instante em que cheguei ao topo da escada que levava ao meu apartamento. Eu precisava espairecer e voltar para o estado de dormência no qual preferia ficar. Vesti as luvas de boxe e comecei a socar o saco de areia sem parar, até não sentir mais nada.

Malhar era minha fuga e, mesmo que eu tentasse não pensar em nada, Jasmine Greene ainda passava por entre as fendas da minha mente a cada chute, soco e série de exercícios que eu completava.

Ela estava linda, mas isso não era nenhuma surpresa. Eu não conseguia parar de pensar nos olhos dela.

Não. Pare, eu disse a mim mesmo enquanto socava o saco de areia sem parar.

Não havia mais motivos para pensar nela. Aquela garota fazia parte do meu passado, e eu não vivia mais lá.

Mas aquele beijo...

Seus lábios...

Seu gosto...

Seu toque...

— Não — declarei em voz alta, sem parar de socar.

Quando ouvi uma batida na porta, engoli em seco. Tirei as luvas e fui atender, metade de mim torcia para que fosse Jasmine, e a outra metade estava rezando para que não fosse.

— Que porra foi aquela?! — perguntou Jason, entrando no apartamento.

Um suspiro de alívio escapou dos meus lábios ao ver meu melhor amigo. Coloquei as luvas de novo e voltei para o saco de areia.

— Ei, seu babaca! Desembuche logo! O que foi aquilo? — insistiu ele.

— Do que você está falando?

— Ah, sei lá... talvez você possa me explicar quem é aquela garota que você estava comendo com a boca lá no bar.

— Eu não a comi com a boca — respondi, sentindo o suor escorrer.

— Até parece. Aquilo foi mais do que eu faço com a minha noiva na cama. Kelly mataria para ser beijada assim! — exclamou ele, jogando as mãos para cima. — O que foi que aconteceu?

— Nada. Era só uma garota que eu conhecia.

Jason entrou na frente do saco de areia, e eu fiz uma cara feia quando meu punho parou a milímetros do rosto dele.

— Dá para parar com esse treinamento dos Vingadores e me dar mais detalhes?

— Você se lembra de quando se mudou para Nebraska com a sua mãe? E eu contei que tinha conhecido uma garota?

— Sim, tenho uma vaga recordação das suas alucinações com uma garota que não existia.

— Pois é. Bem, era ela.

Ele ficou de queixo caído.

— Não pode ser!

— Por quê?

— Você não pode simplesmente me dizer, com essa cara, que saía com aquela garota na escola. Sem querer ofender nem nada, mas, se me lembro bem, você era o cara mais feio do planeta quando estava na escola, além de mim — brincou ele. — Não tem como uma garota daquelas ter dado mole pra você.

Dei de ombros.

— Bom, ela me deu mole, sim.

— Puta merda. Ela é muito gata.

Não respondi. Coloquei as mãos nos ombros de Jason e o empurrei para o lado a fim de voltar a golpear o saco de areia.

— Você pode levá-la ao casamento — sugeriu ele, me dando uma cotovelada.

— Não.

— Talvez ela possa...

— Nós não temos mais nada — interrompi. — Eu nem a conheço mais.

— Bem, não foi isso que aquele beijo pareceu dizer.

— Aquilo foi um lance de momento.

— Você vai vê-la de novo?

Dei um soco no saco de areia.

— Não.

— Por que não? Veja bem, cara, eu sei que tem esse lance todo de você odiar o mundo e essa fase emo... mas senti algo ali. Senti...

— A última vez que eu a vi foi um pouco antes da Ka-Katie... — Minha voz falhou, e respirei fundo. — Não vou vê-la de novo.

— Ah. — Jason franziu o cenho. — Entendi. — Ele encolheu os ombros e deu um tapinha nas minhas costas. — Bem, pelo menos vocês tiveram a chance de dar umazinha antes de acabar esse lance. De qualquer forma, como foi? Tipo, transar em público? Acho melhor eu desinfetar as mesas do bar.

— Jason?

— Hã?

— Cale a boca.

— Tá bom.

Mas é claro que ele continuou falando, porque Jason nunca conseguiu ficar de boca fechada.

— Mas você precisa levar alguém ao casamento.

— Não preciso, não.

— Claro que precisa. Você é o padrinho. O que as pessoas vão pensar se virem um padrinho sozinho no meu casamento?

— Hum, vão pensar que ele não tem namorada?

— Fala sério, Elliott. Eu poderia arrumar um...

— Meu Deus, não — protestei. — Chega desse papo de encontros.

Jason ergueu uma sobrancelha.

— Só porque a Susie tinha seis dedos em um dos pés? Porque, pra ser sincero, eu não sabia disso até ter armado o encontro de vocês.

Dei uma risada.

— Não... É só que não estou interessado.

— Tudo bem. Você pode ir ao meu casamento sozinho, desde que vá à minha despedida de solteiro.

— Cara, eu já disse que não vou à sua despedida de solteiro.

Eu já tinha falado isso um milhão de vezes, e Jason continuava insistindo, todos os dias, na esperança de que eu cedesse. Depois que terminamos o ensino médio, ele foi para a faculdade, entrou para uma fraternidade e viveu os melhores anos da vida dele. Conheceu Kelly em uma festa quando estava no segundo ano da faculdade, e eles estão juntos desde então. Jason se apaixonou por ela imediatamente e, assim que os dois se formaram, ele a pediu em casamento. E agora ele só fala nisso. Meu melhor amigo havia se transformado em um *noivozilla*.

Mas isso não era surpresa nenhuma. Jason era assim em relação a tudo. Quando fazia uma coisa, era de forma grandiosa. Quando se apaixonava, era perdidamente. Quando começou a pensar no casamento, fez planos grandiosos — e era exatamente por isso que eu não queria ir à despedida de solteiro dele. Certamente seria algo exagerado.

— Você sabe muito bem que os seus amigos na-não me suportam — argumentei. — E não sou chegado a festas.

— Eu sei, mas eu sou, e vou festejar por nós dois. Só quero que você esteja lá comigo, mesmo sendo o babaca de sempre e sonhando com vitaminas e barrinhas de proteína.

No fundo, eu gostaria de atender ao pedido do meu amigo, mas não podia. Eu sabia que os amigos dele iam querer ir para a Frenchmen Street, e, desde o incidente com a Katie, eu não havia mais colocado os pés lá.

Tinha quase certeza de que jamais voltaria àquele lugar.

— Eu vou ao seu casamento — prometi. — Vou ficar do seu lado no altar.

Jason gemeu.

— Tudo bem, mas se você puder não ficar tão gato e tentador seria ótimo. É o meu momento de brilhar, com barriguinha de cerveja e tudo, está bem? Melhor eu voltar para o trabalho.

Ele já estava quase na porta quando disse uma última coisa:

— Só para ficar registrado... Essa tal Jasmine é deslumbrante, Elliott. Tipo, uma beleza de outro mundo.

Não respondi, mas tinha de concordar com ele.

Capítulo 25

Jasmine

Na tarde seguinte, fui direto para a esquina onde TJ ficava. Ele já estava lá tocando, e eu me sentei no meio-fio, absorvendo tudo. Quando fechei os olhos, senti meus pelos se arrepiarem. Senti a música com cada fibra do meu ser e, quando ele terminou, tudo o que eu queria era que ele continuasse.

— Foi tão ruim assim? — perguntou TJ, sentando-se ao meu lado.

— Eu pareço tão desanimada assim? — brinquei.

— Só um pouco. Sinto muito que as coisas não tenham saído como você esperava.

— Tudo bem. Valeu a tentativa.

— Ele falou com você? Te cumprimentou? Perguntou como estava, por onde tem andado? Esse tipo de coisa?

— Ele me beijou — contei, e TJ arregalou os olhos, surpreso com a revelação. — Ele me beijou e eu correspondi, e foi maravilhoso, sincero... e o beijo fez com que eu me lembrasse por que essa cidade me mudou para melhor. Mas, do nada, ele parou.

— O quê? Ele simplesmente... parou? — TJ franziu as sobrancelhas. — Do nada?

— Totalmente do nada. Estava tudo bem... Tudo maravilhoso, para dizer a verdade. E, então, eu disse que sentia muito por tudo o que havia acontecido com a Katie e...

— Ah — TJ me interrompeu. — Você mencionou a Katie, o beijo da morte... Ou, bem, ironicamente, a morte do beijo. Sempre que alguém menciona a Katie em uma conversa, ele se fecha.

— E como eu faço para que ele se abra de novo?

TJ meneou a cabeça.

— Não dá para fazer isso. Sempre que houver menção ao que aconteceu com a Katie, você já era. Sabe qual foi a última vez que eu o vi?

— Não.

Ele franziu a testa.

— Nem eu. Ele é assim com a mãe também. Ele atende quando ela liga, mas ela nem se lembra da última vez que viu o filho, e é ela que sempre tem que ligar. É estranho, na verdade, mas, quando a Katie morreu, uma parte do Elliott morreu junto.

— Ele estava lá ontem à noite. O verdadeiro Elliott. Eu o vi por trás daqueles olhos castanho-esverdeados.

— Ele vem em centelhas — explicou TJ. — E vê-la, provavelmente, acendeu a chama que ele passou tantos anos tentando apagar. Mas, no instante que voltou a sentir alguma coisa, ele a cortou de novo.

— Isso é tão estranho.

— E triste. Aquele menino está em todas as minhas lembranças favoritas da vida. Eu dei aula de música a vida toda, e ser o professor do Elliott foi a melhor coisa. Ele simplesmente compreendia tudo sem que eu precisasse dizer nada. Além disso, ter filhos sempre foi um desejo da minha mulher, mas nós não conseguimos. Ter aqueles dois irmãos por perto foi muito bom para nós, e partiu meu coração perder ambos.

— Sinto muito.

— Tudo bem. É estranho envelhecer. Quanto mais velho você fica, mais solitário se sente, e mais longos os dias parecem. É por isso que venho tocar aqui. Isso dá um pouco de significado aos meus dias.

— O que você faz quando não está aqui tocando?

Ele sorriu e se levantou.

— Fico em casa esperando a hora de vir tocar.

Partiu meu coração pensar em TJ sentado esperando anoitecer e dar a hora de vir tocar.

— Não me olhe com essa carinha, minha jovem. Está tudo bem — afirmou ele, tentando me consolar. — É a vida. Às vezes você precisa aceitar as coisas.

Eu acreditava nisso também, mas, às vezes, é muito difícil.

Fiquei escutando TJ tocar pelo resto da noite e, quando ele terminou a apresentação, eu me levantei e lhe agradeci.

— Sou eu que tenho que ser grato por você absorver tudo — respondeu ele, guardando o saxofone no estojo. — É bom ter alguém com quem conversar nos intervalos.

— Volto amanhã.

E o amanhã se transformou em todos os dias que vieram em seguida. Observei o outono chegar na cidade, dando às folhas um tom avermelhado. Desde que conheci TJ, eu me sentava naquela esquina todas as noites para ouvi-lo tocar. Comecei a trabalhar no Eve's, e me certificava de que meu intervalo coincidisse com o horário em que ele tocava. TJ era o ponto alto do meu retorno para Nova Orleans. Se eu não o tivesse conhecido, não sei se estaria bem.

Além disso, quando ele tocava, jurava que ouvia o coração de Elliott nas notas.

— Como estou me saindo até agora? — perguntou TJ, fazendo um intervalo e se sentando na calçada ao meu lado.

Eu ri e respondi:

— A sua música está melhor do que ontem, e olha que ontem foi a sua melhor apresentação.

Cometi muitos erros na vida, mas escutar TJ tocando certamente não havia sido um deles. Todas as noites ele se sentava em uma cadeira de metal na Frenchmen Street com seu saxofone e tocava para os pedestres a caminho dos bares da região.

Quando as pessoas paravam para ouvi-lo, jogavam algumas notas amassadas no estojo do saxofone. Alguns dançavam na rua ao som de sua música; turistas gravavam vídeos com seus celulares enquanto algumas pessoas agiam como se nada estivesse acontecendo.

Nunca consegui entender isso — como algumas pessoas conseguiam passar por um músico tocando e fingir que não estavam no paraíso?

TJ já tinha uns 80 e poucos anos e havia nascido para o soul. Era impossível que alguém aprendesse a tocar como ele — as pessoas já chegavam ao mundo com o soul embutido na alma e no coração. TJ escolhia os melhores ternos e as gravatas mais bonitas e parecia ser uma lenda viva na Frenchmen Street. Ele era um marco da vida noturna da cidade.

Durante várias semanas, todas as noites eu ia até a esquina, me sentava na calçada e o ouvia tocar. Ele estava sempre com um sorriso enorme no rosto e tinha uma visão positiva em relação à vida. Além disso, o jazz que tocava tinha o poder de curar, era capaz de trazer esperança até para a pessoa mais triste do mundo.

Por volta das sete e meia da noite, TJ sempre fazia um intervalo, pegava duas garrafinhas de água e dois cachorros-quentes do Dat Dog da esquina e se sentava na calçada ao meu lado. Ele me dava um cachorro-quente, e nós comíamos juntos.

— Tem alguma coisa que você acha que posso melhorar? — perguntou ele, dando uma mordida no pão.

— Sim. Pode parar de pagar o jantar para uma garota todos os dias.

— Não consigo evitar. Sou um cavalheiro.

Bufei, achando graça.

— Talvez o último que restou na face da Terra.

— Espero que isso não seja verdade. Você precisa se casar com um cavalheiro.

— Acho que passo esse lance todo de casamento.

— Ah, não — gemeu ele. — Não me diga que você não acredita no amor.

Dei de ombros.

— Depende do dia que você me perguntar.

— No que você *acredita*? Acredita em Deus? — perguntou ele.

— Ainda estou aberta a discussões quanto a isso. Mas gosto da ideia de que Ele existe.

— Justo. E quanto a extraterrestres?

— Talvez eles existam — respondi, tomando um gole de água. — Mas eles não são iguais ao E.T. nem nada disso. Estou tentada a acreditar em alienígenas que se apossam da mente e do corpo das pessoas e assumem o controle de suas vidas, obrigando-as a fazer coisas que normalmente não fariam.

— Sério?

— Sério. Tenho 99 por cento de certeza de que minha mãe foi dominada por um *alien*.

— Conheço você há algumas semanas, e essa é a primeira vez que fala da sua mãe. Você fala muito do seu pai, mas nunca a havia mencionado.

— Oops — murmurei. — Foi um ato falho. Não vai acontecer de novo.

— Por que você acha que ela foi dominada por um *alien*?

Sorri e me virei, tentando dar a entender que não queria falar sobre o assunto. TJ entendeu o sinal e não insistiu. Esse era um dos motivos pelos quais eu gostava tanto dele — ele nunca me pressionava para saber mais sobre o meu passado. Sempre me disse que o passado era passado por um motivo e que não havia necessidade de trazê-lo para o presente se fosse só para magoar as pessoas.

— Ah, adivinha? — falei juntando as mãos. — Vou fazer um show na sexta-feira.

— Que legal! — comemorou TJ, batendo as mãos nas pernas. — Eu estava esperando que você voltasse para o soul.

— Pois é. Tenho ensaiado sozinha. Já faz muito tempo desde a última vez que cantei o que realmente queria. — Sorri e dei uma cotovelada de leve nele. — Você tem que ir me assistir. Se a minha apresentação for muito ruim, pelo menos vou ter um amigo para me aplaudir.

— Eu não faltaria por nada nesse mundo.

— Valeu, TJ.

— Mas e os seus outros amigos? — perguntou ele. — Esse velho aqui não pode ser seu único amigo, não é?

Dei de ombros.

— Nunca fui muito boa em fazer amigos. Minha mãe não me dava tempo para construir nenhum relacionamento fora do estúdio.

— Aí está a sua mãe de novo. — Ele me deu uma leve cotovelada. Mordi o lábio inferior.

— Outro deslize. De qualquer forma, a última vez que tive uma amizade verdadeira foi há muito tempo, mas já é uma história antiga.

— Mas já é alguma coisa. — TJ baixou os olhos. — Eu também sinto saudade dele, sabe?

— É estranho. Já faz tanto tempo... mas, quando o conheci, nem sabia que precisava dele. Quando Elliott era meu amigo, eu me sentia imbatível, era como se eu fosse boa o bastante.

— Ele fazia com que todo mundo se sentisse assim. Eu só gostaria que pudéssemos retribuir tudo que ele fez. De qualquer forma, e o seu show... Onde vai ser?

— No Eve's Lounge, na sexta-feira, às seis horas. — Franzi o cenho. — Mas talvez você se atrase para a sua apresentação aqui.

— Não se preocupe. — TJ bateu a mão no chão. — Essa esquina não vai a lugar nenhum.

Capítulo 26

Elliott

Minha mãe me ligou 15 vezes na última semana e deixou 15 recados, três a menos que na semana anterior. Cada vez que ela deixava um recado, eu mandava uma mensagem de texto dizendo que estava bem.

Na noite de quarta-feira, eu estava no meu apartamento, levantando peso, quando ouvi uma batida na porta. Abri a porta e me deparei com a minha mãe parada ali, segurando algumas sacolas e com um sorriso enorme no rosto.

— Oi, Eli — disse ela, com uma voz doce.

Pisquei e vi Katie em seus olhos.

— Oi, mãe. — Dei um passo para o lado para que ela entrasse. — O que você está fazendo aqui?

— Você não atendeu as minhas ligações. Fiquei preocupada.

— Mas eu mandei mensagens.

— Eu não escrevi para você, Eli. Eu liguei — declarou ela de forma direta, colocando as sacolas em cima da mesa da sala de jantar. — Você deveria ter retornado as ligações.

— Desculpe.

— Tudo bem. Já estou acostumada.

Ela começou a tirar as coisas das sacolas, e eu levantei uma sobrancelha.

— Fui ao mercado outro dia. Tem comida aqui em casa.

— Mas não tem comida caseira — retrucou ela, tirando um pote de plástico de dentro da sacola. — Aposto que na sua geladeira só tem frango com brócolis. — Ela foi até a geladeira, a abriu e levantou uma sobrancelha. — E salmão.

— Estou tentando ficar mais definido — expliquei.

— Tudo bem, mas comer bolo um diazinho não vai fazer mal — declarou ela, tirando o restante da comida de dentro da sacola. Ela havia trazido comida suficiente para alimentar um exército.

— Na verdade, faz mal, sim. Cortei o açúcar da dieta nessa semana — respondi, olhando para o relógio. — E eu adoraria que vo-você ficasse, mas tenho que ir para o trabalho.

— Que engraçado — retrucou ela, pegando dois pratos no armário e arrumando a mesa. — Porque acabei de vir da academia e fiquei sabendo que você foi demitido.

— Eu ia contar para você...

Seus olhos se suavizaram.

— Você precisa de dinheiro? — perguntou ela, pegando a carteira.

— Não. Está tudo bem.

— Posso ajudar com o aluguel — avisou ela, tirando algumas notas.

— Mãe, pare com isso. Está tudo bem. Sério.

Ela balançou a cabeça.

— Me deixe ajudar você.

— Não precisa. Na verdade, acabei de me lembrar que tenho que ir a uma entrevista de emprego...

— Elliott. — Ela estava séria. — Você não tem entrevista nenhuma.

— Mãe...

— Por favor — implorou ela, erguendo as mãos em um gesto de derrota. — Olhe, eu sei que você não me quer aqui. E entendo que não quer ninguém por perto, mas, querido... — A voz dela falhou. — Hoje é seu aniversário. E você não deveria passar esse dia sozinho...

Ela estava quase chorando. Pigarreei e respondi:

— Está bem.

— Tudo bem então. Sente-se.

Nós nos sentamos à mesa, e eu disse:

— Mas eu não vou sair da dieta essa semana.

— Tudo bem. Eu trouxe bolo só para mim. — Ela pegou um dos potes e o deslizou pela mesa na minha direção — Preparei coxa de peru para você.

Ficamos em silêncio por um tempo antes de ela voltar a falar:

— Sei que é difícil... E sei que todo ano venho passar o seu aniversário com você, mas eu sou sua mãe, Eli, e você é meu filho. Então, enquanto eu ainda estiver viva, você nunca vai passar o seu aniversário sozinho, está bem?

Não respondi, mas ela me ouviu claramente enquanto eu comia a refeição que ela havia preparado.

Está bem, mãe.

Capítulo 27

Jasmine

Na noite do show, eu estava uma pilha de nervos, mesmo que só houvesse nove pessoas no bar.

E três delas eram funcionários.

Fiquei sentada, tomando chá quente e batendo o pé no chão sem parar enquanto esperava o horário da apresentação.

— Se você continuar batendo essa perna, ela vai cair — TJ me repreendeu, entrando no bar e se sentando à minha frente. Colocou o estojo do saxofone na mesa e o chapéu em cima dele.

Eu sorri.

— Já estava ficando nervosa achando que você não vinha.

— Eu sempre venho, às vezes não chego na hora, mas sempre apareço. — Ele pegou minha mão trêmula. — Você está muito tensa. Relaxe.

— Não consigo. Já faz muito tempo que não me apresento cantando as músicas que escolhi. É assustador.

— É como andar de bicicleta — garantiu ele, apertando minha mão, tentando me confortar. — Não tem como errar.

Quando chegou a hora de subir ao palco, respirei fundo para me acalmar e fui até o microfone. A banda começou a tocar, e eu fechei os olhos, me deixando levar pela música. Enquanto cantava, alcançava todas as notas e dava o meu melhor, mergulhando completamente no momento e sentindo o soul aquecer minha alma, voltando para o meu mundo preferido — o mundo do soul.

Cantei quatro músicas, e TJ assistiu à apresentação inteira, com os olhos grudados em mim.

Quando terminei de cantar "Fall for You", da Leela James, agradeci a todas as pessoas que assistiram à minha apresentação.

Voltei depressa para o lado de TJ e me sentei à mesa, me sentindo no topo do mundo.

— Então — comecei, tomando um gole do chá já frio que ainda estava na mesa. — O que achou?

Ele levantou uma sobrancelha.

— Você nunca andou de bicicleta, não é?

Fiquei de queixo caído.

— Como assim?

— Você não foi nada bem.

Estreitei os olhos, surpresa com o comentário dele.

— Do que você está falando? Todo mundo aqui gostou!

— São todos uns idiotas — declarou ele, se levantando. — Chega a ser irônico, na verdade. Uma artista de soul sem alma.

— TJ...

— Você alcançou todas as notas. Você cantou exatamente como deveria e, sim, todo mundo aqui gostou, mas todo mundo gosta de música. É disso que Nova Orleans é feita. De talento. Mas você é mais do que talento, Jasmine. Você é mais do que amor. Precisa ser mais. — Ele abriu um sorriso gentil, estendeu o dedo e deu uma batidinha no meu nariz. — Você precisa ser extraordinária.

— E como eu faço isso? — perguntei. — Como alguém se torna extraordinário?

Ele pegou o chapéu e o colocou na cabeça.

— Você vai vir comigo e vai começar a ter aulas de música.

— Achei que tivesse se aposentado.

— Verdade — concordou ele, pegando o estojo do saxofone. — Mas ouvi a sua voz. Ainda não chegou ao ponto certo, mas a forma como você canta... O jeito que seus olhos imploraram para mergulhar na magia que vive em você, isso me deixa animado e me faz querer ensinar de novo — declarou ele. — Eu não sentia essa paixão fazia muito tempo, desde que um garoto gago se apresentou para mim.

Inspirei profundamente e soltei o ar bem devagar.

— Quando eu começo?

— Amanhã ao meio-dia. — Ele pegou um guardanapo e uma caneta, anotou um endereço e me entregou o papel.

— Perfeito.

— Não se atrase.

— Pode deixar. Preciso levar alguma coisa?

— Só um caderno e seus temores mais profundos e sombrios — disse, enquanto se afastava. — E, Jasmine?

— Hã?

— Você não nasceu para ser cantora pop. Essa música, esse estilo... isso tudo é você. Você é a definição da música soul.

Suas palavras significaram para mim muito mais do que ele era capaz de imaginar, e eu mal podia esperar para minha primeira aula.

* * *

Quando estacionei na frente da casa de TJ, me apaixonei no mesmo instante. Era exatamente como eu imaginava pelas histórias que ele tinha me contado. Havia dois carvalhos gigantes no jardim, e as folhas estavam lentamente se tingindo de vermelho e de tons queimados de laranja por causa da chegada do outono. Algumas folhas tinham se soltado dos galhos e caído no jardim malcuidado. Havia uma cerca de treliça em volta da casa, e parecia que uma floresta tinha tomado conta do jardim. Havia um banco de pedra no meio do mato que crescia por todos os lados e três estátuas de gnomos guardavam a entrada — um deles parecia um alienígena; outro, um anjo, e o terceiro tinha a cara do Chuck Norris.

Três motivos perfeitos para que TJ estivesse rapidamente se tornando um dos meus seres humanos preferidos.

— Esse lugar costumava ser muito bonito — revelou ele, caminhando pela varanda e apontando para o jardim. — Quando a minha mulher ainda era viva, ela fazia questão de cuidar de tudo. Mas eu não tenho o mesmo zelo.

— Ainda é bonito em sua versão livre. — Sorri, subindo os degraus.

Ele sorriu e assentiu.

— Se ao menos pudéssemos ver tudo a partir dessa perspectiva. Venha. Estou preparando um chá para você.

A casa dele era bonita, cheia de lembranças e histórias. Havia uma parede coberta com cartões-postais de lugares do mundo todo. Parei diante dela e fiquei olhando cada um deles, sorrindo ao ver aquilo.

— Prometi à minha mulher que ia mostrar o mundo para ela, e nós viajamos muito — ele me contou, aproximando-se com uma xícara de chá quente. Seus olhos pousaram na parede, e ele abriu um pequeno sorriso. — Mas nada era tão especial quanto voltar para casa. Nada parecia tão certo.

— A sua mulher era muito bonita — elogiei, sorrindo, ao ver as fotos perto da lareira. Havia dezenas de fotografias e lembranças capturadas nas imagens que exibiam a vida de Theodore James. A vida dele tinha sido maravilhosa, e eu me senti muito sortuda por ter a chance de vislumbrar um pouco daquilo. A última foto na lareira quase fez meu coração saltar pela boca. Era Elliott ainda criança, segurando um saxofone que parecia ter cinco vezes o tamanho dele.

— Foi quando ele ganhou o primeiro instrumento — explicou TJ. — Foi o instante em que ele se apaixonou pelo jazz.

O amor emanava do rosto de Elliott na foto. Seu sorriso era tão sincero que dava para sentir a alegria dele.

— Tenho tanta saudade desse sorriso — confessei.

— Todos nós temos — concordou TJ. — Mas não estamos aqui para falar sobre ele. Hoje o foco é você.

Tirei a jaqueta, coloquei-a no braço do sofá e me sentei com o caderno aberto.

— Aqueci a voz quando estava vindo para cá. Então, se quiser pular essa parte.

Ele estreitou os olhos e se encostou na lareira.

— Nós não vamos cantar hoje — declarou ele. — Não vamos cantar por um tempo.

— Como assim?

— Você tem um longo caminho pela frente antes de mergulhar no canto. — Ele fez um sinal para o caderno. — Escreva as partes mais difíceis.

— Partes mais difíceis?

— As partes que te deixam assustada. As suas verdades mais profundas. Escreva tudo isso. Escreva sobre cada demônio que já te assombrou à noite. Escreva sobre as sombras, os medos, as dores mais agudas.

— E o que isso tem a ver com o meu canto?

Ele se sentou em uma cadeira em frente a mim e uniu as mãos.

— Você se conhece bem?

— Como assim?

— Qual é a sua verdade?

Eu ri.

— TJ, você sabe que eu não...

— Qual é a sua verdade? — insistiu ele.

Fiquei tensa.

— A minha vida não é uma história triste — declarei. — Eu sou feliz.

— Eu sei, mas qual é a sua verdade?

Cada vez que ele dizia isso, eu me encolhia por dentro. Eu não fazia ideia de onde TJ queria chegar ou por que continuava fazendo a mesma pergunta, embora soubesse que ele não estava fazendo isso para ser cruel. Ele tinha uma expressão gentil nos olhos, e foi isso que mais me incomodou — ele olhava para mim e conseguia ver as partes que eu fingia que não existiam.

— Eu sei que você é feliz. Você sorri o tempo todo, Jasmine, mas às vezes eu vejo... Aquela tempestade tranquila que mora atrás dos seus olhos. Vejo o trovão que a rasga por dentro enquanto você se esforça para fingir que nem sentiu as gotas de chuva. Enterrar suas mágoas e seus medos não vai impedir que tudo isso venha à tona. Isso só vai silenciar a sua verdadeira voz, que está implorando para se libertar.

— Eu... — Minha voz estremeceu, e balancei a cabeça, olhando para o caderno. — Não sei se é isso que quero fazer, TJ. Não quero mergulhar tão fundo.

Ele me analisou por um tempo antes de abrir um sorriso.

— Ninguém consegue se curar se ficar fingindo que os machucados não existem.

Dei um sorriso sem graça e assenti, mas não disse nada.

Ele soltou um suspiro derrotado e falou:

— Tudo bem então. Vamos aquecer a voz.

* * *

As semanas seguintes começaram e terminaram do mesmo jeito. Eu ensaiava com TJ, ia para o trabalho e ouvia meu amigo se apresentar e sempre terminava a noite sentada no beco atrás dos bares, tentando me lembrar de respirar. TJ estava fazendo um ótimo trabalho comigo, mas era difícil. Eu dificultava as coisas.

Eu havia construído uma muralha à minha volta que nem sabia que existia até ele tentar derrubá-la.

Eu era feliz.

Sabia que era — eu me esforçava para me sentir assim. Tinha conquistado minha felicidade.

Mas ele estava certo. Na minha jornada de volta para casa, me deparei com alguns percalços e acabei me machucando. Achei que estivesse curada, mas TJ conseguia ver além. E isso me assustava. Porém, o que me assustava ainda mais era a ideia de mergulhar tão fundo dentro de mim, me perguntando o que todas aquelas cicatrizes significavam, me forçando a lembrar o que as havia causado. Eu gostava de brincar com minhas emoções, tocando-as de leve, mas mantendo a maioria delas trancafiada dentro de mim.

Se não tivesse me descontrolado na frente de TJ no dia que o conheci, provavelmente ele não saberia sobre as nuvens tempestuosas que dançavam sobre mim todos os dias. Se não tivesse mostrado esse lado meu, talvez ele tivesse acreditado que eu estava bem.

A minha música sofria por eu não me abrir mais, embora eu nunca tenha realmente notado quanto me segurava até TJ me mostrar isso.

Eu só fingia que estava tudo bem, mesmo quando não estava. TJ fingia também, mesmo sem querer fazer isso. Ele acreditava mais em mim do que eu mesma, mas não me pressionava a me abrir, a não ser quando sentia que eu estava pronta.

A triste verdade era que eu não tinha certeza se um dia chegaria a entender essa questão, nem se minha voz atingiria sua verdadeira magia. Não sabia se um dia eu estaria pronta para olhar para as minhas cicatrizes e achá-las bonitas.

Mesmo assim, eu era feliz. No entanto, às vezes, as nuvens tempestuosas que pairavam sobre mim deixavam cair algumas gotas de chuva — não era uma chuva forte, muito menos uma tempestade, apenas algumas gotas.

Eu conseguia lidar com isso. Quem era eu para reclamar de algumas gotas quando conhecia pessoas como Elliott, que tinham de lidar com furacões?

Cada pessoa tinha uma música em sua vida cuja letra era sofrida demais para ser cantada.

Mas as letras de algumas pessoas eram ainda piores do que a minha.

Eu tinha sorte.

Eu era feliz.

Capítulo 28

Jasmine

— Trouxe sanduíche de manteiga de amendoim e geleia hoje, mocinha — anunciou TJ na semana seguinte, sentando-se ao meu lado durante o intervalo de sua apresentação.

— Tenho certeza de que hoje era a minha vez de providenciar o jantar, já que foi você que trouxe ontem.

Ele deu de ombros.

— Devo ter me confundido. Sei que você vai trazer amanhã. Aliás, achei nossa aula de hoje muito boa.

— Sinto que estou te decepcionando — confessei. — Sei que não estou dando o máximo, e é tudo culpa minha. Parece que estou com algum tipo de bloqueio mental.

— Dê o máximo que puder, e eu juro que vai ser suficiente. Quando você estiver pronta, estará pronta. Não estamos aqui para sermos perfeitos, então, por ora, sejamos apenas bons.

— Obrigada, TJ.

— Imagina.

Terminamos de comer o sanduíche, e TJ se levantou e voltou para sua música. Eu me levantei para voltar ao trabalho, mas algo me fez hesitar.

A música estava diferente dessa vez — quase triste. Os sons pareciam mais baixos do que antes, ainda lindos, mas eram quase um sussurro. Eu estava me ajeitando para voltar ao trabalho quando meu coração de repente quase saltou pela boca. Fiquei em pânico. O saxofone de TJ caiu no chão, com um forte impacto. Senti minha pele repuxar ao ouvir o barulho.

— TJ — sussurrei, confusa, quando meu olhar encontrou o dele. Seus olhos castanhos estavam arregalados, e sua mão foi direto ao peito. *Não...* Corri para seu lado conforme os joelhos dele cediam sob seu peso. — TJ, não, por favor... — Lágrimas encharcavam meu rosto enquanto meus braços envolviam seu corpo, tentando levantá-lo. Ele estremeceu em meus braços, e minhas lágrimas continuaram escorrendo e caindo no rosto doce e assustado dele. Seu olhar se fixou no meu, e eu engoli em seco, sacudindo-o, implorando a ele que ficasse acordado, para que ficasse comigo, para que não se esvaísse na noite.

A respiração dele estava pesada. TJ ofegava e bufava enquanto uma multidão se juntava à nossa volta. Algumas pessoas ligaram para a emergência e outras gritaram, assustadas, preocupadas e cheias de medo.

E minha voz não disse nada.

Ela se partiu, queimou minha garganta e, mesmo assim, nenhum som saiu até que eu só conseguisse falar as cinco palavras que inundavam meu coração:

— Por favor, não me deixe.

Os paramédicos chegaram e me afastaram. Lutei com eles, arranhei e os empurrei, querendo apenas continuar abraçada a TJ por mais um tempo. Eu precisava estar lá quando descobrissem que ele ia ficar bem.

Ele tinha de ficar. Ele era Theodore James, o músico mais talentoso de todos, o homem mais maravilhoso do mundo e meu amigo.

Mas não permitiram que eu o abraçasse.

Fiquei observando-os trabalhar sem afastar o olhar. Vi quando verificaram o pulso de TJ, quando tentaram fazer o coração dele voltar a bater, tentando salvá-lo, colocando-o na ambulância.

— Me deixem ir com vocês! — gritei, lutando para abrir caminho, mas eles não permitiram. Não me deixaram passar de jeito nenhum, e concluí que cada segundo que eu gastava brigando com eles era um segundo que poderiam estar tentando salvar a vida de TJ, então, dei um passo para o lado e os deixei partir.

— Tulane Medical Center — gritou o paramédico antes de fechar as portas da ambulância e seguir em direção ao hospital.

Quando eles foram embora, eu desmoronei.

Peguei o saxofone de TJ, guardei-o no estojo e saí correndo pelas ruas de Nova Orleans. Não conseguia respirar. Minhas pernas me obrigaram a correr enquanto eu tentava puxar o ar para encher os pulmões vazios. Corri até uma esquina, peguei um táxi e esperei... e esperei... e esperei.

Quando cheguei ao hospital, atravessei a entrada da emergência e fui até o balcão de atendimento.

— Com licença, estou pro-procurando por um homem que acabou de ser trazido para cá. Ele teve um infarto, um derrame ou alguma coisa assim na Frenchmen Street, e e-eu preciso saber se ele está bem. — Eu me esforçava para falar enquanto meu corpo inteiro tremia. Ainda estava carregando o estojo com o saxofone de TJ junto ao peito.

— Calma, calma. Qual é o nome do paciente?

— TJ... Hum, Theodore James. Ele tem 80 e poucos anos.

— E qual é o seu grau de parentesco com ele? — perguntou a atendente, digitando o nome no computador.

— Sou amiga dele.

Ela parou de digitar e olhou para mim por cima da tela.

— Algum parentesco?

— Não. Somos só amigos.

— Sinto muito. Não posso passar informações de pacientes para pessoas que não sejam da família. Tudo que posso dizer é que ele chegou e está internado na UTI.

— Mas...

— Sinto muito, senhora. Isso é tudo o que tenho autorização para dizer. Você conhece algum familiar dele? Poderia entrar em contato com alguém?

— Eu só sei que a mulher dele é falecida. Eu só... Eu... — Meus olhos estavam cheios de lágrimas, e ela estendeu a mão para me confortar com um aperto no braço.

— Quer aguardar um pouco na sala de espera para ver se alguém da família chega?

— Tudo bem. Obrigada.

Eu me acomodei em uma cadeira na sala de espera e fiz exatamente o que ela havia sugerido: esperei.

Aquela espera ia me matar. Sempre que eu piscava, repassava em minha mente a imagem de TJ caindo. Seus olhos aterrorizados estavam gravados em minha memória.

Fiquei balançando para a frente e para trás, enxugando as lágrimas que teimavam em cair dos meus olhos.

Nos últimos meses, eu havia sido agraciada com a presença de TJ, e perdê-lo agora não era uma opção. Quando a espera ficou insuportável, eu me levantei, saí correndo do hospital e segui para o único lugar que consegui pensar em ir.

* * *

— Elliott! — exclamei, sem fôlego, quando entrei correndo no Daze. Ele estava sentado no mesmo lugar que o vi na última vez que estive lá e olhou para mim com uma expressão dura.

Ele se levantou devagar e meneou a cabeça.

— Achei que tivesse sido bem claro quando...

— É o TJ — interrompi.

— O que tem ele?

Lágrimas escorriam pelo meu rosto enquanto as palavras saíam pela minha boca:

— Acho que ele teve um infarto. Está no hospital. Eu fui até lá, mas eles não me deram nenhuma informação, porque não sou da família e eu não sei para quem posso ligar ou...

— Vamos — declarou ele de forma direta, pegando o caderno e passando por mim. — Eu dirijo.

Ele me levou até seu carro, e eu me acomodei no banco do carona. Enquanto ele dirigia, meus nervos estavam à flor da pele. Elliott manifestou seu nervosismo apertando o volante.

— É grave?

Comecei a soluçar, me lembrando da expressão nos olhos de TJ.

— É.

Ele esfregou a nuca.

— Vamos passar na casa da minha mãe. Ela tem uma procuração dele para esse tipo de assunto.

— Ele não tem família?

— Não. Só a minha mãe e eu.

Não falamos mais nada no caminho e, quando ele parou em frente a uma casa, saiu correndo para contar à mãe tudo que estava acontecendo. Quando voltaram, Elliott assumiu o volante novamente, e a mãe dele se sentou no banco de trás.

— Não estou acreditando nisso — murmurou ela, segurando uma pasta, que presumi que continha os exames médicos de TJ. A respiração dela estava ofegante e pesada. — Mas ele vai ficar bem — disse ela para si mesma. — Ele vai ficar bem.

— Ele vai ficar bem — repeti as palavras dela. — Prometo que vai.

— Não faça uma promessa dessas — Elliott me censurou de forma ríspida e em voz baixa para que apenas eu pudesse ouvir.

A mãe dele olhou para mim por um segundo e enxugou os olhos.

— Eli?

— Hã?

— Quem é a mulher sentada ao seu lado? — Ela pigarreou. — É a sua namorada?

Senti uma pontada no estômago, e Elliott gemeu.

— O quê? Não. Ela é amiga do TJ.

— Bem, prazer em conhecê-la, amiga do TJ. Eu só gostaria que as circunstâncias fossem outras. Eu sou a Laura.

Eu me virei para trás e abri um sorriso para ela.

— Prazer em conhecê-la, Laura. Eu sou a Jasmine.

— Jasmine — repetiu ela em voz baixa, antes de olhar para o filho. — É a Jasmine Jasmine? A Jasmine Jazz?

Vi o olho de Elliott tremer.

— É.

— Ai, meu Deus... Eu não sabia que ela tinha voltado — gritou Laura. Depois, ela se virou para mim. — Eu não sabia que você tinha voltado para Nova Orleans. Eli, por que não me contou que ela tinha voltado?

— Ta-talvez fosse melhor se a gente se co-concentrasse no TJ agora — declarou ele, fazendo meu coração se apertar cada vez que gaguejava.

— É claro — concordou ela. — É que tudo isso é surreal.

Surreal não era suficiente para descrever o que estava acontecendo.

Capítulo 29

Jasmine

No instante em que pisamos no hospital, Laura nos deixou na sala de espera e correu até a recepção para tentar conseguir mais informações sobre TJ. Elliott e eu nos sentamos em assentos próximos, mas não trocamos uma palavra sequer.

Ele se certificou de deixar uma cadeira vazia entre nós.

De vez em quando, Laura olhava em nossa direção e dava um leve sorriso antes de voltar sua atenção para a atendente na recepção.

— Tudo bem, obrigada — agradeceu à recepcionista. Depois voltou rapidamente para a sala de espera e se sentou entre nós dois, cruzou as pernas e sorriu.

— Desculpem, foi muita coisa para absorver.

— Tudo bem.

— Ele teve um AVC, e o coração não está nada bom também. — Ela deve ter visto a preocupação em meus olhos, porque, assim que disse isso, apertou de leve meu braço, tentando me consolar. — Está tudo bem. Ele está na UTI agora e vai ficar internado por alguns dias.

— Ele está acordado?

— Não nesse momento, mas vai acordar. Ele vai ficar bem.

— Como você pode ter tanta certeza disso? — perguntou Elliott. — Como pode saber o que vai acontecer?

— Não tenho como ter certeza — respondeu Laura com sua voz suave. — Mas às vezes preciso mentir para mim mesma para não desmoronar. Às vezes, a mentira é a única coisa capaz de nos tirar da cama todas as manhãs.

A sinceridade da confissão de Laura me pegou de surpresa.

Ela mentia para si mesma para seguir em frente. Eu conhecia muito bem aquele sentimento.

Laura pigarreou, e seu olhar gentil pousou em mim.

— Ele vai ficar bem, não vai?

Assenti.

— Vai.

***

Horas haviam se passado, e TJ ainda estava instável. Eu não aguentava mais ficar sentada naquela cadeira, então me levantei e fui dar uma volta pelo hospital. Liguei para Ray para contar o que tinha acontecido e para conversar um pouco com alguém também. Ele disse que ia voltar mais cedo para casa.

— Não precisa — falei, enquanto segurava a chave presa ao meu colar. — Você tem um show em Portland amanhã.

— Eu sei, mas, nessas semanas todas, só ouvia como esse cara era importante para você. Se precisar de mim...

— Está tudo bem. Juro. Se precisar de alguma coisa, ligo para você. Eu só precisava desabafar com alguém.

— Fico feliz que tenha ligado, Branca de Neve. Pode ligar sempre. Vou estar sempre aqui.

Quando encerrei a ligação, fui até a cantina e comprei três cafés antes de voltar para a sala de espera. Vi que Laura estava no corredor, conversando com uma enfermeira. Elliott estava sentado no mesmo lugar, com a cabeça baixa e o olhar fixo nas mãos unidas.

— Café? — perguntei, oferecendo um copo para ele. — Já tem açúcar.

Ele olhou para mim e, em seguida, baixou o olhar para as mãos.

— Não consumo açúcar.

— Então pegue esse aqui. — Entreguei a ele o meu copo. — Eu não adoço o meu.

— Não precisa. Obrigado.

— Ah, tome... — Dei uma leve cotovelada no braço dele. — A gente precisa de energia.

— Estou bem.

— Eli...

— Eu disse que estou be-be... — Ele fechou os olhos e cerrou os punhos. Vi a pressão crescer dentro dele, exatamente como acontecia quando éramos mais jovens, o pânico que tomava conta de seu ser enquanto ele tentava colocar as palavras para fora. — *Eu estou bem!* — disse Elliott, irritado, fazendo com que eu me sobressaltasse.

Quando ele levantou a cabeça, nossos olhares se encontraram e pude ver a verdade — não sua reação dura, mas sua tristeza. Ele olhou para mim como se estivesse sonhando, como se não tivesse certeza do que tinha visto.

Mas sou eu.

Ele estava me vendo, e eu o via também, mesmo que ele tentasse se esconder.

— Sinto muito, eu não queria gritar... é que as palavras, às vezes... Assenti.

— Eu me lembro.

Ele se virou de costas para mim e murmurou.

— Obrigado me-mesmo assim.

— De nada.

Voltei a me sentar, deixando uma cadeira vazia entre nós, porque eu sabia que isso faria com que Elliott se sentisse mais confortável. O que, provavelmente, o fazia se sentir desconfortável era o tempo que eu passava olhando para ele, mas não conseguia evitar.

Mesmo Elliott sendo frio daquele jeito, olhar para ele era como voltar para casa.

Fiquei imaginando se ele pensava constantemente em nosso beijo, assim como eu.

— Eli — sussurrei, inclinando-me em sua direção. — Assim que nos vimos...

Ele abriu a boca para falar, mas desistiu. Seu olhar duro fez todos os pelos do meu corpo se eriçarem. Não sabia o que fazer. Meus pensamentos ficaram confusos. Queria abraçá-lo e consolá-lo, bater nele e chorar.

— Ouça com atenção — começou ele, num tom frio. — O que aconteceu entre a gente... aquele beijo...

Nesse instante, Laura voltou com um sorriso radiante no rosto.

— Tenho boas notícias. Os médicos disseram que ele acordou. Foi transferido para um quarto e nós podemos visitá-lo agora.

— Ele está bem? — perguntei, deixando Eli de lado e focando toda a minha atenção nas novidades sobre TJ.

Ele está acordado.

Aquelas palavras oficialmente se transformaram nas minhas favoritas.

— Está. Ele ainda está usando uma máscara de oxigênio, então não pode falar, e as mãos estão tremendo um pouco, mas está acordado. Está se recuperando bem. Vamos vê-lo.

— Sim. — Respirei fundo e assenti. — Vamos logo.

* * *

Quando chegamos ao quarto, TJ estava meio adormecido, e todos nós concordamos que seria melhor deixá-lo descansar.

— Posso ficar aqui com ele essa noite, se não tiver problema — sugeri à enfermeira, e ela disse que eu podia ficar. Laura me agradeceu e me deu um abraço apertado.

Elliott pegou um bloco de papel, escreveu alguma coisa nele e o entregou a mim.

— Meu telefone para o caso de acontecer alguma coisa.

Peguei o bloquinho e lhe agradeci.

Antes de saírem, Laura deu um beijo na testa de TJ.

— Volto amanhã, TJ — disse Laura, com toda calma. — Antes mesmo de você acordar. Pode ter certeza.

Ela soltou um suspiro ao se afastar da cama. Ao passar por Elliott, ele pegou a mão da mãe para confortá-la.

Laura olhou para o filho, e lágrimas começaram a escorrer pelo seu rosto. Ela pareceu surpresa com aquele pequeno gesto.

— Eu levo você para casa — sussurrou ele.

— Obrigada.

— Imagina. — Ele foi até TJ e tocou de leve o ombro do velho amigo. Enquanto olhava para o antigo mentor e integrante da família, os olhos de Elliott se suavizaram por um segundo. Depois, ele se afastou e olhou para mim. — Jasmine.

— Hã?

Ele não disse nada, mas fez um pequeno gesto de agradecimento com a cabeça, que ficou bem claro para mim.

— Não precisa me agradecer, Elliott.

Eles foram embora, e eu me acomodei da melhor forma possível em uma poltrona. No meio da noite, TJ acordou e, quando me viu, tentou falar, mas não conseguiu. Suas mãos foram imediatamente na direção da máscara de oxigênio, e ele tentou tirá-la, mas eu o impedi. Corri para o lado dele na tentativa de acalmá-lo e segurei sua mão.

— Está tudo bem, TJ. Está tudo bem. Você não está sozinho.

Ele passou a respirar com um pouco menos de dificuldade e fechou os olhos. Quando tive certeza de que ele estava bem, permiti que meus se fechassem também.

Capítulo 30

Elliott

Cheguei ao Daze por volta das cinco da manhã. Quando entrei no bar, olhei para a mesa dos fundos à qual sempre me sentava e vi Jason lá com uma garrafa de Jim Beam e dois copos. Ele estava de cabeça baixa, dormindo. Fui até ele e bati de leve em seu ombro.

Ele se mexeu e esfregou os olhos.

— Oi — cumprimentou ele, bocejando.

— O que você está fazendo aqui? — perguntei.

— Esperando você. Como o TJ está? — quis saber, pegando a garrafa de uísque e servindo dois copos.

— Ele vai ficar bem — respondi, sentando-me em frente a ele.

— E você? Está bem? — Ele deslizou o copo na minha direção.

Aceitei a dose e dei de ombros.

— Estou sempre bem.

— Sim, eu sei disso, mas, cá entre nós... você está bem de verdade?

Fiz uma careta e girei o líquido no copo.

— Ele podia ter morrido.

— Mas não morreu.

— Mas ele...

Jason estendeu a mão e a pousou em meu braço.

— Ele não morreu, cara. Ainda está aqui.

Assenti lentamente. *Ainda está aqui.*

— Eu ne-nem co-consigo me lembrar da última vez que o vi — confessei, sentindo um aperto no peito. — Isso está muito errado.

— Acho que todos nós estamos fazendo o melhor que podemos, cara. Não seja tão duro com você mesmo.

Mas como eu podia não ser? Quase perdi uma das pessoas mais próximas a mim, nem sequer consigo me lembrar da última vez em que o vi, nem das últimas palavras que trocamos. TJ passou grande parte da vida cuidando da minha família, e eu me afastei dele como se isso não significasse nada.

Ele poderia ter morrido sem nunca mais ter me visto de novo.

— Esqueça o passado, Elliott. Você está ganhando uma nova chance. Vai poder visitá-lo amanhã.

Franzi a testa, virando a dose de uísque.

— Pode ir para casa.

— Não. — Ele deu de ombros. — Acho que hoje vou ficar por aqui. Além disso, a Kelly odeia o meu ronco. — Ele apertou meu braço uma última vez. — Você está bem, Elliott?

— Não — balancei a cabeça e, pela primeira vez em anos, disse a verdade. — Hoje, não.

Capítulo 31

Jasmine

Quando amanheceu, tanto Elliott como Laura apareceram bem cedinho. TJ dormia e acordava e estava assim havia algumas horas. Ele já não precisava mais da máscara de oxigênio, o que me deixou feliz.

— Isso é uma festa de boas-vindas para esse velhote aqui? — perguntou TJ, deitado na cama do hospital.

Ele falava um pouco arrastado — os médicos haviam nos alertado de que isso poderia acontecer —, e ele parecia muito cansado. Senti um aperto no coração ao vê-lo assim. Seus olhos estavam semicerrados, e notei um leve tremor em sua mão esquerda, mas tentei não demonstrar preocupação.

— Você me assustou, TJ — revelei, me aproximando dele e dando um beijo em sua testa.

— Você deixou todos nós assustados — concordou Laura.

— Até mesmo aquela sombra parada na porta? — perguntou ele.

Todos nós nos viramos para olhar para Elliott, que se mantinha afastado. Ele estava com as mãos enfiadas no bolso da calça jeans, e seu rosto praticamente não demonstrava nenhuma emoção.

— Até eu fiquei assustado.

TJ abriu a boca para responder, mas, em vez de palavras, ouvimos um acesso de tosse, e todos nós corremos para ajudá-lo, mas ele balançou a cabeça dizendo que estava bem.

— Vá com calma — orientou Laura. — Filho, pode pegar um copo de água para ele?

Elliott passou por mim, esbarrando de leve no meu braço, fazendo minha alma queimar.

Balancei a cabeça, tentando afastar o nervosismo e me virei para olhar para TJ enquanto ele bebia a água que Elliott havia lhe dado.

— Eu já estava ficando nervosa achando que você não vinha.

— Eu sempre venho, às vezes não chego na hora, mas sempre apareço.

Uma enfermeira entrou no quarto, ligeiramente surpresa por nos ver reunidos naquele espaço tão pequeno.

— Olá, eu sou Rose, a enfermeira responsável por cuidar do TJ nas próximas horas do plantão. E, embora eu tenha certeza de que estão felizes por vê-lo, temo que tenhamos que manter as visitas apenas para os familiares nesse momento.

— Será que não está vendo, Rose? — murmurou TJ. — Essa é a minha irmã, e esses são meu sobrinho e minha sobrinha. Está tudo bem óbvio. Nós todos somos muito parecidos.

Rose sorriu.

— Sim, estou vendo, TJ. Mas, mesmo assim, acho que talvez seja melhor entrar um de cada vez. Você precisa descansar.

— Vamos esperar lá fora — eu disse para Laura. Depois, me aproximei de TJ e lhe dei um beijo na testa. — É muito bom ouvir sua voz.

— Você está bem, Jasmine? — perguntou ele, me fazendo rir. Ele se preocupava comigo mesmo estando deitado em uma cama de hospital.

— Não precisa se preocupar comigo, meu amigo. Estou sempre bem.

— Retomaremos as aulas de música em breve — prometeu ele.

Dei uma risada.

— Sem pressa. Agora descanse.

Ele fez que sim, enquanto Elliott foi se aproximando dele e então colocou a mão no ombro do antigo mentor e deu um sorriso discreto. Tão discreto que, se eu não estivesse tão viciada em olhar para aquele estranho que me era tão familiar, nem teria percebido.

— Se eu soubesse que tudo que precisava fazer para que você viesse me visitar era ter um AVC, teria providenciado isso há muito tempo — brincou TJ.

— Estou fe-fe... — Elliott parou de falar e fechou os olhos. Seu rosto ficou ligeiramente vermelho e as veias do pescoço saltaram enquanto ele cerrava os punhos. — Estou fe-feli... — tentou novamente, mas a palavra não saía. Lá estava o garoto tímido que conheci um dia.

Ele abriu os olhos e franziu o cenho.

TJ pousou a mão direita sobre o punho cerrado de Elliott.

— Também estou feliz, filho.

E assim, com o toque de TJ, Elliott começou a relaxar. TJ transmitia o mesmo tipo de conforto a mim. E eu tinha certeza de que ele fazia isso com todo mundo que conhecia também.

Elliott e eu saímos do quarto, seguimos para a sala de espera e nos sentamos lado a lado. Dessa vez, não havia nenhuma cadeira vazia entre nós. Estávamos muito próximos, mas, ao mesmo tempo, parecia que quilômetros de distância nos separavam.

Aquele silêncio estava me deixando inquieta. Minha mente girava, pensando em todas as coisas que eu queria dizer, mas não sabia ao certo como expressá-las. Ainda assim, resolvi tentar.

Cruzei as pernas e pigarreei. Abri a boca para dizer alguma coisa, mas ele foi mais rápido que eu.

— Como você o conheceu? — perguntou ele, referindo-se a TJ.

— Vou à esquina em que ele toca todos os dias antes do trabalho só para ouvi-lo. Também estou tendo aulas de música com ele. TJ é... Hum... — As palavras morreram em minha boca quando Elliott se virou para a frente. Uma lágrima escorreu pelo meu rosto, e eu a enxuguei bem rápido. — Ele é uma das minhas pessoas favoritas no mundo.

Elliott uniu as mãos e ficou olhando para o chão.

— Por que aquela esquina? — quis saber ele.

— Hã?

— Por que você foi àquela esquina?

Dei uma risada irônica.

— Não faça perguntas para as quais já sabe a resposta.

— Você ainda canta?

Assenti.

— TJ me disse que você não toca mais — comentei.

— Não.

— Essa é a coisa mais triste que já ouvi.

Ele parecia tão derrotado, tão cansado. Elliott era jovem demais para ter sido tão arruinado pelo mundo. Jovem demais para conhecer o nível de tristeza que eu via em seus olhos.

Mas eu também era.

Havia tantas coisas que eu queria dizer, mas ver aquele semblante duro fazia com que eu me sentisse desconfortável para expressar o que fosse. Queria perguntar um monte de coisas e contar tudo.

Por onde você andou?
O que te faz chorar?
O que te faz sorrir?
No que você trabalha?
Sentiu saudade de mim?
Eu senti saudade de você.

O que eu mais queria era abraçá-lo e relembrar os velhos tempos, mas sabia que não podia.

Não podia porque sabia que era a última coisa que ele queria. Sua linguagem corporal deixava isso bem claro. Ficamos sentados em silêncio por um tempo, dizendo tudo que queríamos apenas em nossas cabeças, sem verbalizar nada, até que eu não consegui mais aguentar aquele silêncio.

— Achei que nunca mais fôssemos nos ver — confessei, sentindo minhas emoções à flor da pele. — E então a gente se encontrou e você me beijou...

— Aquilo fo-foi um erro.

— Não me pareceu errado.

— Mas foi.

Ele deu de ombros antes de se levantar, então caminhou para longe de mim, sem pensar em olhar para trás, me deixando completamente confusa.

Fiquei na sala de espera o máximo de tempo que consegui, na esperança de que Elliott voltasse, mas ele não voltou. Fui ao quarto de TJ e, quando terminou o tempo da minha visita, Elliott ainda não havia aparecido. Isso deixou meu coração ainda mais abalado. Saí do hospital e fui para o trabalho confusa e desnorteada.

Elliott Adams tinha mudado tanto e, ainda assim, continuava o mesmo.

Ele havia se quebrado em diversos pedaços, mas ainda era ele.

Capítulo 32

Jasmine

TJ recebeu alta do hospital em um sábado chuvoso. Laura e eu o levamos para casa, pois Elliott tinha uma entrevista de emprego. TJ argumentou que podia se virar sem a nossa ajuda, o que não era verdade. Ele ainda não conseguia se equilibrar direito, e nós ficamos receosos em deixá-lo sozinho.

Nós duas passamos a manhã com ele, discutindo todas essas questões. Ele não aceitava nada do que sugerimos para as semanas seguintes.

— Está tudo bem, TJ. Posso tirar uns dias de licença do trabalho para ficar com você — declarou Laura, tentando atenuar a culpa que ele sentia por sua saúde estar sendo um peso para ela.

— Não, nada disso. A última coisa de que você precisa é mudar a sua rotina por minha causa. Você já tem que lidar com muitas coisas. Tem dois empregos em turnos alternados. Tomar conta de mim vai ser demais para você. Sei que meu plano de saúde não cobre despesas com assistência domiciliar, mas está tudo bem. Vou ficar bem sozinho.

— TJ, você caiu hoje de manhã no hospital — retrucou ela. — Não pode ficar sozinho.

— Posso ajudar durante o dia — sugeri.

— Não, isso não é responsabilidade sua. Eu não sou criança. Além do mais, isso não vai resolver nada. Vou ter que ficar sozinho à noite de qualquer jeito. Então posso muito bem ficar sozinho durante o dia também.

— TJ, isso é loucura — insisti. — A gente não vai deixar você ficar sozinho de jeito nenhum.

— Vocês têm que se acostumar com isso. — Ele deu de ombros. — Eu sou velho. Está tudo bem.

— É exatamente por isso que não está tudo bem. Você caiu hoje de manhã, e eu estava lá para ajudar. E se isso acontecer de novo? — quis saber Laura.

— Já aconteceu antes, e eu consegui me levantar sozinho.

Suas palavras foram como um soco no estômago.

— Você já caiu outras vezes, TJ? — perguntei.

— Ai, meu Deus, TJ. Por que não me contou isso? — interveio Laura.

— Porque eu sabia que você ia ficar preocupada — respondeu ele. — Você já tem coisas demais na cabeça, Laura. Não precisa de mais uma preocupação.

— Agora que não vamos deixar você sozinho mesmo — declarou ela com firmeza.

— Mas não tem outro jeito — argumentou ele.

— Posso ficar à noite — declarou uma voz profunda, atraindo todos os olhares para a porta. Elliott estava parado no vestíbulo, com as mãos no bolso.

TJ franziu o cenho.

— O que você está fazendo aqui?

Senti os olhos de Elliott se demorarem em mim antes de se fixarem diretamente em TJ.

— Acabei de conseguir um emprego em uma academia aqui perto. Trabalho das oito da manhã às quatro da tarde, então posso ficar aqui à noite.

Os olhos de Laura ficaram marejados, e ela levou a mão ao coração.

— Você vai ajudar? — perguntou ela, sem conseguir entender direito o que o filho estava dizendo.

— Você faria isso por mim? — perguntou TJ, parecendo confuso diante da oferta de Elliott.

— Sim.

— Por quê?

Ficou evidente que Elliott não estava totalmente à vontade. Abrir-se dessa forma era algo difícil para ele, e todo mundo naquela sala sabia disso. Assistíamos a uma batalha entre Elliott e sua alma sempre que ele se aproximava. Era como se ele quisesse mostrar seu verdadeiro eu, mas temesse que isso fosse prejudicial de alguma forma.

— Porque você faria o mesmo por mim — respondeu ele, finalmente. — Você fez isso por mim, na verdade. Quando o meu pa-pai foi embora.

Oh, Elliott.

TJ sabia que não poderia recusar a oferta. Há anos Elliott não demonstrava qualquer desejo de manter contato com as pessoas, e TJ seria um tolo se recusasse.

— Vou ver se consigo pendurar um saco de areia na árvore do quintal? — disse ele em tom de pergunta.

— Tudo bem, filho — concordou TJ, claramente surpreso.

Quando Elliott se afastou, nós três o acompanhamos com o olhar. A mão de Laura ainda descansava sobre o peito, e as lágrimas escorriam pelo seu rosto.

— Meu filho voltou para casa.

— Ainda não — discordou TJ, balançando a cabeça. — Mas ele vai chegar lá.

***

Acomodamos TJ em sua casa, e Laura trouxe um novo andador para ajudá-lo a se locomover. Tirei alguns dias de folga para me habituar ao ritmo dos cuidados com ele. Sabíamos que, com o tempo, as coisas ficariam mais fáceis. A parte mais difícil foi presenciar sua luta para voltar a ser ele mesmo. TJ achava que, com o tempo, as coisas seriam bem mais fáceis. Às vezes, sua cabeça ficava confusa, e ele ficava tonto. Andar era difícil, mas o que lhe causava mais sofrimento era não conseguir mais tocar.

Certa tarde, eu o encontrei com o saxofone no colo, passando os dedos pelo instrumento.

— Você está bem, TJ? — perguntei, mas ele não respondeu. Fui até ele e coloquei a mão em seu ombro, tentando reconfortá-lo. — TJ?

Ele balançou a cabeça e olhou para mim com os olhos carregados de tristeza.

— O quê?

— Vamos para a cama. Seria bom tirar um cochilo. Você precisa descansar. Acho que, quando você acordar, eu já terei ido para o trabalho, mas o Elliott vai estar aqui para ajudá-lo. Volto depois do meu turno da noite, está bem?

Ele assentiu, e nós seguimos para o quarto. Ele odiava o fato de que precisava de ajuda para ir para a cama. Na verdade, odiava depender de qualquer tipo de ajuda. TJ sempre foi a pessoa que ajudava os outros, e não o contrário, e dava para ver que essa era uma mudança difícil para ele. Mesmo assim, ele sempre agradecia e sempre louvava a Deus. Sua crença em uma força superior em meio a dias sombrios era surpreendente. Eu gostaria que todos nós fôssemos um pouco mais parecidos com ele nesse sentido — que pudéssemos ter esperança, mesmo quando a escuridão pairava sobre nós.

Assim que ele se acomodou, comecei a limpar a casa. Enquanto arrumava a sala antes de ir para o trabalho, olhei pela janela e vi Elliott do outro lado da rua. Ele estava de costas para mim, com as mãos no bolso, olhando para a casa do outro lado da rua, onde havia passado a maior parte de sua infância.

Fui até a porta e vi que as pessoas passavam por ele, mas que Elliott continuava imóvel. Era quase como se não as visse.

— Elliott! — gritei, já na varanda. Ele não se virou. Então desci os degraus e fui ao seu encontro. Era como se ele estivesse congelado, sem conseguir se mexer. Quanto mais eu me aproximava dele, mais nervosa ficava. — Eli — chamei suavemente, pousando uma das mãos em seu ombro.

Ele se sobressaltou e, quando olhou para mim, vi que seus olhos estavam carregados de emoção. Seus sentimentos — seus verdadeiros sentimentos — estavam estampados em seu rosto ao ver o lugar que um dia chamou de lar. Ele inspirou, deu um passo para trás e então seu olhar voltou a endurecer.

— O que foi? — perguntou, em tom agressivo.

— Eu só... — Minhas palavras morreram enquanto minha cabeça tentava compreender os estilhaços que tinha visto em seu olhar. Eu reconhecia aquilo. Compreendia a tristeza que se entranhava profundamente em sua alma, porque era algo que existia em mim também. O que eu não compreendia era o lado cruel que ele tinha decidido mostrar para o mundo e para mim. — Só queria saber se você está bem.

— Estou sempre bem. — Ele passou por mim, entrando na casa de TJ, e eu suspirei, indo atrás dele.

— Tudo bem se você não estiver — declarei. — Sei que eu não me sentiria bem se tivesse que voltar para o lugar onde cresci, cercada de lembranças da Kat...

— *Cale a boca!* — exclamou ele, se virando para mim no meio da rua.

— O quê?

Ele se aproximou mais, sua compleição forte fez com que eu me sentisse menor do que era. Ele se agigantou sobre mim e baixou o rosto até ficar a centímetros do meu. Sua respiração quente banhava minha pele enquanto ele falava.

— Não diga mais nada.

— Elliott...

— Você não me conhece mais, e eu não tenho a menor vo-vontade de retomar nossa antiga amizade. Não voltei por você — declarou ele, com frieza.

— Mas eu não disse que você tinha feito isso — sussurrei, constrangida.

— Mas você olha para mim como se acreditasse nisso... Como se isso.... como se *nós* significássemos alguma coisa. Só que não significamos nada um para o outro. Você não significa nada para mim, e eu não significo nada para você, está bem? Só vim aqui para ajudar o TJ. Isso é tu-tudo. Nada mais, nada menos. Entendeu?

Assenti e dei de ombros. A cada instante, eu me sentia menor.

— Entendi.

— Ótimo. — Ele se virou e continuou caminhando em direção a casa. Mas parou de novo.

— Jasmine... Só mais uma coisa...

— O quê?

— Nunca mais fale sobre a minha irmã comigo. Nunca mais.

Ele me deixou ali, parada no meio da rua. Minha cabeça tentava compreender tudo o que estava acontecendo. Eu estava completamente chocada, sem conseguir me mexer, do mesmo jeito que ele esteve instantes atrás. Então, quando consegui clarear meus pensamentos, percebi o que deveria ter respondido e segui direto para a casa.

— Nada disso — falei, bem séria, porém sem levantar a voz para Elliott, pois sabia que TJ estava dormindo.

— O quê?

— Eu disse nada disso. Você não pode falar comigo desse jeito. Não pode me diminuir e me mandar calar a boca só porque está triste. E não minta para mim dizendo que não está, Elliott, porque está, sim. Você está triste, e eu vi isso. No segundo em que você se virou na minha direção, eu vi seu verdadeiro eu, seu sofrimento, e sinto muito se mencionei a sua irmã. Posso ter passado dos limites, mas você não pode me mandar calar a boca simplesmente porque perguntei como estava. E não pode me dizer quem eu posso ou não ser. Se você quer me ignorar ou se quiser que eu passe a te ignorar, tudo bem, mas nunca mais me mande calar a boca. Não sou o tipo de garota que aceita isso.

— Você está certa. — Ele abaixou a cabeça. — Me desculpe.

Dei um passo para trás, surpresa com o pedido de desculpas.

Não estava esperando por isso.

— Hã? — murmurei.

— Eu não... — Ele parou de falar, e vi o canto de sua boca repuxar. — Eu não quis... — Ele enfiou as mãos no bolso, olhou para o chão e pigarreou. Quando levantou cabeça, seus olhos se fixaram nos meus, e aquela suavidade que eu conhecia tão bem estava de volta. — Não sei como existir perto de você — declarou ele, de forma tão simples e sincera que pude perceber quanto era difícil para ele confessar aquilo. Elliott então se afastou. E eu fiquei ali sozinha e perplexa.

Ele me deixava muito confusa. Era impressionante como Elliott conseguia passar de um cara frio para alguém caloroso em um espaço de segundos. Eu não sabia como interpretar isso nem o que significava, mas sabia que sentia o mesmo.

Não fazia a mínima ideia de como existir perto dele.

Mesmo assim, apesar de todo aquele lado sombrio, eu desejava que ele ficasse.

Capítulo 33

Elliott

Eu tinha pesadelos em momentos aleatórios do dia. Toda vez que eu me olhava no espelho, ficava incomodado, porque via minha irmã em meu rosto. Eu era muito parecido com ela. Cada cômodo da casa de TJ era carregado de lembranças dela. Na parede do corredor que levava aos quartos ainda tinha a marcação da nossa altura desde que tínhamos 2 anos de idade. Aquela casa era meu segundo lar, onde celebrávamos todos os feriados, aniversários e onde comemorávamos a vida.

O primeiro dente de Katie caiu na cozinha de TJ, e ela levou a primeira bronca por não ter ido bem nas provas na sala de jantar daquela casa.

Todos os objetos em que eu tocava faziam com que eu me lembrasse dela. Mas o pior de tudo era dar de cara com minha mãe. Eu tinha os olhos de Katie, mas minha mãe tinha seus olhos e seu sorriso. E o mesmo cabelo vibrante e encaracolado também. As duas compartilhavam o mesmo coração, a mesma personalidade e o mesmo amor.

Tudo que minha mãe tinha de mais lindo era a alma da minha irmã. E isso partia meu coração, já tão machucado, toda vez que ela olhava para mim.

Como se não bastasse o fato de eu ter pesadelos durante o dia, toda vez que fechava os olhos, também mergulhava em sonhos sombrios. Neles, eu estava de volta ao beco e ouvia os garotos debochando de

Katie, escutava tudo enquanto eles abusavam dela. Às vezes, eu me dava conta de que estava sonhando, mas, mesmo assim, não conseguia acordar. Mas eu precisava acordar. Não conseguia vê-la morrendo de novo. Não conseguia...

Eu me levantei e fui até Katie. Sua respiração estava fraca, e seus olhos estavam arregalados, em pânico.

— Eli — murmurou ela, e eu a envolvi em meus braços.

— Está tudo bem — falei para ela, assustado, ao sentir o sangue dela em minhas mãos. — Você vai ficar bem. Você vai ficar bem.

Ela começou a fechar os olhos, e eu a sacudi.

Não...

— Fi-Fique comigo, Katie. Fique co-comigo.

— Eli — disse Katie, puxando minha camiseta. — Eli... Eli.. E...

Eu me levantei sobressaltado do sofá de TJ, trêmulo ao acordar do pesadelo, que havia sido assustadoramente real. Meu corpo estava encharcado de suor, e meu coração, disparado no peito. Eu não conseguia tirar da cabeça a imagem de Katie morrendo. Ela havia morrido mais uma vez em meu sonho.

Ela sempre morria em meus braços.

— Eli — murmurou uma voz à minha esquerda. Jasmine estava parada ao meu lado, com os olhos arregalados, cheios de pânico e preocupação. — Você estava gritando enquanto dormia.

Fechei os olhos com força e balancei a cabeça.

Ela se virou e forçou um sorriso.

— Saí mais cedo do trabalho e vi que tinha esquecido minha chave aqui. Pode ir para casa se quiser. Posso dormir aqui.

Eu me levantei do sofá e olhei para o relógio. *Meia-noite.*

— Está bem.

— Você está... — começou ela, mas parou antes de completar a pergunta, porque já sabia a resposta.

Não.

Eu não estava bem.

Nunca mais ia ficar bem.

Fui para o Daze e encontrei Jason atrás do balcão. Eu me sentei em um banco que estava na frente dele e, no instante que olhou para mim, franziu o cenho e me serviu uma dose de uísque com gelo.

— Pesadelos? — perguntou.

Assenti.

— Acordado ou dormindo?

Virei a dose inteira da bebida.

— Os dois.

Ele me serviu mais uma.

— Quer conversar sobre o assunto? — Ele sempre perguntava isso.

— Não. — Era minha resposta de sempre.

Ele se debruçou sobre o balcão e levantou uma sobrancelha.

— Quer ficar me ouvindo falar sobre o meu casamento e sobre as flores que escolhemos hoje?

Eu ri e apertei o osso do nariz.

— Quero.

Jason abriu um sorriso bobo e pegou o celular para me mostrar as fotos, porque é claro que ele tinha tirado infinitas fotos.

— Ela queria peônias e ranúnculos amarelos, mas, como eu sou mais antiquado, queria rosas. Nada de rosas vermelhas, pensei em rosas alaranjadas e em arranjos com flores brancas. Acho que esse tipo de flor combina mais com novembro do que rosas vermelhas. Então acabamos optando por fazer arranjos misturando todas as flores que nós dois escolhemos. — A expressão de felicidade no rosto dele era a melhor coisa que eu tinha visto em muito tempo.

Nunca vi ninguém tão feliz assim com um casamento. Kelly era uma garota de sorte por ter alguém como Jason. Eles só iriam se casar no outono do ano seguinte, mas estavam planejando tudo como se fosse para o próximo mês.

Ao ouvir todo aquele falatório, me senti grato por ter uma folga da realidade. Às vezes, tudo que sua alma precisa para descansar é de uísque, peônias e seu melhor amigo, apesar de todas as nossas cicatrizes.

***

À medida que as semanas se passavam, TJ tinha cada vez mais dificuldade em se adaptar à nova realidade. Não era intenção dele dificultar as coisas, mas era quase impossível para ele se sentir forte. TJ sempre foi aquele que tomava conta das pessoas, nunca o contrário.

Ele não sabia como nos deixar cuidar dele.

— Não, não, não! — Ouvi TJ reclamar certa noite enquanto preparava um lanche para ele. Corri para a sala de música e o vi caído no chão, tentando se levantar.

— TJ — murmurei, correndo para ajudá-lo.

Ele fez um gesto para que eu não chegasse mais perto e parecia estar com raiva.

— Não! Não me toque — disse, tentando se levantar.

Mas não conseguiu. Então ignorei seus protestos e o ajudei a se sentar em uma cadeira.

— O que você está fazendo? — perguntei, confuso, tentando entender por que ele tinha ido à sala de música.

Ele meneou a cabeça.

— Queria ler sobre música — explicou ele. — Eu só queria ler sobre a minha música.

As paredes da sala eram repletas de livros sobre o tema, do chão ao teto, cobertas com planos de aula que ele havia usado com os alunos a vida toda, inclusive comigo. Fazia muito tempo que ele não dava aulas de música, mas, mesmo depois que se aposentou, continuou tocando. Bem, até antes do AVC.

— Você podia ter me chamado. Eu teria pegado tudo para você — falei.

— *Estou farto de ter que pedir ajuda para os outros!* — gritou ele, o que, por si só, já era chocante. TJ nunca levantava a voz. Repreender, sim; gritar, nunca. Seus olhos pousaram em sua mão esquerda, e observei o tremor dominá-la. Ele franziu o cenho e suspirou, recostando-se na cadeira. — Desculpe, é só que... Não consigo mais tocar — murmurou ele.

— Talvez fisioterapia ajude.

— Eu tenho 81 anos e tive um AVC, Elliott. Não consigo nem segurar o saxofone. — Ele parecia derrotado. — Nunca mais vou poder tocar de novo.

— Então tudo bem.

— O quê?

— A música não é tudo.

O rosto de TJ ficou ligeiramente vermelho.

— Como é que é?

— Eu disse que a música não é tudo.

— Você está brincando, não é? — perguntou TJ. — A música é a única coisa que importa.

Houve um tempo em que eu também acreditava nisso.

— Sabe o que eu vejo quando fecho os olhos? — começou ele, fechando os olhos. — Vejo notas, compassos, melodias, letras. Eu vejo a música. Quando inspiro, penso no jazz. Quando expiro, desejo mais jazz e, se eu não puder tocar meu saxofone... sem a minha música... — Uma lágrima escorreu pelo seu rosto, e tentei não ficar constrangido por vê-lo assim tão emocionado. — Sem a minha música, eu poderia muito bem estar morto.

Ofeguei.

— Você não está falando sério. Olhe, sei que parece difícil, mas a música não é tudo. Eu tocava sax, mas parei e estou bem.

Ele abriu os olhos e me encarou, sério.

— Você escolheu não tocar mais. Você decidiu deixar o saxofone de lado. A minha música foi arrancada de mim, roubada das minhas mãos. Nós dois não somos iguais.

Abaixei a cabeça, me sentindo culpado diante de seu sofrimento, mas sem saber ao certo o que dizer. Ele me pediu que o deixasse sozinho, e eu atendi seu pedido. Quando saí, ouvi os soluços incontroláveis de TJ. Eu não podia ajudá-lo a melhorar, porque não sabia como voltar a ficar bem. Eu ainda estava completamente despedaçado, então fui atrás de uma pessoa que eu sabia que seria capaz de ajudá-lo.

No instante em que liguei para Jasmine, ela se pôs a caminho. Era seu dia de folga, e ela estava em casa dormindo, então não demorou muito para chegar. Pegou o primeiro táxi que viu e, em um piscar de olhos, já havia chegado.

— Onde ele está? — perguntou ela assim que entrou, com os olhos arregalados de preocupação.

Meus olhos passearam pelo seu corpo, notando seu casaco aberto. Ela olhou para baixo e pareceu se dar conta de que estava usando apenas um shortinho e uma regata transparente, sem sutiã. Eu conseguia ver o contorno de seus mamilos sob a blusa. Jasmine ofegou e, rapidamente, fechou o casaco, vermelha de vergonha enquanto eu afastava o olhar.

— Desculpe — murmurei.

— Desculpe — falou ela. — Saí de casa correndo; nem pensei em mudar de roupa.

— Se quiser, pode pegar alguma roupa minha. Eu trouxe roupas para malhar, mas não usei nada ainda.

— Isso seria ótimo — aceitou ela.

Peguei uma regata branca e uma calça de moletom preta para Jasmine. Ela pegou as peças e foi para o banheiro vesti-las. Quando voltou, estava sorrindo, e o sorriso dela fez meu coração bater mais rápido. Ela estava linda. As roupas eram grandes demais e haviam ficado ridículas, mas, ao mesmo tempo, estavam absolutamente perfeitas nela. Ela deu várias voltas no cordão da calça para prendê-la na cintura, e meus olhos pousaram nos ossos de seu quadril, um pouco proeminentes.

Meu Deus...

Senti um frio na barriga e afastei o olhar.

— Ele está na sala de mu-mu-mu-música — gaguejei. — Ficou lá esse tempo todo.

— Obrigada — Jasmine me agradeceu, correndo para ver TJ. Ela fechou a porta, e eu me acomodei no sofá, esperando para me certificar de que TJ ficaria bem.

Levou algum tempo, mas Jasmine acabou convencendo-o a ir se deitar no quarto. Quando ela voltou, depois de tê-lo colocado na cama, eu me levantei e olhei para ela.

— Ele está bem. Só teve um pequeno ataque de pânico.

— Eu não sabia o que fazer. Ele... — Engoli em seco. — Eu não sabia o que fazer.

— Obrigada por ter me ligado.

— Obrigado por vir.

— Sempre. Já que estou aqui, posso ficar o resto da noite, se você quiser.

— Tudo bem.

Ficamos parados por alguns instantes, olhando um para o outro, sem conseguirmos nos mexer. O canto direito de sua boca se levantou um pouco e o esquerdo da minha fez o mesmo até eu me dar conta do que eu estava fazendo. Então reprimi um sorriso.

Ela estava na minha cabeça de novo.

— Está bem, então. Tchau, Jasmine. — Peguei minhas coisas para ir embora.

Mas ela continuava sorrindo.

— Tchau, Elliott.

Fui até a porta, e ela veio atrás para trancá-la. Antes de eu sair, olhei para ela e semicerrei os olhos.

— O que está acontecendo com ele? — perguntei.

— Ele só está se sentindo inútil. A música costumava lhe dar um propósito, e agora que isso se foi... ele está perdido.

— E como você o co-consolou? O que falou para ele?

— Nada.

— Como assim? — perguntei, confuso.
— Eu não disse nada. Só fiquei lá sentada com ele.
— Você não falou nada?
Ela balançou a cabeça.
— Não. Às vezes, as pessoas não precisam de palavras, Elliott. Elas só precisam de espaço para deixar que as emoções falem, precisam de alguém ao lado, como se fosse um lembrete de que não estão sozinhas.

Capítulo 34

Jasmine

Certa noite no final de novembro, fiquei sentada no beco atrás dos bares, ouvindo a musica que vinha da Frenchmen Street depois do meu expediente no trabalho. Ainda ficava surpresa com o fato de me sentir em casa naquela área suja da cidade. Enquanto ouvia a música dos bares, fechei os olhos e respirei fundo. Quando estava ali, conseguia me permitir pensar. Noventa e oito por cento do tempo eu era perfeita. Era feliz e saudável, e minha cabeça nunca vagava para o lado sombrio.

Mas, naqueles dois por cento do tempo, era exatamente para lá que eu ia.

Minha mãe não tinha me ligado nenhuma vez.

Sempre que eu conversava com Ray, perguntava se ela o havia procurado, mas a resposta era sempre não. Eu não deveria estar surpresa. Nosso rompimento foi difícil, então não era de se surpreender que ela não tivesse enviado nenhum e-mail ou mandado nenhuma mensagem.

Mesmo assim...

Se eu tivesse uma filha, ia querer saber se ela estava bem.

Se eu tivesse uma filha, seria melhor que a minha mãe.

— Jasmine.

Abri os olhos ao ouvir meu nome e, quando vi Elliott parado na minha frente, senti um frio no estômago.

— O que você está fazendo aqui? Ai, meu Deus, aconteceu alguma coisa? O TJ está bem? — perguntei, saltando do latão de lixo.

— Ele está bem. Minha mãe vai ficar com ele essa noite. Ele me contou que você costuma vir aqui depois do trabalho. Eu só... — Ele olhou para o beco e cerrou os punhos.

Ai, meu Deus...

— Eli, foi aqui que aconteceu...? — sussurrei.

Ele fechou os olhos por um segundo e assentiu.

— Foi.

— Você já tinha vindo aqui depois de tudo o que aconteceu?

— Não.

— O que você está fazendo aqui? Está tudo bem? O que está acontecendo? — comecei a fazer perguntas ao perceber como era difícil para ele estar ali naquele momento. O suor pontilhava sua testa, e ele fez uma careta.

— Preciso da sua ajuda.

— Pode pedir o que quiser. Qualquer coisa que você precisar.

— TJ está perdido, e eu quero ajudá-lo. Ele teve uma no-noite ruim, e preciso fazer alguma coisa. Não posso mais vê-lo desse jeito.

— Você veio até aqui... até esse beco... porque está preocupado com ele? — perguntei. Ele assentiu. — Eli... por que você faria isso? Não posso nem imaginar como deve ser difícil para você estar aqui.

— Quando a gente não tinha ninguém, ele apareceu para ajudar e salvou nossas vidas. — A voz dele tremeu. — Meu pai nos abandonou, e TJ nos deu todo o seu apoio, sem questionar. Quando a Katie... — Ele parou de falar por um instante e engoliu em seco. — Quando a Katie morreu, TJ ficou e ajudou a minha mãe quando eu fugi. Ele sempre nos salvou, e agora ele está mal, e eu quero ajudá-lo.

— E como podemos fazer isso? Como podemos ajudar?

— TJ acha que a mu-mu-música dele morreu. Nós só precisamos provar para ele que não é bem assim.

— Como?

Ele começou a me explicar seu plano, e cada palavra que dizia fazia meu coração derreter. Todas as ideias que ele teve foram perfeitas. Naquele momento, ele era o garoto doce e fofo que me defendeu, que costumava cuidar da mãe e da irmã. Elliott era, agora, exatamente como sempre foi — afetuoso.

— Você acha que isso vai ajudar? — perguntou ele.

— Acho que sim.

— Que bom. Que bom mesmo. Então está bem. Tchau.

Ele começou a se afastar, e meu coração foi parar na garganta.

— Elliott, espere!

Ele se virou para olhar para mim.

— O que foi?

Eu não sabia o que dizer. Senti um ligeiro tremor percorrer meu corpo e esfreguei o braço.

— Deixa pra lá. Boa noite.

— O que foi? — insistiu ele. Dei um passo para a frente, depois outro para trás. Minha mente travava uma batalha com meu corpo. Ele se aproximou. — Jasmine?

De repente, corri na direção dele e o abracei. Puxei-o para mim, mas tinha certeza de que ele ia me empurrar para longe. Eu estava invadindo seu espaço pessoal, e tudo que descobri sobre Elliott nos últimos tempos me dizia que ele não ia gostar nada daquilo, só que eu não consegui evitar. Saber o que ele provavelmente estava sentindo e como devia ter sido difícil para ele voltar àquele beco... Não tinha como eu não abraçá-lo. Não podia permitir que ele fosse embora e se sentisse sozinho. Meu abraço era um lembrete de que ele não estava sozinho. Era como se fosse uma rede de proteção caso ele caísse.

Ele não me afastou, mas não retribuiu o gesto. Pude sentir a tristeza, o sofrimento e a dor em seu coração. Por outro lado, não conseguia imaginar há quanto tempo ele estava se afogando na própria tristeza.

Então, do nada, um milagre aconteceu. Suas mãos se fecharam em minhas costas e ele me puxou para mais perto de si. Ele permitiu que eu o abraçasse e retribuiu o abraço. Não me soltou, e esse simples gesto me fez querer chorar. Elliott Adams, o garoto que não se abria mais com ninguém, estava permitindo que eu chegasse um pouco mais perto dele. Eu o abracei mais forte ao perceber quanto ele precisava daquilo.

E fiquei muito grata por ele ter retribuído meu gesto.

Capítulo 35

Jasmine

O inverno se instalou rapidamente em Nova Orleans, e o clima frio tomou conta da cidade. Elliott e eu passamos as últimas semanas preparando a surpresa que ele queria fazer para TJ, e tudo estava saindo conforme o planejado. Eu estaria mentindo se dissesse que não estava gostando de passar tanto tempo com ele. Mesmo que não conversássemos muito, estar perto de Elliott parecia algo precioso, considerando o fato de ele não ser mais próximo de ninguém.

Uma semana antes das festas de fim de ano, eu estava em casa, de pijama, assistindo a filmes de Natal sozinha e tomando chocolate quente. Minha mãe nunca ligou muito para as comemorações de fim de ano, e nós costumávamos trabalhar sem parar, então, mesmo estando sozinha, parecia algo especial ficar assistindo aos filmes usando pijama de renas.

Quando ouvi a maçaneta da porta girar perto das nove horas da noite, levei um susto e me virei para ver quem era. Mas, em vez de uma pessoa, vi uma árvore.

— Mas o que... — murmurei, antes que a árvore fosse empurrada para dentro do apartamento e o rosto sorridente de Ray aparecesse atrás dela.

— Feliz Natal, Branca de Neve! — exclamou ele.

— Ai, meu Deus. O que você está fazendo aqui?

Corri para abraçá-lo.

— O Natal está chegando. Você achou que eu ia perder nosso primeiro Natal juntos?

Eu ri.

— Mas você é judeu.

— Eu sei, mas sempre achei divertido montar árvore de Natal. — Ele levantou o pinheiro e o arrastou pela sala. — Além disso, gastei uns 700 dólares em enfeites e decoração natalina. Também comprei mais duas árvores menores. Uma para a sala de jantar e outra para a cozinha. Está tudo lá no carro.

— Sério? — Eu ri e levei as mãos ao peito, de tão feliz que estava. — Uma árvore para a cozinha?

Ele deu de ombros.

— Para o nosso primeiro Natal. Podemos tentar nos controlar no ano que vem.

— Podemos celebrar o *chanuca* no ano que vem — sugeri.

— Que tal fazermos as duas coisas? Acendemos o menorá e decoramos a árvore.

Abri um sorrisão, concordando com a cabeça.

— Combinado.

Ficamos acordados até tarde, decorando o apartamento, rindo e cantando todas as canções de Natal que conhecíamos. Quando terminamos, parecia que estávamos em pleno Polo Norte. Nós realmente tínhamos mandado bem na decoração.

— E aí, você acha que devo tentar preparar um peru de Natal para a ceia? — sugeriu Ray.

— Meu Deus, não. — Eu ri, me sentando no sofá. — Na verdade, pensei em convidar algumas pessoas para passar o dia com a gente. Só alguns amigos, tipo o TJ. Ele passou por tanta coisa nessas últimas semanas e anda tão triste ultimamente... Acho que passar o Natal entre amigos talvez o anime um pouco.

— Parece uma ótima ideia. Mas eu vou ajudar na cozinha — começou ele.

— Não. Sério mesmo. Não quero que ninguém morra enquanto eu estiver aqui — brinquei.

Ele jogou uma almofada em mim, e eu a peguei e a joguei de volta.

— Estou feliz por você estar de volta.

Ele sorriu.

— Eu também.

* * *

Na manhã seguinte, quando cheguei à casa de TJ, Elliott estava na varanda segurando uma caneca.

— Café puro — disse ele, me entregando a caneca.

Sorri diante do gesto gentil.

— Obrigada. Como ele está hoje? Dormiu bem?

— Está tudo bem. Coloquei um documentário sobre o Miles Davis para ele assistir, e isso pareceu acalmá-lo um pouco.

— Que bom.

— Bem, até mais tarde. — Ele se virou para ir embora.

— Espere, tenho uma pergunta. Você tem planos para o Natal?

Ele balançou a cabeça.

— Nós não comemoramos mais o Natal. Desde que a Katie... — Ele enfiou as mãos no bolso. — Por quê?

— Bem, eu estava pensando que seria legal talvez preparar um almoço ou um jantar para todos nós lá em casa. Ray está aqui, e achei que você, sua mãe e o TJ pudessem ir.

— Eu costumo beber com o Jason no Natal — explicou ele. — Não são planos, mas... ele meio que me obriga a fazer isso.

— Ah, tudo bem, então. — Dei de ombros. — Só achei que seria legal.

— Está bem. Obrigado? — disse ele em tom interrogativo, fazendo meu coração disparar.

— De nada. Obrigada pelo café. Espero que tenha um ótimo dia.

— Abri a porta da casa de TJ.

— Talvez ele e a noiva, Kelly, possam ir também?

Quando eu me virei, Elliott ainda estava olhando para mim, então vi algo naqueles olhos, algo que não via desde que tinha voltado para Nova Orleans: esperança.

— É claro. Quanto mais gente, melhor.

— Minha mãe vai querer ajudar na cozinha — avisou ele.

Eu ri.

— Que bom, porque vou precisar de toda ajuda possível.

— Que horas?

— Hum, que tal por volta do meio-dia? — sugeri.

Ele estava realmente aceitando o convite?

— Está bem. Vou avisar todo mundo, e estaremos lá.

— Obrigada, Eli. — Sorri e não sabia se Elliott tinha percebido seu deslize, mas ele também sorriu.

* * *

— Branca de Neve, respire. — Ray zombou de mim enquanto eu andava feito uma louca pelo apartamento no dia de Natal.

Ficava arrumando a mesa toda hora — os guardanapos precisavam estar dobrados de forma perfeita e os talheres tinham de estar brilhando.

— Eu só quero que tudo esteja perfeito — confessei, conferindo mais uma vez se os ingredientes estavam no lugar certo para que Laura me ajudasse a preparar o banquete.

— Vai ficar perfeito — disse ele para me tranquilizar enquanto subia em uma escada para ajeitar um visco que não parava no lugar.

— Tudo já está perfeito. Você só precisa respirar.

Segui seu conselho, mas quase perdi o fôlego de novo quando ouvi a campainha.

— *Ai, meu Deus!* Eles chegaram mais cedo. Eles só deveriam estar aqui ao meio-dia! — exclamei, passando a mão pelo cabelo.

Ray achou graça e guardou a escada.

— São onze e cinquenta e três. — Ele se aproximou de mim enquanto eu tirava o avental às pressas, revelando o vestido preto. Ray colocou as mãos em meus ombros e me sacudiu de leve. — Respire.

Respirei fundo, soltei o ar e corri para receber os convidados. Quando abri a porta, me deparei com uma Laura sorridente empurrando a cadeira de rodas de TJ.

— Feliz Natal! — Ela abriu um sorriso radiante, empurrando a cadeira de TJ para dentro. Jason e Kelly entraram em seguida, segurando potes de plástico. — Desculpe por termos chegado antes da hora.

— O quê? Vocês chegaram antes? Eu nem tinha percebido — respondi, dando de ombros enquanto Ray ria.

— Trouxe *eggnog* batizado com álcool! — exclamou Jason, todo orgulhoso.

— Não beba isso se não quiser ter uma morte lenta e cruel — brincou Kelly.

— Entendi. — Sorri e olhei para a porta. — Onde está o Elliott?

— Estacionando o carro. Não tem vaga na rua. Ele teve que dar a volta no quarteirão — explicou Laura.

Quando eu me virei para Jason e Kelly de novo, eles estavam estáticos, olhando para Ray de queixo caído. Eu ri da reação dos dois.

— Gente, esse aqui é o meu pai, Ray Gable. Ray, esses são os meus amigos... — Comecei a apresentar um por um, e Ray apertou a mão de todos.

— Prazer em conhecer todos vocês. — Ray deu um sorriso caloroso. — Por favor, me deem os casacos para que eu possa colocá-los no quarto de hóspedes.

— Caramba! — exclamou Jason, ainda surpreso.

— Caramba! — ecoou Kelly, ainda boquiaberta. — O seu pai é o Ray Gable?

Sorri, vendo Ray sentir uma pequena onda de orgulho. Ser reconhecido por fãs era o melhor presente de Natal que ele poderia receber.

— É, sim.

— Fiquem à vontade. — Ray abriu um sorriso, se empertigando todo. — Sou uma pessoa comum, exatamente como vocês. Vou ao banheiro e encho o tanque de gasolina. Aqui, me deem seus casacos.

Kelly soltou uma risadinha e começou a enrolar o cabelo no dedo.

— Ah, Ray. — Ela corou e deu um tapinha brincalhão no braço dele.

Jason riu e enrolou o cabelo curto, ainda perplexo por ver um artista.

— Ah, Ray. — Ele também ficou vermelho e deu um tapinha no braço de Ray.

Eu tinha acabado de conhecer Kelly, mas ficou óbvio que ela e Jason tinham sido feitos um para o outro, pelo que Elliott costumava me falar do melhor amigo. Era lindo ver como eles se completavam.

— Elliott sabe que o seu pai é o Ray Gable? Ele é o maior fã desse cara — declarou Jason, entregando o casaco a Ray. — Depois de mim, é claro.

Kelly assentiu.

— É, ele com certeza é seu maior fã — confirmou ela, tirando o casaco e entregando-o ao meu pai. — Depois de mim, é claro.

Vi o ego de Ray começar a inflar.

Ele se virou para Laura para pegar o casaco dela e ela abriu um sorriso.

— Sinto muito, não faço a menor ideia de quem você é — declarou ela, com a voz doce, fazendo o ego de Ray murchar mais rápido do que havia inflado.

— Tudo bem — respondeu Ray, meio decepcionado. — Não sou tão famoso quanto o Adam Levine.

Os olhos de Laura se iluminaram.

— Ah! Eu adoro o Maroon 5! Você os conhece?

Isso me fez rir.

Laura e Kelly foram até a cozinha para arrumar tudo antes de começarmos a preparar o almoço. Ray levou todos os casacos para o quarto de hóspedes, e Jason acomodou a cadeira de TJ em um canto aconchegante da sala.

— Feliz Natal.

Eu me virei para a porta e vi Elliott parado ali, segurando uma garrafa embrulhada para presente.

Minhas emoções entraram em ebulição.

— Feliz Natal.

Ele tirou a boina cinza, o casaco preto e o cachecol. Estava tão lindo — mais lindo do que eu poderia descrever —, e meu coração percebeu isso. Elliott estava de calça preta e uma camisa social vinho com suspensórios pretos. A forma como a camisa se ajustava aos seus braços musculosos era suficiente para fazer com que uma mulher engravidasse só de olhar para ele.

— Você está... — comecei, mas as palavras morreram em minha boca. Pisquei e me esforcei para não ficar olhando tanto para aquele corpo escultural, mas isso era mais difícil do que eu imaginava.

— Você está... — começou ele, mas as palavras também morreram em sua boca, e ele sorriu. Eu também sorri. Estava feliz por termos chegado a um ponto em que podíamos sorrir um para o outro.

— E quem é esse? — perguntou Ray, ao voltar para a sala.

— Ray Gable — cumprimentou Elliott, estendendo a mão para ele. — Eu jamais me esqueceria de você. Que bom te ver de novo.

— Como assim? — perguntou Ray, confuso.

— É. Hum... Você o conheceu quando nós éramos mais novos. Você se lembra do garoto com quem eu tocava naquela esquina? — perguntei.

Ray assentiu, levantando uma sobrancelha.

— Entendi. E esse cara aqui comeu aquele garoto ou algo assim? — brincou ele, referindo-se ao fato de Elliott estar bem musculoso.

Todos nós rimos à beça. Depois, todos foram se acomodando. Elliott e eu fomos os únicos que permanecemos parados ali, olhando um para o outro. Fiquei imaginando se o coração dele estava tão acelerado quanto o meu.

— Tudo bem. Hum... — Ray interrompeu nosso flerte. — Vou guardar o seu casaco, Elliott.

Nós dois desviamos o olhar e pigarreamos.

— Vou ajudar na cozinha — avisei, tentando controlar o frio que sentia na barriga sempre que estava com Elliott Adams.

— É... Hum... Vou me sentar ali — declarou ele rapidamente, me entregando a garrafa embrulhada. Era um champanhe.

Acabou dando tudo certo. Depois de uma refeição incrível, os rapazes se reuniram em frente à TV, mas, em vez de futebol, Jason e os músicos ficaram assistindo aos seus shows favoritos no YouTube. Em vez de conversarem sobre times, jogadores e campeonatos, esses caras falavam sobre Prince e Michael Jackson.

— Eles são uns nerds. — Laura riu, enquanto colocava os pratos no lava-louça. Bem nesse momento, a risada de TJ tomou conta do ambiente, e sentimos um arrepio na espinha. — É bom vê-lo rir.

— Verdade — concordei. — Estou muito feliz por ele estar se divertindo.

— Os dois estão — disse ela, fazendo um gesto na direção de Elliott, que não estava com um sorriso tão radiante quanto o de TJ, mas, ainda assim, estava sorrindo.

— Ele parece feliz, não parece? — perguntei.

Laura ficou com os olhos marejados e assentiu.

— Mais feliz do que eu já o vi em muito tempo... E é por sua causa.

— Duvido que eu tenha algo a ver comigo. Ele só está se encontrando de novo.

Ela balançou a cabeça e pousou uma das mãos no meu ombro.

— Gostaria que visse o jeito que ele olha para você quando não está prestando atenção.

— O quê? — perguntei, confusa.

Kelly assentiu.

— Eu o conheço há uns quatros anos, e essa é a primeira vez que eu o vejo... sei lá... — Ela deu de ombros. — Esperançoso?

— Só o fato de ele estar aqui, conversando sobre música... Faz anos que ele nem menciona o assunto. Elliott se afastou desse universo porque a música fazia com que se sentisse bem, e ele acha que não merece ter nada que o faça feliz.

Abri um sorriso feliz, e nós três continuamos limpando tudo.

— Jasmine — Elliott me chamou, fazendo um gesto para que eu me aproximasse.

— Já está na hora? — sussurrei.

Ele assentiu, olhando para o relógio.

— Acho melhor irmos logo para não corrermos o risco de nos atrasarmos — falou Elliott.

— Tudo bem.

Ele pigarreou para chamar a atenção de todos.

— Com licença, gente, mas... Hum... Jasmine e eu preparamos um presente de Natal para o TJ...

TJ arqueou uma sobrancelha.

— Um presente? Para mim?

— É. Só que não está aqui. Temos que ir para outro lugar. Se vocês puderem nos encontrar na Frenchmen Street daqui a 15 minutos, seria ótimo.

Os olhos de Jason se arregalaram, e ele se aproximou de mim, cutucando meu braço.

— Ele disse Frenchmen Street?

— Disse, por quê?

Jason balançou a cabeça.

— Ele nunca mais foi lá desde que a Katie... — Ele levou a mão ao rosto, chocado. — Que tipo de unicórnio mágico você é, mulher?

Dei uma risada.

— Conhece a esquina que o TJ toca?

— Conheço.

— Pode fazer com que ele esteja lá daqui a pouco?

— Com certeza.

— Obrigada, Jason.

— Não — murmurou ele, incrédulo. — Sou eu que tenho que te agradecer.

Capítulo 36

Jasmine

Quando estava na Frenchmen Street, olhei em direção à esquina onde TJ costumava se apresentar e vi que todos já estavam a postos. Virei-me para Elliott, que estava bem ao meu lado.
— Tudo pronto? — perguntou ele.
— Sim.
Ele assentiu e se virou para olhar para as pessoas que estavam atrás dele. Havia muita gente, todos segurando instrumentos, prontos para se apresentar. Então, no verdadeiro estilo de Nova Orleans, assim que Elliott acenou com a mão, todos começaram a tocar e a marchar.

A rua se encheu de gente, parecia uma festa enquanto seguíamos juntos, dançando, agitando fitas coloridas e cantando em voz alta, cheios de orgulho por estarmos prestando uma homenagem a alguém tão especial: Theodore James. Senti um arrepio na espinha com a energia da noite de uma cidade tão maravilhosa. Era surreal.

Quando chegamos até onde TJ estava, vi que seus olhos ficaram marejados ao perceber que a multidão estava ali por causa dele. Todos haviam sido seus alunos. Ele havia emocionado cada um deles com sua música, ele os havia ensinado a tocar, a se expressar e a voar alto. Tinha ajudado cada uma daquelas pessoas a seguir a magia e a encontrar sua verdade.

Conforme a música tocava, cada pessoa ia dançando até TJ e colocava uma chave em seu colo. Lágrimas escorriam pelo seu rosto ao ver seus alunos o presenteando com chaves que simbolizava amor, respeito e honra. Ele foi ficando cada vez mais emocionado à medida que o número de chaves aumentava. Eram lembretes de que, mesmo nos períodos mais difíceis, ele nunca estaria sozinho. Mesmo em tempos sombrios, ele sempre teria um lar.

Sempre que eu pensava em lar, não era um lugar que me vinha à cabeça; eram pessoas. Aquelas que nos lapidavam para que nos tornássemos quem deveríamos ser, aquelas que nos amavam, apesar de nossas cicatrizes e que falavam que essas cicatrizes eram lindas. Aquelas que permitiam que cometêssemos nossos próprios erros e que, ainda assim, nos amavam por inteiro.

O lar de TJ era enorme e cheio de luz e, naquela noite, ele pôde sentir isso.

Quando a música começou a diminuir, todo mundo gritou o nome de TJ. E, quando ele ia falar, a Frenchmen Street foi tomada por um som que provocou arrepios em todos.

O saxofone de Elliott.

Meu olhar pousou nele. Eu estava maravilhada.

Aquele som era dolorosamente bruto, real. O modo como seus dedos dançavam pelo instrumento e intimavam as notas me fazia querer chorar. Eu me ajoelhei ao lado de TJ, confortando-o enquanto ele ficava cada vez mais emocionado. Ray abraçou Laura, pois ela também estava despedaçada com a homenagem do filho.

Enquanto Elliott tocava, fui assolada por lembranças dele. Ele estava um milhão de vezes melhor do que eu me lembrava, e eu me recordava de cada nota que o escutei tocar... sua música me curou na adolescência e me ensinou o que significava ser lindamente triste... Ela havia me mostrado o caminho seis anos antes, quando eu estava perdida.

Sua música fazia o mundo levitar.

— É a nossa música... — sussurrou TJ, apertando minha mão. — Etta James, "At Last"... Foi a música que tocou no meu casamento. — Ele chorou. — Você sabia que ele ia tocar?

— Não — respondi. — Não fazia ideia de que ele ia se apresentar essa noite.

Ah, Elliott...

Eu me levantei devagar, pigarreei, caminhei até ele e fiquei ao seu lado. Fechei os olhos e comecei a cantar. Minhas palavras se harmonizaram com as notas e os compassos que emanavam de seu saxofone. Fiquei completamente envolvida pelo seu som enquanto minha voz cantava aquela letra de tirar o fôlego.

Mergulhei de cabeça na música, me entregando completamente a Elliott Adams e à sua alma.

Quando terminamos, a rua caiu em um profundo silêncio, e os olhos castanho-esverdeados de Elliott se fixaram nos meus. Meu coração batia em um ritmo novo, desconhecido, e eu me perguntei se o dele também estava assim. Ele se aproximou de mim, pegou minha mão e a apertou de leve.

— Obrigado — sussurrou ele.

— Sempre — respondi.

Então, ele foi até TJ, enfiou a mão no bolso e pegou uma chave. Quando a entregou para o homem que foi o mais próximo de um pai que ele teve na vida, abriu um sorriso.

— Sei que você acha que perdeu a sua música depois do AVC, TJ. Sei que está perdido, mas olhe à sua volta. Olhe para essas pessoas que estão aqui, para todas as vidas que você mudou, as vidas que salvou. — Ele respirou fundo e fechou os olhos. Quando os abriu, eles estavam transbordando de emoção. — Você salvou todo mundo aqui. Você não perdeu a sua música, tio TJ. Será que não percebe? — perguntou Elliott, fazendo um gesto para a multidão. — Você *é* a música.

Capítulo 37

Elliott

— Essa foi a coisa mais linda que eu já vi na vida! — exclamou Kelly, enquanto ela, Jason, Jasmine e eu nos acomodávamos junto a uma mesa no Daze. Depois da homenagem a TJ, nós quatro ainda estávamos muito animados, então fomos para o bar.

— Eu nunca vi nada parecido — concordou Jason, abraçando Kelly.
— Meu Deus, Elliott! Fazia tanto tempo que eu não ouvia você tocar que nem me lembro mais.

— E a sua voz, Jasmine! — disse Kelly, animada e suspirando enquanto servia um pouco mais do *eggnog* alcóolico de Jason nos copos.

— É mesmo. Que voz! — concordou o noivo. Ele levantou o copo.
— Um brinde a Elliott e a Jasmine! — exclamou ele.

Nós todos brindamos.

Jasmine sorriu para mim e esbarrou o ombro no meu.

— À sua música.

Inclinei a cabeça na direção dela:

— À sua voz.

Viramos nossas doses e, antes que pudéssemos perceber, estávamos bebendo e comemorando o Natal.

Não conseguia me lembrar da última vez que eu tinha comemorado alguma coisa.

Notei que, de vez em quando, Jasmine olhava para o celular. Ela fez isso a noite toda. Sempre que afastava o olhar, um brilho de tristeza cruzava seu rosto, mas ela rapidamente voltava ao normal. Só notei isso porque, para ser sincero, tinha passado as últimas semanas inteiras prestando atenção nela.

Eu me perguntava por que ela olhava tanto para aquele telefone.

Jason e Kelly não pararam de falar a maior parte do tempo. Eu nunca tinha me esforçado muito para conhecer a Kelly melhor, mas, quanto mais ficava perto dela, mais me dava conta de como ela era perfeita para o meu amigo. Eles pensavam de forma bem parecida, riam das mesmas coisas e expressavam todo o amor que sentiam um pelo outro o tempo todo. Os dois eram a definição perfeita de afeto e demonstravam seu amor para todo mundo.

— Se vocês querem saber — começou Kelly, servindo uma taça de vinho para si e outra para Jasmine, deixando o *eggnog* de lado —, planejar um casamento é a coisa mais estressante do mundo.

— Sabem quantos tipos diferentes de cobertura de baunilha existem na Cake & Pie Bakery? — perguntou Jason.

— *Ooooooh!* — exclamou Kelly e começou a rir, jogando as mãos para cima. — Vocês não fazem ideia de quantos tipos diferentes de cobertura de baunilha existem na Cake & Pie Bakery! Será que devemos contar?

— Sim, precisamos fazer isso.

— São 34 tipos de cobertura de baunilha — disseram os dois.

— E nós provamos cada uma delas — revelou Jason.

— Mesmo que já tivéssemos decidido que queríamos cobertura de chocolate. Mas não podíamos deixar de provar todas aquelas coberturas, principalmente porque foi de graça — explicou Kelly.

Jasmine riu. E me dei conta de que amava aquele som.

— Eu sempre quis fingir que ia me casar só para provar os bolos.

— Aaaah, você tem que fazer isso! Você não viveu de verdade se ainda não provou 34 tipos diferentes de cobertura de baunilha — disse Kelly, me incentivando. — Mas sabe qual é a pior parte de planejar um casamento?

— Escolher onde os convidados vão se sentar! — exclamaram os dois em uníssono.

— A Betty não pode se sentar perto da Nancy porque as duas namoraram o Eddie, e o Eddie não pode ficar num lugar perto dos frutos do mar. Jackie não pode se sentar perto da irmã, Sarah, porque ela ficou com a casa quando a mãe morreu, mesmo depois de passar a vida toda cuidando dela. Mark odeia Eva, que estranhamente é apaixonada por ele. Jane não quer nada com o Rob porque ele votou no Trump, e Rob não quer nada com a Harley, porque ela ainda apoia o senador Bernie Sanders e tem adesivos de Vermont colados no carro. Nem pense em colocar gêmeos na mesma mesa, porque eles são independentes e não querem ser vistos como uma dupla pelo resto da vida.

Kelly tagarelava sem parar, e fiquei chocado, porque achava que era impossível existir alguém que falasse mais do que Jason.

— É exaustivo e bem caro também — completou Jason, puxando a noiva em sua direção. — Acho que deveríamos simplesmente fugir e nos casar em outro lugar.

Ela riu.

— Ah, tá. Meus pais iam *amar* isso. Eles já estão *muito* satisfeitos por eu estar noiva de um democrata. Só que não.

— Verdade. Tudo bem, nada de fugir para casar.

Kelly levou as mãos ao rosto e balançou a cabeça.

— Minha nossa. A gente só fala de coisas chatas. Desculpe.

Jasmine soltou uma risadinha como resposta, porque já estava bêbada. Parecia que cada vez que não via o que queria no telefone, tomava outra dose.

Culpa do eggnog.

— Tudo bem, chega de falar de casamento. Vamos fazer algo divertido! Vamos brincar de "Eu nunca" — sugeriu Kelly, batendo palmas.

— Que brincadeira é essa? — perguntei.

Jasmine arregalou os olhos.

— Você nunca brincou de "Eu nunca"? — perguntou ela, surpresa.

— Não?

Ela deu outra risadinha.

— Isso é uma pergunta?

Ela estava toda risonha e embriagada, e era a coisa mais adorável que eu já tinha visto. Suas bochechas estavam rosadas e os olhos, brilhantes. E ela ficava encostando em mim o tempo todo.

Mas eu não estava reclamando.

Ela continuava rindo.

— Não se preocupe, eu também nunca joguei.

— A gente joga "Eu nunca" com uma bebida. A pessoa diz "Eu nunca" e fala alguma coisa. Aí, qualquer um que já tenha feito tal coisa tem que tomar uma dose. E a gente vai fazendo isso até desmaiar de tanto beber — explicou Kelly. — Você começa, Jason.

Jason assentiu.

— Tudo bem. Eu nunca matei aula.

Todos nós viramos uma dose.

— Eu nunca chorei em um filme da Disney — declarou Jasmine.

Ela, Kelly e eu bebemos.

Jason olhou para mim com a sobrancelha erguida.

— Você é esquisito, cara.

— Você não assistiu a *Irmão Urso*?

— Putz, assisti. — Jason tomou sua dose. — Você está certo.

— Essas afirmações aí estão fracas demais. Vamos jogar de verdade. Eu nunca fiz um *ménage* — declarou Kelly, elevando o nível do jogo.

Quando eu me virei para Jasmine, seus olhos estavam fixos em mim e, como não bebi, seus lábios se curvaram em um sorriso.

Jason ficou empolgado.

— Minha vez. Eu nunca perdi a virgindade em um hotel fazenda, atrás de um barracão com cinco guarda-chuvas roxos pendurados no teto.

— Isso foi estranhamente des-des... — Parei e fechei os olhos. *Descritivo. Diga a palavra.* — Des-des... — Senti o sangue começar a ferver, constrangido por estar parecendo um idiota. Eu já era um adulto e ainda não conseguia falar algumas palavras. Tinha a sensação de que todos olhavam para mim, esperando que eu concluísse a frase, esperando que eu decidisse o que queria dizer. Quando estava prestes a explodir, senti um toque na minha perna. Ergui o olhar, vi o sorriso gentil de Jasmine e respirei fundo. — Isso foi estranhamente descritivo — consegui dizer, por fim.

Coloquei a mão sobre a de Jasmine e a apertei de leve. *Obrigado.*

Ela sorriu, como se tivesse me ouvido e respondido: *de nada.*

Kelly pigarreou e tomou um gole de sua bebida.

— Foi durante o acampamento cristão, e não foi em um barracão, e sim em um estábulo. E tinha dois cavalos vendo tudo, tá?!

Todo mundo começou a rir, e nós continuamos o jogo. Notei que a mão de Jasmine continuou na minha perna. Seus dedos tateavam minha coxa e se aproximavam cada vez mais da virilha. Minha respiração estava ficando mais ofegante.

— Eu tenho uma — anunciou ela, segurando o copo com a mão livre.

— Eu nunca me apaixonei enquanto estava coberta de cocô de cavalo.

Dei uma gargalhada.

De verdade. Eu ri alto.

Jason e Kelly franziram o cenho olhando para nós sem entender nada, mas eu os ignorei e levantei meu copo. Brindei com Jasmine, e nós viramos a dose.

— Quê? Como assim? — indagou Kelly, incrédula.

— Vocês dois tinham uma amizade de merda. Literalmente, não é? — Jason fez graça.

A noite seguiu assim, com mais doses de tequila e muitas risadas. Jasmine foi se soltando cada vez mais e, mesmo que eu a quisesse muito, tinha consciência de que ela havia bebido além da conta.

— Acho melhor encerrarmos por aqui. — Olhei para meus amigos e sorri.

Jason assentiu.

— Também acho. Vou chamar um Uber para nós — avisou ele para Kelly, que estava rindo com Jasmine de alguma coisa que só elas haviam entendido.

Quando Jason e Kelly foram embora, Jasmine se virou, ligeiramente cambaleante, para mim e sorriu. Eu a segurei para que ela não caísse. Ela ficou vermelha e colocou as mãos no meu peito.

— Posso ficar com você essa noite?

— Claro que pode. Vou dormir no sofá.

— *Ooouuu* — cantarolou ela, explorando meu peito com um dedo. — Você pode dormir comigo.

Eu ri e balancei a cabeça.

— Você está bêbada.

— Eu sei, mas dizem que sou muito mais flexível quando estou de porre.

Ai, meu Deus.

Ela estava mais bêbada do que eu imaginava.

— Se você estivesse sóbria e ouvisse o que acabou de dizer, seu rosto provavelmente estaria mais vermelho que um pimentão. Ve--venha. Vou colocar você na cama.

Os olhos dela estavam pesados, e ela puxou minha camisa.

— Não, vamos fazer aqui mesmo — implorou ela, pedindo que eu fizesse amor com ela bem ali, naquele instante. Suas mãos desceram até a minha virilha, e eu as puxei para cima.

— Jasmine. — Olhei para ela bem sério. — Você está bêbada.

— Por favor, Eli. Por favor... — sussurrou ela, começando a desabotoar minha camisa. — Você não quer sentir o meu corpo, o meu gosto? Você não me quer?

Meu Deus, como eu a queria.

Meu corpo reagia a cada toque dela, desejando-a de todas as formas imagináveis. Passei tantas noites imaginando como seria cobrir seu corpo com o meu e vice-versa. Estar dentro dela... Jasmine era tudo o que eu sempre quis, física, mental e emocionalmente. Ela era a única pessoa que eu desejava no início de cada dia e no final de cada noite, mas ela não estava pronta.

— Vamos, Elliott — insistiu ela, a voz baixa em meu ouvido. — Por favor?

Respirei fundo.
Não.
Ela não estava totalmente consciente. Não conseguia expressar direito o que precisava. Estava ali, oferecendo seu corpo para mim quando eu precisava do pacote completo. Eu precisava da Jasmine — mente, corpo e espírito.

Precisava que ela estivesse absolutamente consciente do que estava fazendo. Caso contrário, seria exatamente como ela estava acostumada a fazer no passado com aqueles caras da escola — *vazio*.

— Não podemos — falei, ao sentir seus lábios no meu pescoço. Revirei os olhos de prazer, e minha pele se arrepiou com seus toques.

— Jazz, por favor, não.

— Por favor... Eli...

— Não. — Finalmente consegui me desvencilhar dela. Fui para o outro lado do bar e tentei me recuperar dos efeitos da droga que ela havia injetado em todo o meu ser. — Não podemos.

— Por quê? — quis saber, claramente constrangida, embora tentasse disfarçar. — Sei que você me deseja.

— Desejo mesmo.

— Então por que você não quer dormir comigo? — perguntou ela. — Por que não quer trepar comigo?

— Por que eu me importo com você.

Os olhos de Jasmine ficaram marejados, e ela balançou a cabeça e disse a coisa mais triste que já ouvi na vida:

— As pessoas não se importam comigo, Elliott. Só pegam partes de mim e jogam o resto fora.

Naquele momento, testemunhei a tempestade atrás dos olhos dela. Há quanto tempo estava lá?

Há quanto tempo aquele sentimento estava crescendo e se formando em seu coração?

Ela mentia quando dizia que era feliz, porque isso era mais fácil do que reconhecer a tristeza que a tomava. Às vezes, era melhor mentir a encarar as verdades mais sombrias.

O coração dela estava partido, e eu me odiei por não ter notado isso até que ela estivesse caindo de bêbada na minha frente.

Ela pressionou o corpo contra o meu e implorou para que eu a tocasse, que a amasse, que fingisse que não tinha visto a tempestade em seus olhos escuros, só que eu vi. Eu a vi, e isso partiu a porcaria do meu coração.

— Quero que você me beije — sussurrou ela.

— Não.

— Quero que me coma — implorou ela.

— Não posso.

Os olhos de Jasmine se encheram de lágrimas, e ela começou a socar meu peito.

— Eu odeio você! — gritou ela.

Jasmine me batia cada vez mais forte. Ergui as mãos e deixei que ela me esmurrasse, porque eu sabia que não era comigo que ela estava gritando. Não era em mim que estava batendo. Era nos demônios que ela ignorava que existiam. O álcool tinha a capacidade de trazer à tona coisas que você não queria encarar.

Depois de alguns segundos de socos, a raiva dela se transformou em dor. Jasmine começou a chorar baixinho, mas o choro foi rapidamente substituído por soluços. Eles foram ficando mais fracos, e ela deitou a cabeça em meu peito e começou a puxar minha camisa. Minhas mãos ainda estavam erguidas. Enquanto ela chorava, tudo que eu queria era confortá-la. Queria pegar seu sofrimento e colocá-lo em minha própria alma.

— Me diga o que você quer, Jasmine. Estou aqui. Me diga o que precisa que eu faça.

— Você pode me abraçar? — sussurrou ela.

— Sim.

— Pode me amar? — implorou ela.

Sempre.

Meus braços envolveram o corpo dela, e eu a puxei para mim, abraçando-a pelo que pareceu uma eternidade, mas, mesmo assim, não foi tempo o suficiente.

Eu a carreguei até meu quarto, a coloquei na cama e a cobri. Ela enxugou os olhos. A maquiagem estava borrada.

— Tem certeza de que não quer dormir comigo? — murmurou ela, me fazendo sorrir.

— Talvez amanhã.

Ela se virou para o outro lado e abraçou o travesseiro enquanto eu apagava a luz.

— Ela não me ligou nem mandou mensagem nem nenhum e-mail.

Eu me encostei na porta e levantei uma sobrancelha.

— Quem?

— Minha mãe — sussurrou Jasmine, o choro voltando à sua voz. — É Natal, e ela nem escreveu para mim. Ela nunca responde às minhas mensagens. Escrevi todos os dias desde que cheguei, mas ela nunca responde.

— Ela é uma tola — comentei.

Jasmine riu, abraçando o travesseiro mais forte.

— Você também não me respondia.

— Eu sou um idiota.

— Tudo bem, Elliott Adams. Não entendo por que minha mãe não responde, porque eu sempre tentei fazê-la feliz, mas entendo por que você não me respondia. Foi porque eu fui a responsável pela morte da Katie.

Senti um aperto no peito.

— O que foi que você disse?

— Eles faziam *bullying* com você por minha causa. — Ela bocejou. — Se eu não tivesse nascido, nada disso teria acontecido. Talvez minha mãe esteja certa. Talvez ela não devesse ter ido adiante com a gravidez. E então todo mundo estaria bem.

Antes de eu ter a chance de responder, ela já estava roncando de leve, entregue a um sono profundo.

Por que ela pensaria uma coisa dessas? Por que ela achava que a morte de Katie tinha sido culpa dela?

Meu coração se partiu ao ver Jasmine sofrer. Eu não conseguia imaginar tudo pelo que ela tinha passado... lidar com o desprezo da mãe, ouvir que a mãe preferia que ela não tivesse nascido.

Minha mãe teria dado a própria vida para ter a filha de volta.

Passei os últimos seis anos lidando com minhas próprias tempestades sem nunca parar para pensar no sofrimento das outras pessoas.

Jasmine estava sofrendo, exatamente como eu.

Só que ela costumava esconder isso com sorrisos. Mas agora seu lado sombrio havia sido revelado para mim.

Ela já estava dormindo, mas eu não saí do quarto.

Olhei para ela e sorri, tentando ser o homem mais corajoso que consegui. Disse que nada daquilo era culpa dela. Que ela era a definição do amor. Implorei a ela que não se culpasse por algo que o diabo havia colocado em sua porta.

Então, dormi encostado na porta, do lado de fora do quarto, porque, como eu era egoísta, não queria ficar sozinho.

Capítulo 38

Jasmine

Acordei sozinha na cama de Elliott, me sentindo uma completa idiota. Estava com muita dor de cabeça e bem enjoada. Tinha bebido *eggnog* e vinho demais.

— Argh. — Eu me sentei na cama e alisei o vestido amarrotado. Tentei ajeitar o cabelo, mas nem um elástico ou coque conseguiriam domar aquele monstro selvagem na minha cabeça.

Quando meus olhos pousaram na mesinha de cabeceira, vi um copo de água, Cream-Crackers e dois comprimidos para dor de cabeça. Agradeci a Elliott em silêncio por me ter me aturado na noite anterior. Gostaria que tivesse sido uma daquelas bebedeiras que faziam você se esquecer completamente de tudo que disse e que fez, mas, infelizmente, não era esse o caso. Eu me lembrava de tudo, de cada coisa constrangedora que fiz e disse — me jogando em cima dele e implorando por sexo... me humilhando.

Eu me lembrava muito bem de ter pedido a ele que trepasse comigo.

Ai, meu Deus, eu pedi a ele que me comesse.

Eu me lembrava de ter me desfeito em pedaços...

Depois de tomar um comprimido, eu me levantei. Peguei minhas coisas e abri a porta do quarto. Segui até a porta na ponta dos pés, grata por não esbarrar com ele.

Eu não estava pronta para encará-lo.

— Fugindo de mim? — perguntou Elliott, saindo do banheiro bem no instante em que minha mão tocou na maçaneta.

Eu me virei e dei de cara com ele — sem camisa, enxugando o cabelo com uma toalha. Abri um sorriso sem graça, meio constrangida.

— Não... Eu só ia ver se o TJ está bem.

— Já liguei para a minha mãe. Está tudo bem.

— Ah, então está bom. Acho que é melhor eu voltar para casa e ajudar o Ray a arrumar tudo. Deixei a bagunça toda para ele.

— Jazz... — começou ele, olhando para mim de forma carinhosa. — Ontem à noite...

— Eu bebi demais — falei, interrompendo-o. — Nunca acaba bem quando misturo bebidas. Me desculpe por qualquer coisa que eu tenha feito ou dito.

— Você não fez nada de errado.

— Fiz, sim. Agi como uma idiota. Sinto muito.

Ele deu um passo na minha direção, e os pelos do meu braço se eriçaram.

— O que aconteceu?

— Como... Como assim?

Mais um passo.

— O que aconteceu com você?

Fechei os olhos.

— Nada. Desculpe. De verdade, estou bem. Só bebi demais.

— Você não está bem.

Mais um passo.

— Elliott...

— Você fez aulas com o TJ, não fez? Ele treinou você?

— Foi por pouco tempo. — Esfreguei meus braços. — Por quê?

— Qual é a sua verdade?

Fiquei tensa.

— Do que você está falando?

— Todo mundo que já teve aulas com o TJ teve que mergulhar fundo. Ele faz com que todo mundo se olhe no espelho todos os dias para chegar ao fundo da alma e encontrar a sua verdade. É muito difícil e assustador fazer isso, mas é necessário.

Engoli em seco.

— Eu não posso fazer isso.

Ele assentiu, enfiando a mão no bolso da calça de moletom.

— Entendi. Então vamos ter que partir para o boxe.

Eu ri.

— Hã?

Ele foi até a sala e voltou com um par de luvas.

— Se você não quer falar sobre o assunto, precisa extravasar.

— Com boxe?

— Exatamente. — O olhar dele estava triste. — Com boxe. — Ele me entregou as luvas e ficou atrás do saco de areia, segurando-o para mim. — Pronta?

Calcei as luvas.

— Isso é ridículo. — Dei uma risada. — Estou bem, de verdade, Elliott.

Seus olhos se fixaram nos meus. E ele perguntou mais uma vez, em voz baixa:

— Pronta?

Eu me empertiguei.

— Pronta.

Enquanto eu socava o saco de areia, Elliott me orientava.

— O que te faz perder o sono? O que te faz subir pelas paredes? Pense nisso e bata. Seja lá o que te faça sofrer, faça com que sofra também.

Comecei a me sentir anestesiada e, quanto mais ele falava, com mais força eu batia. Então, chegou um momento em que eu não conseguia mais parar. Soquei aquele saco de areia sem parar. Minha respiração estava ofegante, e meu coração, disparado. De repente, comecei a chutar:

— O que te deixa puta da vida? O que te faz sofrer? O que te magoa?

Tudo.

Lágrimas começaram a escorrer pelo meu rosto conforme eu socava, minhas emoções me engolindo por inteiro, e foi só quando minhas pernas não aguentavam mais o peso do meu corpo que parei. Dei um passo para trás, quase caindo no chão e pingando de suor, mas Elliott estava lá para me segurar.

— Estou aqui — sussurrou ele, levando-me até o sofá para que eu me sentasse. — Estou aqui.

Parei um pouco para recuperar o fôlego, quando ele foi pegar um copo de água para mim.

— Obrigada. Eu realmente me sinto... mais leve.

Ele sorriu.

— Que bom. Só quero que você saiba que eu estarei sempre aqui se precisar conversar.

— Não é nada de mais — declarei. — Só passei muito tempo guardando isso tudo dentro de mim, achando que, assim, podia fazer minha mãe feliz... eu nunca percebi quanto essas coisas me faziam mal. Dei tudo para ela e, mesmo assim, não foi o suficiente.

— O que te fez voltar?

Suspirei e pensei em tudo que havia acontecido.

— Não precisa me contar se não quiser — disse ele, sendo sincero.

Balancei a cabeça e falei:

— Não, está tudo bem. De verdade. Não foi nada de mais. Você vai achar que é bobeira.

— Não vou, não.

Prendi uma mecha do cabelo atrás da orelha.

— Nós passamos anos correndo atrás de um contrato com uma grande gravadora. Eu já estava quase desistindo, mas minha mãe dizia que eu só tinha que me esforçar um pouco mais. E foi isso que eu fiz. Comecei a passar mais tempo no estúdio com o Trevor e ensaiava na academia de dança até desmaiar. Eu não comia muito e quase não dormia, porque queria que ela se orgulhasse de mim. Queria que o sonho dela se tornasse realidade. E, então, aconteceu.

"Em julho, nos ofereceram um contrato com uma gravadora. Era uma coisa grandiosa. Tudo o que nós queríamos. Mais até do que imaginávamos. É claro que fizemos uma festa para comemorar.

Trevor fechou uma boate e convidou todo mundo que ele conhecia para a comemoração. Era muita gente mesmo. Nós estávamos nos divertindo muito. Então, em algum momento, eu fui ao banheiro. Era um banheiro individual, e eu estava... hum... lavando as mãos quando vi alguém abrir a porta. Era Trevor. Pedi a ele que saísse, mas ele não saiu. Então, quando tentei passar por ele, ele apertou a minha bunda. Eu o empurrei e tentei afastá-lo, mas ele estava bêbado, é claro, e não me deu ouvidos. Aí ele pegou no meu peito, e eu dei uma joelhada nele com toda a força e fugi. Quando encontrei a minha mãe, estava chorando e tremendo, me sentindo violada e, em vez de amor e compreensão, ela reagiu com raiva."

— O quê? — perguntou ele, chocado.

— É. Ela... hum... ela ficou do lado dele e disse que a culpa era minha.

— Como ela pôde fazer uma coisa dessas?

— Ela disse que, se eu não me vestisse como uma vadia, as pessoas não iam me tratar como se eu fosse uma... esse tipo de coisa. O pior é que eu estava usando a roupa que eles tinham escolhido para mim. Eu fazia tudo que eles mandavam e, mesmo assim, minha mãe achava que eu era a culpada pelo fato de o namorado dela ter passado dos limites. A culpa era sempre minha.

Elliott deu um soco na própria mão e vi algumas veias aparentes em seu pescoço.

— Que tarado filho da puta — sibilou ele. — Se um dia eu encontrar esse cara...

— Não importa mais — decretei. — Eu finalmente consegui escapar.

— Não, você não conseguiu.

— Consegui, sim. Eu me libertei. Ele não conseguiu fazer nada comigo de verdade... e eu vim embora. Vim pra cá antes de acontecer qualquer coisa.

— Jazz... O que você está escondendo de mim? O que ele fez com você...

— Poderia ter sido bem pior — interrompi Elliott, balançando a cabeça. — Ele não me estuprou, ele não... — Quando aquelas palavras saíram da minha boca, meu corpo todo começou a tremer. — Não chegou a esse ponto. Eu tive sorte.

Elliott se inclinou na minha direção e pegou minhas mãos.

— O que ele fez com você foi errado. Ele não podia ter se aproveitado de você. O que ele fez foi desprezível.

— Eu escapei. Fugi antes que ele pudesse fazer outras coisas. Conheço pessoas que já passaram por coisas bem piores.

— Escute aqui. O fato de outras pessoas terem sofrido mais do que você não diminui a sua dor. Você tem o direito de se sentir machucada e violada. Tem o direito de querer berrar e gritar.

— Minha mãe estava certa. Meu vestido era curto demais e meu decote era bem provocante... — argumentei, me sentindo enjoada enquanto falava.

— Você poderia ter entrado nua naquela boate e, mesmo assim, ele não tinha o direito de encostar um dedo sequer em você. Está entendendo?

Assenti, embora não estivesse totalmente convencida. Passei a vida toda ouvindo que tudo era culpa minha, que o sofrimento que minha mãe carregava era por causa das minhas falhas, e agora Elliott estava diante de mim, me dizendo que eu estava errada, que não tinha culpa de nada, que as falhas da minha mãe eram dela e só dela. Ele estava tentando me convencer de que tudo ia ficar bem.

Era como se ele tivesse tirado um peso enorme das minhas costas.

— Você me disse uma coisa ontem à noite que me incomodou muito — confessou ele. — Você afirmou que a morte da Katie tinha sido culpa sua.

— Sim.

— Você acredita mesmo nisso?

— De vez em quando penso nisso. Acho também que ficar perto de mim deve ser muito difícil para você, porque eu sou um lembrete da pior época da sua vida. Mas eu entendo. De verdade.

Ele semicerrou os olhos e abaixou a cabeça.

— No dia seguinte ao nosso primeiro encontro, Katie veio sorrindo e me disse: "Eu estava enganada sobre aquela garota, Eli. Ela é boa." — Ele colocou as mãos na nuca e olhou para mim, direto nos meus olhos. — Ela amava você, por você gostar de mim.

— Eli...

— Sei que sou uma pessoa difícil — continuou ele. — Com o passar dos anos, fui ficando mais frio, grosseiro e, às vezes, cruel. Mas, mesmo assim, você voltou. E sorriu para mim, porque você é boa. E isso é difícil para mim po-porque você faz com que eu me lembre do meu passado, mas você não é uma lembrança da pior época da minha vida. — Ele balançou a cabeça. — Pelo contrário, você faz com que eu me lembre da melhor época da minha vida, e eu achava que não merecia você — confessou ele. — Durante muito tempo, achei que não merecia nada de bom.

Estendi a mão e peguei a dele.

— Mas você merece, Eli. Mais do que qualquer coisa, merece ser feliz.

— Às vezes, é difícil ficar perto de você — sussurrou ele.

— Por quê?

Ele franziu o cenho e respondeu, baixinho:

— Porque você faz meu coração bater.

— E o que há de errado nisso?

Ele deu de ombros.

— Quanto mais ele bate, mais chance ele tem de se partir. E essa é a questão com você, Jasmine... Estive morto por seis anos e, agora que você voltou, fez com que eu visse como é bom me sentir vivo, como é bom conseguir respirar de novo. Será que não percebe como você é importante... e quanto o mundo precisa de você? Será que não consegue ver que a melhor decisão que a sua mãe tomou na vida foi ter tido você? Você é a música em um mundo mudo, e o meu coração bate só porque você está aqui.

Capítulo 39

Jasmine

A conexão entre mim e Elliott ficava mais forte a cada dia que passava, e eu não poderia estar mais feliz. Ele estava começando a se abrir, e isso era uma coisa linda de se ver. TJ também estava melhorando bastante por causa da fisioterapia, o que era uma bênção. Além disso, ele tinha voltado a dar aulas para Elliott, o que lhe trouxe mais paz de espírito do que qualquer coisa no mundo.

Eu ainda ficava impressionada com o fato de Elliott ter me ajudado a compreender minhas cicatrizes. Passei muito tempo fingindo que elas não existiam, e ele me ajudou a me abrir de um jeito que jamais achei que fosse possível. E isso foi maravilhoso. Ele parou a vida dele para me ajudar a enfrentar a minha e, quando ele precisasse, eu faria o mesmo por ele. Eu estava pronta.

Na terceira terça-feira de janeiro, perdi a hora e tive de me apressar para chegar à casa de TJ para que Elliott pudesse ir para o trabalho. Quando cheguei à rua de TJ, vi Elliott parado na frente da porta de sua antiga casa, olhando fixamente para ela com o rosto impassível.

— Oi, Eli — cumprimentei, tocando de leve em seu ombro.

Ele se virou para olhar para mim e abriu um meio-sorriso.

— Oi.

Esfreguei meus braços para tentar espantar o frio. Fiquei chocada por ele não estar morrendo de frio só com aquela camiseta de manga curta.

— Tudo bem?

— Tudo.

Mas a linguagem corporal dele me dizia exatamente o contrário.

— Tem certeza?

Ele assentiu e pigarreou, mudando de assunto.

— O TJ teve uma manhã bem difícil hoje.

— Ah... — Senti um aperto no coração. — Por causa da música? Achei que ele estivesse melhorando com a fisioterapia...

Elliott continuou melancólico e franziu a testa.

— Não é por causa disso.

— Não? Então o que aconteceu?

— Hoje é aniversário de morte da Katie.

— Ah, meu Deus, Elliott... — Senti o coração saltar no peito e, sem pensar duas vezes, coloquei a mão em seu braço para consolá-lo. — Você está bem? — *Mas que pergunta idiota a minha. É claro que ele não está bem.*

Seus olhos foram direto para a minha mão em sua pele, mas, por algum motivo, não consegui afastá-la. Provavelmente ele não estava prestando atenção em mim. Sua mente vagava em um mar de escuridão enquanto ele estava parado ali, e, por causa do meu leve toque, consegui sentir o ligeiro tremor em seu corpo, já tomado pela tristeza. Elliott se virou mais uma vez para sua antiga casa e ficou olhando para ela.

— Estou sempre bem.

— Elliott...

— Minha mãe está lá com ele. Ela também está tri-tri-triste. Por minha causa. — Ele pigarreou mais uma vez, puxando o braço, rompendo o contato da minha pele com a dele. — Sou o ca-causador da tristeza deles. Tudo o que aconteceu foi culpa minha.

Ele estava mergulhando de volta na própria culpa, estava retornando para a prisão que o havia mantido enclausurado por anos.

— Não. Isso não é verdade — declarei com a voz séria.

Ele respirou fundo.

— Você pode ficar com eles? — pediu Elliott. — Pode se certificar de que fiquem bem?

— É claro.

— Obrigado. — Ele enfiou a mão no bolso e seguiu para o carro.

— Elliott, aonde você vai?

— Vou para casa.

— Não seria bom você ficar sozinho hoje.

— Não se preocupe comigo. — Ele entrou no carro e não disse mais nada. Girou a chave na ignição e foi embora. Enquanto o carro dele se afastava de mim, meu coração começou a se despedaçar. Elliott estava tão perdido, tão distante da vida. Era como se estivesse em outro mundo.

Eu entendia aquela sensação mais do que ele podia imaginar.

Entrei na casa e encontrei Laura e TJ assistindo a alguns vídeos antigos. O rosto jovem de Katie apareceu na tela, e a ela sorria e dançava com um Elliott bem mais novo.

Eles pareciam tão livres, tão felizes.

— Jasmine — disse Laura com sua voz suave, levantando-se do sofá. Ela se aproximou de mim, e meus olhos se encheram de lágrimas.

— Sinto muito, Laura. Elliott me explicou que hoje... e eu...

— Ele falou com você? — perguntou ela, surpresa.

— Falou.

— Ele não falou nada com a gente a manhã toda — comentou TJ. — Ficou andando pela casa como um zumbi.

— Ele está sofrendo. — Os olhos de Laura se encheram de lágrimas, e ela balançou a cabeça. — Ele se sente culpado. Sempre se culpou pelo que aconteceu.

— Mas o que aconteceu não foi culpa dele — declarei.

— Nós sabemos disso, mas ele não. Ele não se permite acreditar. — As lágrimas começaram a escorrer pelo seu rosto, e ela balançou a cabeça de novo. — Elliott não devia ficar sozinho hoje, mas ele não deixa ninguém se aproximar dele.

Olhei para a porta da casa e cruzei os braços.

— Vocês dois vão ficar bem sozinhos? — perguntei.

Ela assentiu.

— Vamos, sim.

— Então eu vou ficar com ele. Sei que provavelmente ele vai me mandar embora, mas quero tentar. Também tenho quase certeza de que ele não vai se abrir comigo, mas acho que não seria bom para ele ficar sozinho.

— Ah, Jasmine. Ele falou com você. Nos últimos seis anos, ele mal conversou com a gente. Será que não percebe? — TJ abriu um ligeiro sorriso, que contrastava com seu olhar triste. — Ele já se abriu para você.

Meu coração estava disparado no peito, e eu me despedi deles com um abraço. Peguei um táxi e segui para o Daze. Quando entrei no bar, Jason gritou:

— Sinto muito, não vamos abrir hoje.

— Desculpe, eu só... — comecei a dizer enquanto ele se virava com um sorriso meio triste no rosto.

— Jasmine. Você veio até aqui por causa do Eli?

— Sim.

— Ele não costuma falar com ninguém nesse dia. É assim todo ano. É como falar com uma parede.

Tirei o casaco e o cachecol.

— Ele falou comigo mais cedo. Sei que dia é hoje.

Jason arregalou os olhos e me mostrou seu braço.

— Nossa, olha como isso me deixou arrepiado! Não sei o que rola entre vocês, mas que tem alguma coisa eu sei que tem. Você devia ver como ele olha para você quando não está prestando atenção.

Eu ri.

— Já me falaram isso.

Ele pegou uma garrafa de uísque e veio na minha direção.

— E você devia ver como olha para ele.

Foi a minha vez de ficar arrepiada.

— Venha, eu te acompanho até a escada. — Ele me levou até os fundos do bar e me entregou a garrafa de uísque. — É sempre bom oferecer uma bebida, mas, se ele não deixar você entrar, não leve para o lado pessoal. Ele só está lutando contra os próprios demônios.

— Valeu, Jason.

Ele assentiu.

— Ele é a minha pessoa favorita no mundo inteiro. Sei que ele se fechou para tudo e todos, e muita gente não o entende, mas Elliott ainda demonstra amor... do jeito dele, é claro. Não é tão evidente assim. É muito mais discreto. Então, o fato de você ter aparecido hoje para fazer companhia a ele... O fato de você se importar... Ele só precisa de mais pessoas assim, sabe? Pessoas que se importam com ele, apesar de todos os seus problemas. Obrigado por isso.

Jason falou isso e me deixou ali. Engoli em seco e subi a escada. A cada degrau que eu subia, era como se estivesse invadindo ainda mais o espaço pessoal de Elliott. Senti um frio na espinha. Bati na porta algumas vezes, sem ter certeza de que ele ia abrir.

Quando estava quase desistindo, uma fresta da porta se abriu, e então eu me deparei com o olhar implacável de Elliott.

— O que você está fazendo aqui? — indagou ele, num tom de voz seco.

Pelo menos ele estava falando comigo.

Bom sinal.

— Eu... hum... Eu só pensei... Eu...

— O que foi, Jasmine? — perguntou ele, derrotado.

— Uísque? — ofereci, levantando a garrafa.

— São oito horas da manhã.

— Se você tiver café, podemos batizá-lo — brinquei.

Ele não se mexeu. Seus olhos se fixaram nos meus, então abri um leve sorriso.

— Eu só acho que você não devia ficar sozinho hoje.

— Já disse que estou bem.

— Eu sei, mas, mesmo assim... — Dei de ombros e levantei mais a garrafa. — Uísque?

Ele contraiu os lábios, deu um passo para o lado e me deixou entrar.

Tentei esconder minha surpresa e aproveitei a oportunidade que ele estava me dando.

Elliott seguiu direto para a cozinha, pegou duas canecas e começou a preparar o café.

Pendurei o casaco e a bolsa no encosto de uma cadeira e me sentei.

O único som em todo o apartamento era do café sendo preparado. Quando o café ficou pronto, Elliott serviu duas canecas e acrescentou uma dose de uísque em cada uma.

— Obrigada.

Ele apenas assentiu com a cabeça.

— Então... — comecei.

Ele se encostou na geladeira e fechou os olhos.

— Eu não que-quero co-conversar. — Elliott engoliu em seco e fechou os olhos. — Por favor.

— Tudo bem. — Eu me virei na cadeira e comecei a tamborilar os dedos no vidro na mesa. — Espero não ter passado dos limites ao ter vindo até aqui, Elliott, principalmente em um dia como esse. Bom, mas se você quiser que eu vá embora, eu vou.

Os olhos dele permaneceram fechados, e eu o observei enquanto inspirava profundamente.

Ele não disse nada, mas, quando abriu os olhos, eles expressavam exatamente o que eu gostaria que seus lábios tivessem dito.

Fique.

Fiquei com ele durante a manhã inteira, a tarde e a noite. Nós íamos da cozinha para a sala e, às vezes, andávamos de um lado para o outro, sem dizer nada. Naquele dia, usamos o silêncio em vez de nossas vozes. Usamos a escuridão para nos curarmos, e Elliott me usou como sua âncora. Eu o entendi naquele dia, e vi que ele precisava do silêncio. Mas, de qualquer forma, também necessitava da companhia de alguém.

Ele não precisava de palavras. Só precisava de espaço para deixar aquele sentimento aflorar, comigo ali, como um lembrete de que não estava sozinho.

Quando o relógio marcou meia-noite, ele se levantou e caminhou até a porta. Peguei meu casaco, minha bolsa e fui atrás dele. Nós nos despedimos de forma tranquila, assim como no dia anterior. Mas não nos abraçamos nem falamos em voz alta. Eu desci a escada, pronta para ir embora, mas então ele me chamou de volta:

— Jasmine?

Eu me virei e o vi olhando para mim.

— O quê?

— Pergunte alguma coisa sobre ela?

— Hã?

Ele se encostou na porta, cruzando os braços.

— Você po-pode me perguntar alguma coisa sobre ela?

Abri um ligeiro sorriso.

— Você pode me contar algo sobre a sua irmã?

— Posso.

Eu me sentei no degrau em que estava, e ele se sentou no de cima. Encostei no corrimão. Ele não olhou para mim; encarava os punhos cerrados, mas eu não consegui tirar os olhos dele. Toda a minha atenção se concentrava em Elliott e no que seu coração estava prestes a revelar.

— Ela amava roxo — começou ele. — Tudo que era dessa cor se transformava em seu objeto favorito. Ela acreditava em contos de fadas. Usou aparelho fixo por três anos e, toda vez que chupava balas de caramelo, ficava com os restinhos grudados nos ferrinhos. Ela rezava todos os dias, de manhã e à noite. Não sabia assobiar, mas pu-pulava corda como uma pro-profissional. — Ele fechou os olhos, respirou fundo e soltou o ar devagar. Vi lágrimas escorrendo pelo seu rosto e caindo em suas mãos. — Ela sonhava em adotar crianças. Odiava a ideia de que algumas cri-crianças não eram amadas. E Katie me amava muito mais do que eu merecia, e amava a minha mãe do mesmo jeito.

Cheguei mais perto dele.

— Diga o que eu preciso fazer por você. Se quiser que eu vá embora, eu vou. Se quiser que eu fique, eu fico. Estou aqui para o que você precisar, Eli.

Ele apertou de leve as minhas mãos e se levantou, me puxando para si. Desceu um degrau para que ficássemos lado a lado.

Elliott abriu a boca e falou a única palavra que eu precisava ouvir.

— *Fique*.

Um suspiro de alívio escapou por entre meus lábios.

Tudo que eu queria naquele momento era ficar.

Capítulo 40

Jasmine

As semanas seguintes foram como um conto de fadas. Elliott estava se abrindo de formas que eu não fazia ideia que eram possíveis, algo que Laura tinha rezado que acontecesse desde a morte de Katie. Sempre que nós nos encontrávamos, ficávamos nervosos na presença um do outro. Sempre que eu o via, meu coração disparava.

Sempre que ele gaguejava, juro que eu ficava ainda mais encantada por ele.

Não sabia ao certo o que éramos um para o outro, mas estava feliz por tê-lo de volta à minha vida. Algumas vezes, quando eu chegava à casa de TJ, os dois estavam na sala em plena aula de música. Eu me apoiava no batente da porta, e eles nem notavam minha presença, porque, quando ensaiavam juntos, se dedicavam de corpo e alma. Era uma experiência mágica de se ver. Eu podia jurar que TJ e Elliott haviam sido pai e filho em outra vida. Eles tinham o mesmo sorriso, repreendiam as pessoas da mesma forma e amavam da mesma maneira também.

Percebi ainda, nos olhos de TJ, que ele estava, aos poucos, redefinindo seu objetivo de vida. A vida era mesmo extraordinária. Às vezes, ela seguia por direções que não poderíamos nunca imaginar. Porém, o mais incrível nos seres humanos é nossa capacidade de nos adaptar a essas mudanças.

TJ não podia mais tocar sua música, mas certamente podia ouvir seus sons através de um garoto chamado Elliott Adams.

— Você vai se atrasar para o trabalho. — Dei um sorriso para Elliott assim que ele acabou de tocar uma música do Stan Getz.

Ele olhou para o relógio.

— Merda. TJ, a gente continua a partir daqui depois que eu voltar do trabalho. Vou deixar meu saxofone aqui.

TJ assentiu.

— Mantenha esses compassos na cabeça, está bem? Estamos quase lá. Você vai conseguir.

Eu adorava ver a interação daqueles dois.

Elliott passou por mim e deu um sorriso gentil.

— Ele está sorrindo mais.

— Por sua causa — falei. Todos nós também estávamos sorrindo mais por ver o sorriso de Elliott.

— Volto daqui a quatro horas. Tenham um bom dia.

Ele saiu, mas voltou de repente.

— Jazz, posso... hum... falar com você lá fora rapidinho?

— Claro. — Eu me levantei e acompanhei Elliott até a varanda e fechei a porta.

— O que houve?

— Nada, é só que... — Ele levou as mãos à nuca e se empertigou. — Vamos sair qualquer dia?

Senti um frio na barriga e enrubesci.

— Isso é uma pergunta?

— Não... Bem, sim... Bem... — Ele respirou fundo. — Você quer sair comigo no sábado?

— O quê?

— Você pode dizer não. Eu só. Eu... — Ele mordeu o lábio inferior, e seus olhos castanho-esverdeados pousaram nos meus. — Sou louco por você e quero te levar para sair, mas você pode dizer não, se não quiser.

— Sábado é dia dos namorados — anunciei.

Ele enfiou as mãos nos bolsos e se balançou para a frente e para trás.

— Sim.

— Você está me convidando para um encontro, Elliott Adams?
— Estou, sim, Jasmine Greene.
— Posso ir arrumadinha? — Sorri.
— Por favor, faça isso.
— Tudo bem.
— Tudo bem.

Ficamos parados ali, olhando um para o outro e sorrindo como se tivéssemos 16 anos outra vez. Senti o mesmo frio na barriga daquela época e, exatamente como costumava fazer, Elliott piscou uma vez e disse:

— Tudo bem então. Tchau.

E foi embora.

Entrei na casa de TJ e me sentei no sofá ao seu lado.

— Está tudo bem? — perguntou ele.
— Sim.
— O que aconteceu?

Abri um sorriso.

— Ele me convidou para sair.
— Vocês têm um encontro? — perguntou TJ, animado, juntando as mãos e entrelaçando os dedos. — Obrigado.
— Pelo quê?
— Por trazê-lo de volta para casa.

Meu sorriso se abriu ainda mais.

— Ele também me trouxe de volta para casa.

* * *

No sábado, Elliott me pegou em casa e, como o pai superprotetor que era, Ray estava ao meu lado, encarando-o de cima a baixo.

— Tem certeza de que não querem que eu leve vocês dois como fiz na primeira vez, Branca de Neve?

Eu ri.

— Acho que vamos ter que recusar dessa vez.

— Tudo bem, mas que o senhor não me venha com essa mão boba...
Meu Deus, tomara que ele faça isso.

— Não se preocupe — respondeu Elliott, olhando para cima. — Não vou nem olhar para ela.

— Muito bem — respondeu Ray, em tom de aprovação. — Acho uma boa ideia.

— Ah, a sua música nova, "Walker's East", é uma das melhores que já ouvi na vida.

Ray abriu um sorrisão e estufou o peito.

— Jasmine, se você não se casar com esse bonitão, eu mesmo caso.

Fiquei vermelha como um pimentão.

— Boa noite, pai. Vejo você mais tarde.

— Traga minha filha de volta até meia-noite.

Eu ri.

— A gente não vai voltar nesse horário. Não precisa ficar acordado esperando por mim. — Dei um beijo no rosto dele e corri para o carro de Elliott, que abriu a porta para mim enquanto ainda olhava para cima. Dei uma risadinha. — Vocês dois são ridículos.

— Bem, não quero correr o risco de ser assassinado pelo Ray antes de sairmos.

Ele não tinha me dado nenhuma dica sobre o encontro, só havia dito que tudo que eu precisava fazer era aceitar, e foi o que fiz. Rodamos de carro por um tempo e, quando ele estacionou, olhei em volta, confusa.

— Aonde nós vamos?

— Você já vai ver — respondeu ele, saltando do carro e seguindo até o lado do carona para abrir a porta para mim. — E, por favor, não interprete o que vai acontecer hoje como algo diferente do que realmente é, pois isso só faz parte do papel que vamos desempenhar essa noite.

— Papel? — perguntei, quando ele pegou minha mão para me ajudar a sair do carro.

— É. — Ele enfiou a mão no bolso e pegou um anel. — Você vai precisar usar esse anel hoje.

Sei que ele pediu para que eu não ficasse tentando interpretar o que havia acabado de acontecer, mas sou mulher, e nós analisamos tudo e, depois de termos pensado mil vezes naquilo, analisamos de novo pelo menos mais umas cinco vezes.

— Por que estou usando um anel de noivado?

— É de mentirinha — disse ele enquanto dobrávamos a esquina.

— E é só por isso. — Ele fez um gesto em direção a um prédio, e eu não consegui parar de rir.

— Sério?

— Sério. Hoje nós somos noivos de mentirinha e vamos experimentar 34 tipos de cobertura de baunilha na Cake & Pie Bakery.

— Ai, meu Deus! Os sonhos podem se tornar realidade! — exclamei, dando pulinhos de alegria. — Espere aí, pensei que você não estivesse comendo açúcar.

Ele deu de ombros.

— Farei isso por você. Vou provar o que for com você.

— Cuidado com o que diz — avisei. — Porque eu gosto de comer, e você pode acabar engordando um pouco saindo comigo.

Seguimos até a porta e, antes de entrar, ele olhou para mim.

— Então, estamos planejando o casamento para o primeiro fim de semana de junho. Vai ser uma cerimônia rústica. Estamos muito animados e mal conseguimos esperar para finalmente dizer "sim". E, Jasmine?

— Hã?

— Aja como se me amasse.

Fácil, fácil.

Entramos na confeitaria e provamos todos os tipos de bolos que eles tinham, além de seis tipos com cobertura de chocolate. Estar ao lado de Elliott parecia algo natural. Quando ríamos, ríamos mesmo, dávamos gargalhadas e, quando ficávamos quietos, o clima era tranquilo e calmo. Nossa cumplicidade fluía exatamente como quando éramos adolescentes.

Era fácil estar ao lado dele e ser eu mesma o tempo todo.

— O meu favorito foi o 28 — revelei.

Ele fez uma careta e balançou a cabeça.

— Todos têm gosto de um infarto iminente.

Eu me inclinei e peguei o que ele deixou das opções 13 e 15 e comi.

— Ou têm gosto do paraíso na Terra.

— Não sei se devo ficar excitado ou perturbado vendo você lamber essa cobertura.

Peguei a opção número cinco do bolo com cobertura de chocolate e lambi de forma lenta e dramática, passando a língua pela borda da colher.

— Hum — gemi. — Esse é o meu chocolate favorito.

Elliott arqueou uma das sobrancelhas.

— Sério? *Esse* é seu *tipo* de chocolate favorito?

Dei um sorriso irônico ao ouvir a pergunta.

— É que uma vez tentei provar um tipo diferente de chocolate e o fornecedor disse que a loja estava fechada naquela noite.

— Deve ter sido perto do Natal, porque várias lojas fecham nesse dia, mas não se preocupe — disse ele, recostando-se na cadeira. — Ouvi dizer que tudo fica pela metade do preço depois do feriado.

Comecei a rir.

— Espere um pouco. Desculpe, mas, só para esclarecer... estamos falando do seu pênis, não é?

Ele assentiu.

— É. Desculpe se entendi errado? Porque eu tinha 99 por cento de certeza de que estávamos falando da mesma coisa.

— Ah, sim, com certeza eu estava falando do seu pênis. — Eu já estava rindo tanto que lágrimas saíram dos meus olhos e tive de parar para respirar e enxugá-los. — Você falou que ficava pela metade do preço depois do feriado. Como é um pênis como o seu com preço cheio? Você cobra pela refeição antes da sobremesa? A gorjeta está incluída no preço final? Quantos clientes degustam seu chocolate por ano? Qual é sua política de devolução? Você sabia que vender esse tipo de chocolate é proibido em todos os estados, menos em Nevada?

No filme *Uma linda mulher,* Julia Roberts vendeu chocolate branco e teve problemas com isso. Seu pênis tem alguma avaliação no Yelp? Qual é a classificação? — Eu não conseguia parar de rir, e as lágrimas continuavam escorrendo pelo meu rosto.

Elliott mordeu o lábio inferior e balançou a cabeça.

— Jasmine?

— O quê?

— Será que dá para você parar de falar a palavra "pênis"? — pediu ele, com um sorrisinho malicioso.

— Claro. Desculpe. Juro que costumo agir como adulta. — Pigarreei, olhei em volta e sussurrei: — Pênis.

— Obrigado — brincou ele. — Eu só estava tentando te dar uma cantada legal, e vo-você cortou o clima.

Eu já estava sem fôlego de tanto rir daquela situação. Tinha certeza de que Elliott estava sem graça, mas, ao ver o nervosismo dele e o brilho estampado em seus olhos, fiquei feliz.

— Foi mal mesmo. — Respirei fundo e enxuguei os olhos.

— Pode continuar — incentivou ele com um sorriso.

— Continuar o quê?

— Rindo. O som da sua risada é o meu favorito.

Aquele comentário fez meu riso ser substituído por um frio na barriga.

— Pare com isso. — Fiquei vermelha e me remexi na cadeira.

— Parar com o quê?

— De ficar me olhando assim.

— Assim como?

— Como se fosse louco por mim.

Ele abriu um sorriso, mas não disse nada.

Carol, a dona da confeitaria, veio até nossa mesa e perguntou, toda animada:

— Então, gostaram? — Ela começou a recolher as xícaras.

— É tudo tão maravilhoso que parece algo de outro mundo.

— Que bom ouvir isso. É muito fofo ver vocês juntos. Há quanto tempo namoram?

— Desde os 16 anos — respondemos juntos.

Nossos olhares sorridentes se encontraram, e a sensação foi maravilhosa.

— Que lindo! Bem, vocês querem encomendar o bolo agora? Vou ficar feliz em ajudar.

— Não, nós... — comecei.

— Isso seria ótimo — Elliott me interrompeu.

— Como assim? — perguntei.

— Traga o formulário que vamos preencher juntos — pediu ele na maior cara de pau.

— Claro. Quando você ligou, disse que seria para o dia dois de junho, não foi isso? — perguntou Carol, animada.

— Exatamente — confirmou ele.

Então ela foi pegar o formulário.

— Dois de junho é meu aniversário — falei, confusa.

Ele assentiu.

— Eu sei. Eu me lembro. Acho que nada melhor do que ter um bolo de aniversário com sua cobertura favorita, certo? Você vai ficar ansiosa até junho.

Eu estava boquiaberta.

— Pare de ficar me olhando assim — pediu ele com a voz suave.

— Assim como?

Ele estendeu a mão e pegou a minha.

— Como se fosse louca por mim.

Encomendamos o bolo para nosso casamento de mentirinha, e o frio que comecei a sentir na barriga se recusava a passar.

— Bem, obrigada por terem vindo. — Carol abriu um sorriso. — E, se me permitem um comentário, faço isso há 37 anos e nunca vi um casal mais apaixonado que vocês dois. Dá para ver que foram feitos um para o outro.

Elliott sorriu e pegou minha mão.

— É, ela é muito boa.

Agradecemos a Carol pela degustação e, então, Elliott me levou para outro lugar. Quando paramos diante do barco a vapor Natchez, senti um aperto no peito.

— Sério? — perguntei. Eu só havia entrado em um barco a vapor uma vez na vida, e tinha sido com ele.

— Achei que seria legal. Eles oferecem um passeio de dia dos namorados com um jantar e jazz ao vivo.

O passeio foi exatamente igual ao primeiro que fizemos, mas, desta vez, havia muita gente a bordo celebrando o amor.

Dançamos a noite toda e nos entregamos ao momento, curtindo a companhia um do outro. A música ao vivo era eletrizante, e parecia que o muro que Elliott havia construído como proteção durante todos os anos em que estivemos separados estava começando a ruir. Ver o homem que ele havia se tornado era a melhor coisa que já tinha me acontecido.

Perto do final do passeio, Elliott me levou a uma das extremidades do barco. Eu segurei no parapeito, e ele se posicionou atrás de mim e abraçou minha cintura. Enquanto o barco cortava o rio Mississippi, víamos a cidade de Nova Orleans toda iluminada.

Quando passamos pelo prédio grafitado que vimos em nosso primeiro passeio, os lábios de Elliott roçaram na minha orelha, e ele sussurrou:

— Você é des... você é... — A respiração dele na minha pele fez meu coração disparar. Fiquei sentindo aquela respiração profunda enquanto ele me abraçava mais forte. — Você. É. Deslumbrante — concluiu ele com suavidade, me fazendo virar em sua direção.

— Eli... você conseguiu. Você disse a palavra "deslumbrante". Você nunca tinha conseguido.

— Bem, treinei todos os dias nos últimos seis anos.

E lá estava.

Tão pequeno, tão minúsculo, tão real.

Amor.

Eu sabia que ainda era muito nova, e sabia que era burrice, mas, naquele momento, comecei a me apaixonar pelo garoto que se preocupava comigo. O garoto que tinha medo, mas que, mesmo assim, era forte. Aquele que me defendeu e que cuidou de mim quando tinha inúmeros motivos para não fazê-lo. Eu não sabia muita coisa sobre o amor. Não sabia que aparência ele tinha, não conhecia seu cheiro nem seu gosto. Não sabia como ele se movia, nem como florescia, mas sabia que meu coração estava apertado e parecia ter deixado de bater algumas vezes. Entendi o que era o arrepio que subia pelos meus braços. Sabia que aquele garoto gago que às vezes tinha tanto medo era uma pessoa digna de se amar pela segunda vez.

Eu sabia que Elliott Adams era amor.

E eu estava me apaixonando muito rápido por ele.

Na verdade, nunca havia deixado de amá-lo.

Só que, dessa vez, diferente de antes, eu não iria permitir que ele fosse embora.

— Jasmine?

— O quê?

— Vou beijar você?

Abri um sorriso.

— Isso é uma pergunta?

Quando os lábios dele encontraram os meus, ele me deu a resposta que eu queria. Elliott me beijou devagar a princípio, provando cada parte de mim. Depois, o beijo ganhou certa sofreguidão e, dessa vez, senti gosto de esperança. Quanto mais nos beijávamos, mais meu amor crescia. Seus braços me envolveram, e ele me puxou para mais perto, intensificando o beijo.

Beijei seus lábios enquanto minhas mãos desciam pelo seu peito até encontrarem seu coração.

Quando saímos do barco, caminhamos até o apartamento dele. Não falamos nada, mas sabíamos o que ia acontecer. Enquanto Elliott desabotoava os punhos da camisa, tirei os sapatos de salto. Ele tirou a camisa, revelando o abdome definido, e soltei o cabelo. Virei-me de costas para ele e coloquei o cabelo para o lado.

— Você pode me ajudar com o zíper?

Ele fez o que pedi, apoiando as mãos no meu quadril e roçou o nariz na curva do meu pescoço. A sensação dos lábios dele na minha pele foi muito suave. Seus beijos eram sussurros de um para sempre com o qual sempre sonhei.

O vestido escorregou pelo meu corpo, e eu me virei lentamente para olhar para Elliott. Seus olhos não passearam pelo meu corpo, estavam fixos nos meus.

— Você é deslumbrante — disse ele, suspirando. Ele colocou uma das mãos no meu quadril, e me puxou para si. — Você é deslumbrante. Você é deslumbrante.

Ele estava com as pupilas dilatadas, e meu coração estava disparado. Elliott então roçou sua boca na minha, sugando meu lábio inferior, fazendo um arrepio percorrer minha espinha. Eu estava nervosa, mas não era uma sensação ruim. Era o tipo de nervosismo que as pessoas sentem quando seus sonhos estão se tornando realidade.

Respirei fundo quando ele sussurrou em meu ouvido:

— Quero você essa noite e, depois, quero você amanhã de manhã. Diga que me quer também.

Eu o abracei pela nuca e o puxei para mim.

— Eu quero você.

Suas mãos escorregaram até meu bumbum, e ele me pegou no colo e me levou até a cama. Quando me colocou lá, parou por um instante e se afastou para me ver melhor. Seus olhos percorreram meu corpo, e ele absorveu cada pedacinho de mim enquanto abria a calça e a deixava cair o chão.

Ele foi descendo bem devagar, as mãos envolvendo minha coxa esquerda, fazendo meu coração disparar, antecipando cada toque. Seus lábios roçaram minha virilha, e a língua dele percorreu minha pele. E foi subindo, sem nenhuma pressa, fazendo com que eu me rendesse aos meus próprios gemidos. Quando sua boca chegou à minha calcinha, ele a tirou lentamente e a jogou no canto do quarto.

— Por favor — implorei enquanto sua língua passeava devagar pelo centro do meu prazer, fazendo com que eu movesse o quadril em direção à sua boca. — Eli... — murmurei quando senti a língua dele dentro de mim. À medida que ele provava cada pedacinho meu, eu gritava de prazer, sentindo dois dedos me penetrando.

— Eli, por favor...

Ele enfiou outro dedo, passando a língua pelo meu clitóris, lambendo, chupando e usando a boca para me dar prazer. Meu corpo reagia sempre que ele ia mais fundo, enfiando os dedos em mim com movimentos firmes e rápidos e os retirando lentamente. Meu coração batia descompassado no peito e minha cabeça estava anuviada. Eu queria Elliott mais do que tudo enquanto ele me estimulava mais e mais para que eu atingisse o clímax.

Rápido, devagar, rápido, devagar, rápido...

— Quero mais — implorei, incapaz de ficar quieta, desejando-o mais a cada minuto. — Assim...

Ele estendeu o braço e tocou meu seio com a mão livre, conforme a outra me estimulava cada vez mais. Sua respiração estava cada vez mais ofegante, seu desejo se equiparando ao meu.

— Eu vou... Eu vou... — ofeguei, sentindo um tremor descer pelas minhas costas, meu desejo atingindo um nível incontrolável.

— Não — disse ele, tirando os dedos de dentro de mim. Ele alcançou minha boca e me beijou com avidez, mordiscando meu lábio inferior antes de falar: — Ainda não.

Suas pupilas estavam bem dilatadas, e vi que ele também me desejava, que precisava de mim da mesma forma que eu precisava dele.

— Elliott...

— Quando você gozar... — sussurrou ele, se posicionando em cima de mim enquanto passava a língua pelos meus seios. — Eu quero sentir. Quando você gozar... — gemeu ele, à medida que deslizava para dentro de mim com firmeza... — Quero que estremeça contra o meu corpo. — Seu gemido me fez arfar de prazer. — Quando você gozar, Jazz... — ofegou ele antes de mordiscar minha orelha. — Quero te ouvi gritar.

Enquanto ele me penetrava, sentia cada instante de felicidade, êxtase, alegria e amor.

Ele continuou fazendo tudo que queria comigo até eu estar rouca. Ainda estava ali, completamente intacta: nossa canção de amor. Nosso amor existia em cada segundo, em cada toque.

Minha cabeça estava atordoada, e ele puxava meu cabelo. Meu coração era de Elliott sempre que ele ia mais fundo no meu corpo, na minha mente, na minha alma.

Uma parte da minha alma acreditava que ele havia se esquecido de mim depois que fui embora, mas outra parte sabia que o tipo de amor que sentíamos não era algo que poderia ser esquecido com a distância e o tempo.

Naquela noite, fizemos exatamente o que sempre desejamos — nós nos transformamos em nossa música. Fizemos amor em todos os cômodos, em cada canto, de todas as maneiras. Eu o amava mais e mais a cada gemido de prazer, a cada vez que ele sussurrava meu nome.

A cada segundo, em cada toque...

— Você é... o meu... você é o meu mundo — declarou ele, ofegante, deitando-se ao meu lado na cama. — Você é o meu mundo.

E ele era o meu.

Meu amante, meu amigo, meu começo e meu fim. Ele era tudo que eu queria ter e tudo que achei que jamais teria novamente.

Amei a forma como nós havíamos nos conectado, mas a parte que mais tinha gostado foi depois que transamos, quando ficamos deitados ali, um nos braços do outro.

Nossos olhos estavam pesados, mas não conseguíamos nos esquecer da sensação de êxtase que experimentamos. Eu não conseguia parar de acariciar o peito dele, e ele não conseguia parar de cobrir minha pele de beijos, enquanto compartilhávamos histórias de nossas vidas. As minhas favoritas eram as que ele contava sobre Katie. Antes, ele nem conseguia pronunciar o nome dela, mas, agora, quando as dividia comigo, ele sorria. Era como se as lembranças não fossem mais chamas incendiárias. Eram fagulhas de amor, e ele estava honrando o nome dela ao contar suas lembranças em voz alta.

— Ela amava sanduíche de salame frito. Mas era péssima na cozinha, então, eles viravam sanduíches de salame queimado, mas juro que ela os enchia de maionese e comia assim mesmo. Teve uma vez que ela comeu sanduíche de salame no café da manhã, no almoço e no jantar durante três semanas seguidas. — Ele deu uma gargalhada.

Eu sorri.

— Isso é meio nojento.

— Pois é. A nossa casa ficava com cheiro de salame queimado por dias. Quando minha mãe chegava, gritava "Katlyn Rae Adams, se um dia você se casar, faça o favor de nunca cozinhar para o seu marido. Você vai matá-lo."

— Deve ser mal de família. TJ tentou me convencer a comer um sanduíche de carne com manteiga de amendoim uma vez. Nojento.

— Ei, não desdenhe da iguaria antes de provar. Eu adoro sanduíche de presunto com geleia.

— Minha nossa. — Balancei a cabeça. — Acho que você está andando muito com ele.

— Minha mãe odiava os sanduíches dele, mas comia mesmo assim porque isso fazia TJ sorrir.

— Sua mãe é uma das pessoas mais gentis que eu conheço.

— Ela é boa demais para esse mundo. É uma santa.

— Ela tem namorado?

— Não. Ela teve muita dificuldade em deixar as pessoas se aproximarem dela depois que se separou do meu pai. Ele realmente foi muito ruim com ela. Mas acho que ela se sente sozinha. Conversamos sobre isso uma vez, e ela me disse que prefere ficar sozinha e se sentir solitária às vezes a estar em um relacionamento destrutivo e triste. Ela está convencida de que estar em um relacionamento destrutivo é dez vezes pior do que ficar sozinha.

— Qualquer cara teria muita sorte por namorar a sua mãe.

— Eu sei. Se isso acontecer um dia, é melhor que ele a ame mais do que tudo no mundo. Caso contrário, acabo com ele.

Sorri ao ver quanto Elliott amava a mãe. Laura o amava com a mesma intensidade. Eles tinham muita sorte por terem um ao outro.

— Tenho sido um péssimo filho — confessou Elliott, esfregando a nuca. — Minha mãe seria capaz de largar tudo por mim, e eu passei os últimos seis anos tentando me manter afastado de todo mundo por motivos egoístas e porque não fui forte o suficiente.

— Como assim?

— Ela se parece muito com a Katie — explicou Elliott em voz baixa. — Toda vez que eu olho para a minha mãe, vejo a minha irmã nela, desde o cabelo escuro e encaracolado até o sorriso... Da forma física delicada até o jeito que ela ri e chora. Então, eu evitava me encontrar com ela.

— Mas isso parece uma bênção — argumentei, chegando mais perto dele. — Conseguir enxergar a sua irmã no sorriso da sua mãe... É quase como se ela tivesse enganado a morte de alguma forma. É quase como se parte do espírito da Katie permanecesse vivo de uma maneira muito bonita.

— Nunca pensei dessa forma.

— Às vezes é difícil ver as coisas com clareza quando já está tão acostumado com a escuridão.

Ele me deu um beijo na testa.

— Jasmine?

— Hã?

— Eu amo você. Mais do que as palavras conseguem expressar. Eu amo vo-você.

Ele gaguejou no ritmo das batidas do meu coração.

— Também amo você, Eli. — Sempre amei. Eu te amei quando tinha 16 anos e, mesmo que tenha passado esse tempo todo, nunca me esqueci daquele amor.

Era isso que a chave no meu cordão significava.

A chave era Elliott e, durante todos aqueles anos, ele continuou no meu coração.

Ele era o meu lar.

Nós não dormimos juntos de novo naquela manhã, mas senti sua alma na minha. O que eu mais gostava em Elliott era sua capacidade de fazer amor comigo apenas com o olhar.

Eu adorava o fato de ele me amar de forma tão tranquila enquanto nossos olhos se fechavam, cedendo ao sono, e amava saber que ele iria continuar me amando do mesmo jeito quando acordássemos no dia seguinte

Capítulo 41

Elliott

Ela acordou antes de mim. Quando despertei e abri os olhos, eu a vi parada perto da janela, usando uma das minhas camisetas. A luz do sol banhava o quarto, e eu não conseguia compreender completamente o que havia acontecido.

Não me lembrava da última vez que tinha me sentido tão feliz.

Jasmine estava mesmo lá. Tinha voltado para mim.

Ela não fazia ideia do que tinha feito por mim. Eu havia passado seis anos trancafiado em uma prisão, e ela era a chave para minha liberdade.

— Bom dia — cumprimentei-a, sobressaltando-a. Jasmine se virou para olhar para mim, e eu vi que ela estava segurando um caderno, um dos muitos que enchiam as gavetas da cômoda. — O que você está fazendo?

Seus olhos ficaram apreensivos e ela apenas balançou a cabeça.

— Me desculpe, abri uma gaveta para pegar uma camiseta e achei esse caderno. Estava aberto, e eu li o meu nome e...

— Tudo bem — eu a tranquilizei, batendo no colchão para que ela viesse se sentar ao meu lado.

Ela se se sentou na cama, com a postura ereta.

— O que é isso, Eli?

— São cartas que escrevi para você — expliquei. — Eu... hum... TJ costumava me obrigar a colocar no papel minhas esperanças e meus receios. Ele dizia que isso ia me ajudar a desenvolver minha música.

Depois do que aconteceu, acabei desistindo de quase tudo que trazia algo de bom para mim. Só não consegui parar de escrever para você, mesmo que nunca fosse enviar essas cartas. Acho que foi por isso que consegui escrever. Eu sabia que você jamais ia ler as cartas e, assim, não ia se sentir obrigada a tentar fazer com que eu me sentisse melhor. Então eu descarregava meus sentimentos no papel todas as noites, escrevendo tudo que estava no meu coração, tudo que eu sentia. Escrever fazia com que eu me sentisse me-menos sozinho. Eu era muito duro comigo mesmo, mas, pelo menos, de alguma forma, eu não estava sozinho. Você estava sempre comigo. Estava sempre por perto.

Lágrimas escorreram pelo rosto de Jasmine, e eu as enxuguei.

— Não chore. Não quero fazer você chorar.

— Desculpe, é só que... — Ela suspirou. — Essas cartas... todo esse sofrimento... Sinto muito, Elliott.

— Ei — puxei Jasmine para perto de mim, balançando a cabeça. — Eu consigo respirar agora. Consigo respirar.

Meus lábios roçaram nos dela.

— Você escrevia essas cartas, e eu usava a chave que você me deu pendurada em um colar. Esses somos nós... Sempre foi assim entre a gente.

— Sempre será assim entre a gente.

— O seu P.S. é a minha parte favorita em todas elas.

Dei-lhe um beijo suave na testa, e nós nos deitamos. Puxei-a para mais perto de mim.

— Ah, e eu amo você — sussurrei, repetindo as palavras que escrevi tantas e tantas vezes.

— Ah, eu também amo você. Será que podemos só ficar aqui e esquecer o mundo por um tempo?

Eu ri.

— Eu bem que queria, mas tenho que ir até a casa do TJ. Tenho aula de música, e ele vai me matar se eu chegar atrasado.

— Verdade — disse ela.

Dei um beijo em sua boca.

— Vamos nos encontrar mais tarde?

— Sim. Vamos chamar o Jason e a Kelly para jantar, talvez?

— Eu adoraria, mas será que podemos deixar para amanhã? Estou um pouco ocupado hoje à noite. Na verdade, eu ia até pedir... Será que você pode ficar com o TJ essa noite?

Ela sorriu.

— Por quê? Outra pessoa vai provar seu chocolate essa tarde?

— Depende. Você ficaria com ciúmes? — brinquei.

— Ciúmes, eu? Fala sério, eu nem gosto tanto assim de você. — Ela revirou os olhos. — Você nem é bonito. Na verdade, é até meio feio.

— Ah, é mesmo? — Eu me levantei e a peguei no colo. Ela entrelaçou as pernas na minha cintura.

— Para onde você está me levando?

— Para o chuveiro. Vai tomar um banho comigo para eu te mostrar como sou feio.

Depois que saímos do banho, nos vestimos e, quando estávamos quase prontos para ir para a casa de TJ, minha mãe me ligou.

— Oi, desculpe o atraso, mas já estamos a caminho.

— Não é isso, Elliott — retrucou ela com voz a sombria.

— O que houve?

— Preciso falar com você. Precisamos conversar.

— Já estou indo. — Peguei meu casaco e as chaves, e Jasmine ficou olhando para mim com uma expressão preocupada.

— O que aconteceu? — perguntou ela.

— Não sei, mas temos que ir agora.

**

Quando chegamos à casa de TJ, ele e minha mãe estavam sentados no sofá. Ela nos colocou a par do que estava acontecendo.

— Eu deveria ter contado na hora, mas sabia que vocês dois tinham combinado de sair juntos...

— Você devia ter nos contado na hora — falei, me encostando no batente da porta com os braços cruzados.

— Eu sei, eu sei — concordou ela. — Me desculpe. É que fui pega de surpresa. Eu nem contei nada para o TJ até hoje de manhã, e foi então que ele me fez ligar para você imediatamente.

— Isso não é coisa da sua mãe, Elliott. Lembre-se disso — interveio TJ.

— Eles deixaram um bilhete? — perguntou Jasmine, estendendo a mão para minha mãe e pegando a folha de papel. Seus olhos passaram pelas palavras enquanto um suspiro pesado escapou pelos seus lábios.

— Deixaram. Estava na minha caixa de correio ontem à tarde. Não sabia o que fazer... nem o que pensar.

— Posso ver? — perguntei a Jasmine. Ela se levantou e veio até mim.

Sra. Adams,

Sei que estou passando dos limites, e espero que um dia a senhora possa me perdoar por estar fazendo isso. Depois de tudo que sua família sofreu, eu nem deveria estar entrando em contato, mas sabia que, se não fizesse isso, acabaria me afundando no arrependimento e na culpa por não ter, ao menos, tentado.

Como a senhora sabe, Todd foi condenado à prisão perpétua, sem possibilidade de liberdade condicional. A vida do meu filho acabou. Ele vai passar o resto da vida atrás das grades pelo que fez há seis anos. No dia que a senhora perdeu sua filha, eu também perdi meu filho — minha perda, certamente, não foi tão definitiva quanto a sua, mas, mesmo assim, ainda existe um grande vazio dentro de mim.

Eu não fui uma boa mãe.

Nunca estive presente quando deveria estar e sempre me concentrei demais no trabalho e acabei não dando amor suficiente aos meus filhos. Cresci em um lar no qual não dávamos tanta importância a isso e, ao que tudo indica, isso acabou se refletindo na criação dos meus filhos.

Eu os deixei mergulharem na própria destruição porque nunca impus limites.

Achava que, se eu tinha sobrevivido em uma casa que nunca foi um lar, meus filhos também ficariam bem.

Meu filho mais velho sempre foi problemático, mas não como Todd.

Todd era imprudente. Durante anos, ele tentou, de todas as formas, chamar a atenção do pai e a minha, e nós ignoramos esses chamados. Pensávamos que era apenas uma fase. Achávamos que essa rebeldia iria passar quando ele fosse para a faculdade, e que acabaria escolhendo uma carreira, se casando e tendo filhos.

A verdade é que ele vivia na escuridão. Havia uma nuvem pesada em cima dele, e percebo agora que fui eu quem a coloquei lá. Eu ignorei seus pedidos de ajuda e, por isso, ele foi se tornando cada vez mais sombrio.

Meu filho cometeu aquele ato, sem dúvida. Ele tirou a vida da sua filha, mas, se alguém deve assumir a culpa, sei que esse alguém sou eu.

Eu devia tê-lo amado mais. Devia ter feito mais.

Há cinco anos, meu filho mais velho se mudou, e eu nunca mais tive notícias dele. Há três meses, meu marido se suicidou. Isso tudo acabou sendo um peso grande demais para ele.

Grande demais para todos nós.

Recebi uma carta do Todd há algumas semanas, pedindo que eu procurasse a senhora e seu filho. Ele queria dizer que carrega o peso da culpa e do sofrimento no coração até hoje por causa do que aconteceu.

Ele queria saber se existe alguma maneira de mostrar isso a vocês.

Ele me pediu que perguntasse se vocês estariam dispostos a visitá-lo na penitenciária de Louisiana.

Sei que isso é pedir muito e, se eu não tiver nenhuma resposta, entendo perfeitamente e não voltarei a importuná-los.

Mais uma vez, expresso minhas profundas condolências pela morte de Katie. Sei que meus sentimentos e minhas desculpas jamais serão o suficiente e sempre parecerão vazios, mas saibam que eles existem. Saibam que não há nenhum instante em que eu não pense no sofrimento que causamos à sua família. E eu gostaria muito que fosse possível apagá-lo.

Tenho esperanças de receber uma resposta.

Se não receber, compreendo e mando minhas bênçãos para vocês.

Marie Clause.

— Isso é um ab-absurdo — sibilei. — Como ela se atreve a escrever para você? Como se atreve a nos procurar? — berrei, sentindo o sangue ferver.

Fiquei lívido ao ler aquelas palavras, aquelas desculpas esfarrapadas. Como aquela mulher teve a audácia de ir até a casa da minha mãe para deixar esse tipo de mensagem? Aquilo me deixou furioso.

— Fique calmo, filho — pediu TJ.

— Não. — Fiquei andando de um lado para o outro com os punhos cerrados. — A gente deveria denunciá-la. A gente deveria contar tudo para os policiais, contar que essas pessoas, esses *monstros*, estão passando dos limites. Eles vão pagar por isso. Eles não podem...

— O marido dela se matou, e o filho mais velho foi embora, Elliott. Não são *eles*, é ela — interveio minha mãe.

— Mesmo assim, ela não tinha o direito...

— Eu vou visitá-lo.

Meu coração se partiu ao meio quando eu me virei para olhar para minha mãe.

— O quê?

Lágrimas escorriam pelo seu rosto, e seu corpo tremia enquanto TJ a confortava.

— Eu vou visitá-lo. Já tomei minha decisão, Eli. Só liguei para saber se você queria vir comigo.

— Você... Você... — Minha mente estava atordoada, e as palavras pareciam não querer sair da minha boca. Ela não estava pensando direito. Estava brincando com o demônio, o mesmo demônio que nos tirou minha irmã... a filha dela. — Você não pode.

— Eu vou.

— Eli... — começou Jasmine, levantando-se para vir até mim, mas ergui as mãos para que ela ficasse onde estava.

Meus olhos pousaram em minha mãe, e balancei a cabeça.

— Como você pode fazer uma coisa dessas? — perguntei, perturbado com o que havia acabado de ouvir. Nós não devemos nada àquelas pessoas. Foram eles que tiraram algo de nós, e não o contrário.

— Você está co-cometendo o maior erro da sua vida.

Saí porta afora, e não demorou muito para que Jasmine viesse correndo atrás de mim.

— Eli, espere! — pediu ela, agarrando meu braço.

Eu me contraí ao sentir seu toque e não consegui olhar para ela. Não. Ela ia tentar me fazer compreender. Ela ia tentar me convencer a aceitar aquilo.

— Jasmine? — sussurrei.

— O quê?

— Solte o meu braço.

— Não, Elliott. Eu não vou te soltar. Não posso. Vamos voltar e conversar com a sua mãe. Vamos...

— *Jasmine!* — Dessa vez eu tinha gritado, sentindo o sangue ferver nas veias. Eu me virei para ela, e seus olhos estavam arregalados de preocupação. — Solte. O. Meu. Braço.

Ela me soltou devagar, e fui embora sem olhar para trás.

Se eu olhasse para ela, ia implorar que viesse comigo, que me ajudasse a tirar da cabeça todos aqueles pensamentos. Eu pediria a ela que me ajudasse a compreender.

Mas, naquele momento, eu não queria compreender. Naquele instante, tudo que eu queria era fugir da realidade.

Capítulo 42

Jasmine

— Jason! — gritei, entrando apressada no Daze. Ele estava arrumando o bar para abrir em algumas horas.

Ao ouvir seu nome, ele se virou para mim.

— Jasmine? O que houve?

— Elliott está aqui?

— Está. Subiu tem uns dez minutos. Por quê? Está tudo bem?

— Não — balancei a cabeça. — Não está nada bem.

Contei para Jason o que havia acontecido e percebi que o tinha deixado preocupado.

— Ele não vai conseguir se controlar — falou ele.

— É, eu sei. É por isso que ele precisa da gente agora. Ele precisa que a gente fique perto dele. Caso contrário, vai começar a se fechar de novo. E eu tenho certeza de que ele trancou a porta.

Jason pegou um chaveiro.

— Não se preocupe, eu tenho uma cópia. Vamos.

Subimos correndo e, quando entramos no apartamento de Elliott, lá estava ele, socando o saco de areia. Não estava usando luvas de boxe. Os punhos acertavam o saco repetidas vezes, deixando cortes e marcas em seus dedos.

— Cara, o que você está fazendo? — perguntou Jason, se aproximando de Elliott.

— Você não po-po-pode simplesmente invadir o meu apartamento — gritou ele, enquanto continuava socando o saco.

— Eli... — Olhei para ele com tristeza. — Estamos preocupados com você. O que aconteceu lá na casa do TJ foi muito intenso. O que está passando pela sua cabeça?

Ele continuou dando socos, sem responder.

— Eli, fale com a gente, por favor — implorei.

— Eu não quero — sussurrou ele.

— Fala sério, cara, a gente está aqui — insistiu Jason.

— E eu não quero vocês aqui! — berrou ele, atingindo o saco mais uma vez antes de se virar para nós. Sua respiração estava cada vez mais ofegante. — Saiam.

Jason se empertigou.

— Não.

O olhar enfurecido de Elliott pousou em mim.

— Saiam — repetiu ele.

Minha resposta foi a mesma de Jason.

— Não.

Ele foi ficando cada vez mais irritado, com a respiração ofegante e com os lindos olhos tomados de loucura.

— Tudo bem. — Ele passou por nós dois. — Então saio eu.

Nós gritamos seu nome, mas ele não se virou e, assim que saiu do apartamento, começou a correr sem olhar para trás.

* * *

— Nós procuramos em todos os lugares, Laura — disse Jason à mãe de Elliott pelo telefone quando estávamos no carro. — Acabamos de sair da última academia que imaginamos que pudesse ter ido, mas ele não estava lá. — Vamos continuar procurando. — Jason parou de falar. — Não. Acho melhor você ficar com o TJ. Ele vai aparecer. A gente liga assim que souber de alguma coisa. Tudo bem. Tchau. — Ele desligou e soltou um suspiro pesado. — Que merda.

— Só fico imaginando o que está passando pela cabeça dele. Parte o meu coração... — Elliott estava sumido havia horas, e não tínhamos recebido nenhuma notícia dele. Já estava escurecendo e nada dele.

— Eu sei, eu também. Mas não consigo imaginar onde ele pode estar. — Ele soltou o ar devagar. — Nós procuramos em todas as academias, nos bares de jazz... Droga, fomos até a esquina da Frenchmen Street e nada. Eu realmente não faço ideia... Talvez devêssemos esperar que ele esfrie a cabeça e volte. Tenho certeza de que ele vai voltar para o Daze.

Minha cabeça estava a mil por hora, e eu sentia um aperto no estômago.

— Jason, será que podemos ir a mais um lugar? — perguntei.

Ele engatou o carro e assentiu.

— Só me diga para onde ir.

Estacionamos o carro e corremos até o beco atrás da Frenchmen Street. Jason soltou um suspiro de alívio quando vimos Elliott sentado em cima do latão de lixo.

— Graças a Deus — sussurrou ele. — Vamos os dois ou...?

— Pode deixar que eu vou. Avise a Laura que nós o encontramos e que vai ficar tudo bem. Obrigada por tudo. — Puxei-o para um abraço.

— Claro. Pode contar comigo sempre.

Jason foi embora, e eu fiquei parada ali durante um tempo, observando Elliott. Seus ombros estavam curvados, e suas mãos, grudadas na beirada da lixeira. Ele parecia derrotado.

— Oi! — Abri um sorriso ao seguir em sua direção.

Ele levantou a cabeça e me deu um sorriso sem graça.

— Oi.

— Posso me sentar aí também?

Ele demorou um pouco para chegar para o lado e abrir espaço para mim.

— De-desculpe. — A voz dele falhou. — De-desculpe por ter gritado com você. Minha cabeça estava...

— Você estava sofrendo. Eu entendo. É que você deixou todo mundo preocupado. — Apoiei a cabeça no ombro dele e me aproximei mais. — Quer conversar comigo?

Ele se virou ligeiramente antes de pegar minha mão.

— Eu não consigo entender... Estou repassando tudo na cabeça o dia todo. Não consigo entender por que ela que-quer visitá-lo. Não entendo.

— A sua mãe é uma pessoa incrível e é muito inteligente. Ela não teria simplesmente tomado uma decisão sem ter um motivo para isso. E você sabe disso. Você a conhece.

— Ela é boa demais.

— O mundo precisa de mais pessoas como ela. Precisa de mais pessoas boas assim.

Ele fez uma careta e esfregou a nuca.

— Mesmo assim, não consigo entender.

— Eu sei, mas talvez seja isso mesmo, sabe? Talvez não caiba a nós entender.

— Como assim?

— Ela tem os motivos dela. Ela não pediu para você ir até lá para perguntar a sua opinião. Ela já tinha decidido, Eli.

— Então por que ela me ligou?

— Para que você segurasse a mão dela.

Ele engoliu em seco e fechou os olhos.

— Isso não tem nada a ver com o Todd ou com a Marie, não é?

— Não. Tem a ver com a sua mãe.

— Obrigado — sussurrou ele. — Obrigado por não me deixar vagar para longe demais.

— Conte comigo sempre. — Olhei ao redor do beco e ouvi a música que vinha dos bares. — Por que você veio para cá? — perguntei.

— Porque eu queria continuar bravo. Não queria acalmar a fúria que me tomou por completo, se é que isso faz algum sentido.

— Faz todo sentido. É difícil para você voltar aqui?

— É — confessou ele, puxando-me para mais perto. — Mas é mais fácil com você. Tudo fica mais fácil com você.

Capítulo 43

Elliott

— O que você está fazendo aqui? — perguntou minha mãe na manhã que havia combinado de visitar Todd. Ela balançou a cabeça. — Veja bem, Eli, eu amo você, mas se está aqui para me convencer a desistir...
— Não...
— Então o que veio fazer aqui?
Enfiei as mãos nos bolsos e troquei o peso de um pé para o outro.
— É uma viagem de duas horas e meia de carro até a penitenciária do Estado de Louisiana. Achei que você fosse gostar de ter companhia.
Ela arregalou os olhos.
— O quê?
— Você não achou que eu ia deixar você fazer isso sozinha, não é? — Lágrimas escorreram pelo seu rosto, e ela as enxugou com a palma das mãos. Minha mãe estava tomada pela emoção. Eu sorri.
— Ah, mãe. Não chore.
— Desculpe. Eu sinto muito. Mesmo... — Ela respirou fundo. — Eu realmente preciso de você hoje, Eli. Eu não queria pedir, mas preciso tanto de você. Passei muito tempo achando que tinha perdido você. Pensei que você tivesse ido embora.
— Eu estou de volta. Voltei e peço de-desculpas por ter demorado tanto, porque eu senti muita saudade. Você é o ser humano mais incrível que eu conheço — declarei.
— Eli...
Os olhos dela estavam marejados, mas continuei:

— Passei anos tentando ficar forte. Achava que a força vinha dos aspectos físicos da vida, do levantamento de peso, do boxe, de conseguir revidar com meus próprios punhos, mas, durante todo esse tempo, eu estava completamente errado. — Pigarreei, tentando controlar minhas emoções ao ver minha mãe começar a chorar. — Aprendi que ser forte é levantar todos os dias da cama, mesmo quando seu mundo está desabando. Aprendi que ser forte é aparecer todo ano no aniversário do seu filho, mesmo quando ele está distante. Ser forte é amar as partes mais duras dos seus entes queridos. É chorar até cair no sono e acordar todas as manhãs acreditando na beleza da vida. É ser capaz de perdoar. O que você está fazendo hoje... Isso é força. Você é tu-tudo isso, mãe. Você é minha rocha, minha heroína. Sem você, eu não seria nada. Quando perdi a Katie, eu me perdi também. E sinto mu-muito por isso. Sinto mu-muito por tudo que fiz você passar.

— Tudo bem, Elliott. Eu faria tudo de novo se isso significasse ter você de volta. Eu trilharia todo o caminho de novo por você... sempre por você.

Sorri.

— Sei que sim, porque você é a definição de força. — Fui até ela e a abracei. Ela correspondeu, me abraçando intensamente, como se temesse nunca mais poder me abraçar de novo. — Você tem o sorriso dela — sussurrei. — Você tem o sorriso dela, mãe.

— E você tem os olhos dela.

Eu a abracei pelo tempo que achava que ela precisava e, então, fiquei mais um pouco com ela em meus braços.

Seguimos nosso caminho e, quando chegamos à penitenciária, havia uma equipe esperando para nos revistar e se certificar de que não tínhamos nenhuma arma ou itens ilegais. Aquilo foi um alerta para mim. Eu nunca havia visitado uma prisão e, desde o momento que chegamos, pareceu aterrorizante.

A mãe de Todd nos esperava lá dentro. Estava muito magra, parecia doente, e seus olhos azuis eram os mais tristes que eu já tinha visto na vida.

— Hum, oi, eu... hum... — gaguejou ela, tropeçando nas palavras. Notei que tremia ligeiramente também. Ela estava completamente abatida e não se parecia, nem de longe, com a mulher de quem eu me lembrava... — Eu... Obrigada. Obrigada por terem vindo — conseguiu dizer, por fim.

Minha mãe não respondeu, mas deu a ela um sorriso educado.

Meu coração estava disparado. Nós nos registramos como visitantes e passamos por um detector de metais. Fomos guiados por um corredor até chegarmos a uma parede de vidro. Havia duas cadeiras em frente ao vidro, e Marie fez sinal para que nos sentássemos enquanto ela ficava em pé atrás da gente.

Um guarda passou pela porta, e Todd estava com ele. Suas mãos estavam algemadas, assim como os pés.

Senti vontade de vomitar ao vê-lo. Queria sair correndo dali e nunca mais ter de enfrentar meu passado de novo, mas minha mãe precisava desse encerramento. Ela precisava enterrar aquilo de uma vez por todas, e talvez eu não entendesse seu jeito de se curar, mas eu a amava o suficiente para estar ao seu lado.

Todd estava com uma aparência bem pior do que a mãe. O rosto estava coberto por barba e bigode, a pele estava pálida e seu corpo, magro e esquelético. Quando ele se sentou, pigarreou e pegou o fone do gancho ao seu lado, então minha mãe fez o mesmo. Enquanto ele falava, lágrimas escorriam pelo rosto dela, e eu só conseguia ouvir o que minha mãe estava dizendo.

— Sim. Obrigada. Eu sei. — Em determinado momento, ela fechou os olhos e respirou fundo. Peguei a mão dela e entrelacei seus dedos aos meus, apertando-os forte, em sinal de apoio. Quando a conversa terminou, os dois olharam para mim. Minha mãe me ofereceu o telefone. — Ele quer falar com você.

Hesitante, peguei o fone e o coloquei no ouvido.

— Oi?

— Oi, cara... — cumprimentou Todd, nervoso. Ele não parava de se remexer na cadeira. Parecia incapaz de ficar parado. — Uau, você está realmente fo-forte, hein? — gaguejou de tão nervoso que estava. Ele riu. — Tipo, duvido que alguém faça *bullying* com você agora.

Não respondi.

— Olhe, eu sei... nada do que eu po-possa dizer... — Ele tropeçou nas palavras e não conseguia encadear os pensamentos, e essa era uma sensação que eu conhecia muito bem. Quando finalmente conseguiu dizer as palavras, declarou, com os olhos marejados: — Sinto muito, Elliott.

Então, ele olhou para as próprias mãos.

— Eu perdoo você — falei, fazendo com que ele olhasse novamente para mim enquanto lágrimas enchiam seus olhos.

— O quê?

— Eu perdoo você. Não por mim. — Fiz um gesto com a cabeça em direção à minha mãe. — Mas por ela. Eu perdoo você por ela.

Ele começou a chorar incontrolavelmente. Percebi que ele agora se esforçava para respirar.

— Obrigado, Elliott. Obrigado.

Fiquei imóvel enquanto dizia minhas últimas palavras.

— Eu nunca mais quero ter notícias suas — declarei. — Acabou. Chegamos ao fim da linha.

Ele assentiu e continuou desmoronando em lágrimas. Quando nos levantamos, Marie estremeceu, olhando para minha mão entrelaçada à da minha mãe. Então, ela se virou para o filho, que estava preso atrás daquele vidro. Ela não podia abraçá-lo, não podia tocá-lo para consolá-lo ao vê-lo desmoronar. Então, fez a única coisa que podia fazer: desmoronou também.

Ela cobriu a boca com a mão e soluçou. Seu corpo franzino tremia sem parar, e ela parecia prestes a cair no chão devido ao peso do próprio sofrimento. Fiquei olhando para ela, vendo sua alma queimar.

Ela não parava de se desculpar. Ficava repetindo palavras que soavam muito familiares, culpando-se pelo que tinha acontecido seis anos antes. Provavelmente, ela se sentia culpada pelo suicídio do marido também.

O filho dela estava atrás das grades, mas a verdade era que a Sra. Clause vivia em uma verdadeira prisão e estava completamente sozinha. Ela não tinha nada nem ninguém, nem uma pessoa para segurar sua mão nos dias mais difíceis de sua vida. Suas pernas pareciam que iam ceder, e sua respiração estava ofegante. Dei um passo em sua direção e a segurei. Eu a segurei próximo o bastante para que chorasse no meu peito, para que desmoronasse enquanto meus braços a mantinham de pé.

Não sei por que eu disse aquilo.

Nem como deixei que aquelas palavras saíssem de minha boca.

Nem sabia ao certo se acreditava nelas, mas disse o que ela precisava ouvir.

Eu a abracei e sussurrei que nada do que havia acontecido tinha sido culpa dela.

Ela chorou de tristeza ao ouvir aquilo. E foi o suficiente para partir meu coração.

Ficamos com Marie até que ela conseguisse ser recompor e, depois, fomos embora. Ela ficou para falar com o filho e, quando colocou a mão na divisória de vidro, Todd fez a mesma coisa do outro lado. Suspirei ao ver aquela cena.

Abracei minha mãe e lhe dei um beijo na testa enquanto nos afastávamos de tudo aquilo.

— Obrigado, mãe.

— Pelo quê?

— Por nunca ter desistido de mim.

* * *

Naquela noite, ela preparou um jantar para nós dois e fez tudo o que Katie gostava de comer. Conversamos a noite toda, foi um papo franco e cheio de risadas. Eu não me lembrava da última vez que tinha escutado minha mãe rir.

— Senti tanta falta disso — declarou ela, carregando duas xícaras de café e se sentando à mesa. — Algumas das minhas melhores lembranças são de quando estávamos sentados à mesa.

— Verdade — concordei.

— É difícil para você? Estar aqui sem a sua irmã?

— Na verdade, acho que é mais difícil ficar sozinho do que estar aqui.

Ela assentiu.

— Você achava que merecia ficar sozinho. Acho que não pensa mais assim, não é?

— Não mesmo. Acho que vocês me ajudaram muito. — Os olhos dela ficaram marejados, e eu achei graça. — Ah, mãe. Não chore.

— Me desculpe. É só que senti tanta saudade de você.

— Eu também senti saudade. Você tem o maior coração do mundo. Você enxerga as coisas de um jeito que a maioria das pessoas não consegue enxergar. O que você fez pela Marie hoje... A maioria das pessoas a deixaria sofrer.

— Eu sei o que é sofrer. Além disso, não conseguia parar de pensar... E se fosse você que tivesse cometido aquela atrocidade? E se o meu filho tivesse cometido um erro daquela magnitude? Como eu iria lidar com isso? Sei que eu me culparia. É o instinto materno. A gente fica pensando em tudo desde o primeiro dia do filho no mundo. Você se sente culpada por tudo. Desde ter deixado de ir a uma apresentação da escola até esquecer de colocar suco na lancheira. Se fosse você que estivesse atrás das grades... Se eu nunca mais pudesse abraçá-lo, eu me sentiria mais aprisionada do que qualquer outra pessoa. Marie está presa em um mundo de solidão e culpa pelo resto da vida. Então, acho que precisava do nosso apoio hoje. E eu precisava disso também.

— Acho que todos nós precisávamos — concordei.

— O jeito como você a ajudou, como a abraçou... foi muito generoso. Tão, tão generoso, Eli. Você é o melhor homem que já conheci na vida.

— Sabe de uma coisa? Cada parte boa que existe em mim é por sua causa, mãe.

Depois daquela noite, passamos a jantar juntos toda semana e fomos ficando cada vez mais próximos. Quanto mais eu conhecia minha mãe, mais motivos tinha para amá-la. Nas noites de domingo, nós nos sentávamos à mesa de jantar, e ela ficava olhando para mim com aquele sorriso que era tão parecido com o da minha irmã.

— Acho que deveríamos convidar outras pessoas para os nossos jantares — decidiu ela. — A nossa família é grande... e nós podemos muito bem comer todos juntos.

Sorri para ela.

— Acho que vamos precisar de uma mesa maior — brinquei.

— Vamos fazer na casa do TJ. Ele vai adorar.

Capítulo 44

Jasmine

Acordei certa manhã no apartamento de Elliott, rolei na cama e vi que ele ainda estava dormindo. Levei a mão até a chave pendurada no meu cordão enquanto lia meus e-mails.

Elliott se mexeu e se virou para mim.

— Bom dia — sussurrou ele, me abraçando e me puxando para junto de si.

— Bom dia.

Ele franziu o cenho.

— O que aconteceu?

— Por que você acha que aconteceu alguma coisa?

Ele deu um beijo suave em minha nuca.

— Eu conheço você, Jazz. O que aconteceu?

— Tive notícias da minha mãe.

Ele se sentou na cama, alerta.

— O quê?

— Bem, não foi dela diretamente. Escrevi para o Trevor, e ele disse que eu poderia ir até lá para conversarmos.

— Sério? — perguntou Elliott, arqueando uma sobrancelha. — Ele foi tão tranquilo assim sobre se encontrar com você?

— Na verdade, não. Talvez eu tenha mentido para ele dizendo que estava cogitando tentar retomar o contrato com a gravadora.

— Jazz... — Elliott suspirou. — Eu só...

— Já faz meses que não tenho notícias dela, Eli. Ela não quer me ver. Então, sim, eu menti, e isso foi errado, mas minha mãe não quer me ver, e eu preciso tentar uma última vez. — Respirei fundo. — Sei que não faz o menor sentido. Sei que, provavelmente, sou uma idiota por achar que existe algo onde claramente não há, mas...

— Eu vou com você.

— O quê?

— Você não precisa explicar para mim o motivo de estar fazendo isso. Você acha que precisa ir?

— Sim.

— Então está decidido. Nós vamos.

Passei a mão pelo cabelo.

— Não precisa. Posso ir sozinha.

Ele me lançou um olhar firme.

— A gente não precisa passar por esse tipo de coisa sozinho. Não mais. Ray sabe disso?

Balancei a cabeça.

— Não. Se eu contasse, ele ia tentar me proteger. E eu sei que preciso fazer isso sem ele.

— Bem, então é exatamente o que nós vamos fazer.

* * *

Esperamos duas semanas para pegar um voo para Londres. Durante toda a viagem, senti um aperto no estômago. Quando chegamos ao hotel, antes de me encontrar com minha mãe, chorei no ombro de Elliott. Eu estava mais nervosa do que nunca. Não estava pronta para enfrentar minha mãe, mas Elliott me consolou.

Eu estava muito grata por ele ter ido comigo.

No sábado à tarde, fomos até o apartamento dela. Quando bati à porta, Trevor atendeu, e Elliott colocou a mão em meu ombro em sinal de apoio.

— Oi, Jasmine — cumprimentou ele, com frieza. Seus olhos se fixaram em Elliott. — Você tem um guarda-costas agora?

— Esse é o Elliott. Meu... — As palavras morreram em minha boca enquanto eu me virava para Elliott.

— Namorado — esclareceu ele, apertando a mão do Trevor.

— Caramba, que aperto forte — reclamou Trevor sacudindo a mão.

— Foi mal — desculpou-se Elliott. Sorri, porque sabia que o aperto tinha sido proposital. Mas fiquei feliz por ele não ter quebrado os ossos de Trevor, pois causaria um transtorno.

— Entrem. A Heather está na sala de estar. Vamos conversar lá. Vou ser sincero. Estou chocado por você ter demorado tanto tempo para recobrar a razão — declarou ele, meneando a cabeça. Estava usando óculos escuros dentro de casa. *Quem faz isso?* Trevor, é claro.

Ele nos acompanhou até a sala, e meu coração deu um salto no peito. Minha mãe estava sentada no sofá com as pernas cruzadas. Estava empertigada e séria. Não tinha mudado muito desde a última vez em que a vi. Ela não se levantou para me cumprimentar nem disse oi.

Tudo que eu queria era abraçá-la e dizer que, apesar de seu jeito frio, eu sentia saudade dela.

— Sente-se — ordenou Trevor, apontando para o sofá em frente ao qual minha mãe estava.

Sentei-me ao lado de Elliott, e Trevor, ao de minha mãe. Ele finalmente tirou os óculos, e vi que seus olhos estavam vermelhos. Provavelmente estava drogado, bêbado ou as duas coisas, mas não teci comentários. Não estava ali por causa dele.

Trevor esfregou as mãos e pigarreou.

— Não vou mentir, Jasmine. Você deixou uma bomba na nossa mão. Estávamos celebrando nosso maior contrato, e você simplesmente deu no pé. Você ferrou muita gente com essa porra de escolha que fez. Agora, conseguir o mesmo tipo de contrato está fora de questão.

— Como você está? — perguntei, olhando para minha mãe. Ela olhou para mim com seus olhos castanhos tão parecidos com os meus. Inclinei-me para a frente, unindo as mãos. — Você recebeu os meus e-mails?

Ela não respondeu.

— Veja bem, isso aqui não é um reencontro familiar. — Trevor me interrompeu. — Só para deixar tudo bem claro, isso é uma reunião de negócios.

— É isso mesmo, mãe? — perguntei. — Tudo sempre foi apenas uma questão de negócios para você?

— Heather, saia — ordenou Trevor. Ela se levantou como um robô e se virou para sair da sala.

Eu me levantei.

— Mãe, será que algum dia você se importou comigo? — Ela parou. Meus olhos estavam marejados. — Será que você se preocupou comigo alguma vez na vida?

Ela se virou lentamente e olhou para mim com a cabeça inclinada.

— Tudo o que você fez foi me decepcionar.

— Não. Tudo o que fiz foi tentar fazer com que você sentisse orgulho de mim.

— Você fracassou.

Senti um aperto no peito ao ouvir essas palavras, mas seus golpes não magoaram tanto como costumavam magoar — eu estava ficando mais forte.

— Era isso que seus pais diziam para você?

— Como é que é?

— Você nunca fala dos meus avós. Eu nunca os conheci. Você os decepcionou? Você foi uma decepção para eles por ter ficado grávida?

— Cale a boca — falou ela, mas eu não podia fazer isso. Não podia parar agora que tinha começado.

— Você tinha quantos anos? Uns 17 ou 18 quando engravidou? Eles deram as costas para você? Disseram na sua cara que você era um fracasso? Expulsaram você de casa? — O lábio inferior dela estremeceu. Eu sabia que tinha atingido algum ponto fraco. — Você deveria ter sido uma estrela?

— Meus pais eram desprezíveis, e a minha carreira era minha válvula de escape. — A voz dela falhou, mas ela não derramou nenhuma lágrima, porque isso seria um sinal de fraqueza. — Minha mãe era viciada em drogas e engravidou do meu pai, um bêbado, aos 17 anos. Eu fui criada em um trailer e me esforcei muito para largar aquela vida.

— E aí você engravidou de mim.

— Isso. Eu me tornei a minha mãe, e você se tornou o meu maior erro.

— Ei... — começou Elliott, mas olhei para ele e fiz que não com a cabeça.

— Tudo bem — eu o tranquilizei. Aquela batalha era minha, e eu deveria lutá-la sozinha. Eu me virei para ela. — Sinto muito pelos seus pais e pela infância difícil que você teve, mas está errada em relação a mim. Eu não sou um fracasso. Você já tinha problemas antes de mim. Eu não sou o seu fracasso.

— Claro que é! — exclamou ela, caminhando até mim. — Tudo que você fez partiu meu coração. Você me decepcionou desde o dia em que nasceu, tirando de mim a única chance que eu tinha de ter uma carreira de verdade. Então, o que foi que *eu* fiz? Dei um duro danado para transformar você em alguém. Para dar a você tudo o que sempre sonhei, e o que *você* fez? Jogou tudo para o alto porque ficou magoada! Você é uma criança, e juro por Deus que gostaria que não fosse minha filha — sibilou ela, cheia de ódio.

Consegui sentir seu ódio, mas, mesmo assim, ainda existia amor por ela em mim.

Senti minha pele repuxar ao ouvir aquelas palavras, mas não desmoronei. Não vacilei enquanto ela jogava acusações em mim.

— Me fale sobre o meu pai — pedi com toda a calma.

— O quê?

— Me fale sobre o meu pai.

— O seu pai era um monstro, exatamente como o meu. Era um drogado que tirou mais de mim do que qualquer pessoa e foi embora no instante em que soube que eu estava grávida. Ele era fraco. Exatamente como você.

Neguei com a cabeça.

— Não. Esse não é o meu pai.

— Como é que é?

— O nome do meu pai é Ray Gable. Ele é vocalista da Peter's Peaks, e é um homem incrível. Ele tem um coração de ouro e é capaz de fazer qualquer coisa para se certificar de que estou bem. Agora, me fale sobre a minha mãe.

— Eu sou a sua mãe.

Neguei com a cabeça.

— Não. Você não é minha mãe. — Ela não respondeu, e eu pigarreei. — A minha mãe não teria me tratado do jeito que você me tratou. Minha mãe não teria me obrigado a ser alguém que eu nunca quis ser. Minha mãe teria me amado em todos os momentos difíceis. Ela teria me ouvido.

— Você é uma egoísta. Eu te dei tudo. Você poderia ter sido uma estrela do pop.

— Eu nunca quis ser uma estrela do pop. Eu canto soul.

— Não canta, não. Você nunca foi uma cantora de soul.

— Isso é tudo que eu sou!

— Quero que você saia daqui — disse ela. — Quero que saia e que não volte nunca mais.

Respirei fundo e, pela primeira vez na vida, finalmente percebi que era preciso esquecê-la. O processo seria lento e doloroso, mas eu sabia que, com a dor, vinha a cura. Com o tempo, as coisas iam melhorar. E eu poderia respirar cada vez mais tranquila. Pelo menos agora eu poderia ir embora sabendo que tinha feito tudo. Eu tentei de tudo, mas nada do que fiz havia sido o suficiente.

Eu me virei para Elliott e abri um sorriso.

— Vamos embora?

Ele se levantou e colocou a mão em minhas costas.

— Você está bem?

— Estou. Vou ficar. Vamos para casa.

Começamos a caminhar em direção à porta, e a ouvi gritar para mim:

— Você está cometendo o maior erro da sua vida! Abandonando a chance de ter uma grande carreira pelo quê? Por amor? Como você é infantil! Você sempre foi uma boba.

Respirei fundo e senti quando ela me atingiu — a minha verdade. Fechei os olhos e me virei para ela. Meus lábios se abriram, e as palavras fluíram livremente por eles. A música era "Palace", do Sam Smith, e ela resumia tudo que eu havia sentido pela minha mãe. Mostrava o meu amor, minha necessidade, meu desejo de ser sua filha. De deixá-la orgulhosa. De ser quem ela sempre quis que eu fosse. Minha carreira era como um palácio no qual eu nunca quis morar. E, durante anos, morei ali, porque queria ser a sua princesa, porque eu a amava.

Ela era tudo para mim, era a minha rainha, mas eu sabia que havia chegado a hora do palácio ruir. Eu precisava permitir que meu coração a deixasse para trás para que pudesse se curar. E, para que isso acontecesse, eu precisava sentir.

Enquanto eu cantava, me entreguei por completo — minha alma, meu coração, meu lado mais sombrio. Revelei cada parte da relação difícil entre mim e minha mãe. Eu me lembrei de cada segundo de dor e cada vislumbre de alegria. Revivi tudo enquanto as palavras saíam dos meus lábios.

Eu a amei e não me arrependo. Jamais me arrependeria, mas estava pronta para seguir com a minha vida. Por isso, eu disse adeus. Ela seria um fantasma nas minhas lembranças que, às vezes, me traria conforto e, em outras, dor. Mas, independentemente de tudo, ela ficaria no passado.

Já tinha chegado a hora de me entregar ao futuro.

Quando terminei de cantar a música, Elliott sorriu para mim, me consolando.

— Você encontrou — declarou ele.

Assenti.

— Encontrei.

— Encontrou o quê? — perguntou Trevor.

Olhei para minha mãe e soltei um suspiro profundo, expulsando todo o peso que carreguei a vida toda.

— Encontrei a minha verdade.

Encerramento era um conceito estranho. Sempre acreditei que, para colocar um ponto-final em uma história, os dois lados deveriam abrir o coração e esquecer ou perdoar juntos. Eu pensava que jamais haveria um encerramento se uma das partes não estivesse disposta a se abrir e expressar sua verdade, mas encerramento não era nada disso — não mesmo. Encerramento não era um final de conto de fadas com despedidas emocionantes. Encerramento nada mais era do que uma pessoa encontrar sua voz, sua força, e aprender a seguir em frente sozinha.

Era quando uma pessoa escrevia o fim de uma música tóxica e nunca mais a tocasse em sua alma. O melhor tipo de encerramento era o simples fato de ser corajosa o suficiente para começar uma nova música, com uma nova letra e uma linda melodia.

Era seguir em frente, e havia chegado a hora de eu fazer exatamente isso.

* * *

Elliott e eu fomos embora abraçados. Quando eu me apoiei em seu peito, não chorei. Só retribuí o abraço.

— Foi difícil — confessei.

— Eu sei. Você se saiu muito bem. Estou orgulhoso. Você está bem?

— Estou — respondi com sinceridade. — Estou bem.

— Que bom. — Ele me soltou e fez um sinal em direção à rua. — Porque eu acho que ele teria começado uma guerra se você não estivesse bem.

Olhei para a frente e vi Ray encostado em um carro. Meus olhos procuraram os de Elliott.

— Você contou para ele?

— Tive que contar. Achei que você ia precisar do seu pai hoje.

Ray sorriu para mim e se aproximou com as mãos enfiadas nos bolsos.

— Você teve um bom dia, Branca de Neve?

Sorri e corri para ele, puxando-o para um abraço.

— Tive — sussurrei. — Tive um bom dia.

Talvez não fosse uma família normal, mas era a que eu tinha. Uma família que meu coração escolheu, uma família que cuidava de mim nos momentos difíceis e nos dias tranquilos e que teria começado uma guerra por mim.

Meu coração estava repleto de amor, e era a melhor sensação do mundo saber que o coração deles também estava repleto de amor por mim.

Capítulo 45

Elliott

Nosso primeiro jantar oficial de família aconteceu no aniversário da Katie. Parecia o certo a se fazer naquele momento que estávamos aumentando a família, e todos vieram comemorar. Kelly, Jason, TJ, minha mãe, Ray, Jasmine e eu nos sentamos juntos à nova mesa de jantar na casa de TJ.

Todos contaram suas histórias preferidas de Katie, mas não limitamos nossas conversas a reviver o passado; também olhamos para o futuro. Fizemos planos para o amanhã, porque não estávamos mais presos aos compassos de ontem.

A verdadeira liberdade vinha assim que você aprendia o estágio final do luto: aceitação.

Nunca achei que fosse chegar a esse ponto, e jamais pensei que conseguiria entender o significado da verdadeira aceitação. Ela não significava apenas aceitar a tragédia que fez seu mundo desmoronar. Não significava esquecer a dor.

Significa aceitar uma nova forma de felicidade e se permitir chorar, mas, ainda assim, também estar transbordando de tanta felicidade que às vezes parecia até que seu coração ia explodir.

A verdadeira aceitação significava voltar a viver.

E eu estava pronto para viver.

— É melhor eu começar a arrumar tudo... Já está ficando tarde — anunciou minha mãe, levantando-se da mesa.

— Espere um pouco, eu só queria dizer mais uma coisa. É rapidinho — falei. — Enquanto estamos todos aqui?

— Claro, filho — concordou ela, se sentando de novo.

Eu me levantei.

— Eu só queria que todos vocês soubessem que o fato de terem ficado ao meu lado nesses últimos anos foi mais do que eu merecia. Vocês são tudo para mim, e sou muito grato por tê-los na minha vida. Vocês ficaram por perto durante o período mais sombrio pelo qual passei e, por isso, queria muito que vocês continuassem ao meu lado durante um momento iluminado. — Eu me virei para Jasmine e estendi a mão. Ela a pegou, e eu me ajoelhei. — Jazz...

Seus olhos se encheram de lágrimas.

— Ai, meu Deus — murmurou ela e começou a tremer.

— Quando nós éramos adolescentes, você me perguntou o que o jazz significava para mim, e a minha resposta ainda é a mesma: o jazz é um le-lembrete de que, mesmo quando estou sozinho, não estou sozinho de verdade. É a minha melhor companhia quando a vida fica difícil. Jazz é beleza. É algo único. É uma coisa naturalmente poderosa. — Enfiei a mão no bolso e puxei uma caixinha.

— Eli... — disse ela, sem fôlego.

— Você é e sempre vai ser a minha Jazz. É cada ritmo, cada nota, cada compasso. Você é a letra, a harmonia e a melodia. Você era, é e sempre será minha música favorita. — Abri a caixinha, revelando uma chave com um anel de noivado preso a ela. — Então é isso que eu tenho para oferecer: a chave para o meu coração, e é sua para sempre, mas você só tem que saber que ele pode ser difícil às vezes. De vez em quando, ele bate fora do ritmo. Às vezes, fica cansado e sofrido, mas prometo que, enquanto eu respirar, enquanto eu estiver aqui, ele sempre vai bater por você. Vou dar tudo de mim para você, todos os dias da minha vida. Então, Jazz, por favor... — Cheguei mais perto e encostei minha testa na dela. — Quer se casar comigo?

Uma lágrima escorreu pelo rosto dela.

— Isso é uma pergunta?

— É — respondi, assentindo. — E tudo que você precisa fazer é dizer sim. Então, por favor... diga sim?

Ela colocou as mãos na minha nuca e me puxou, pressionando seus lábios contra os meus.

— Sim.

Com apenas uma palavra, a casa inteira começou a comemorar. E essa comemoração foi o início de uma nova vida, não apenas para Jasmine e para mim, mas para todos nós. Estávamos compondo uma nova música com uma nova letra e deixando os discos do passado para trás.

Mas também estávamos completamente cientes de que se precisássemos de um lembrete do nosso passado, então aquelas músicas estariam sempre guardadas em nosso coração e em nossa mente, prontas e disponíveis para serem tocadas a qualquer momento.

Depois do jantar, fui para a varanda e fiquei sentado lá, olhando para o outro lado da rua, para a casa na qual passei minha infância. A porta da casa de TJ se abriu, e Jasmine apareceu. Ela se aproximou, se sentou ao meu lado e apoiou a cabeça no meu ombro. Olhou para o outro lado da rua também.

— Está feliz? — perguntou ela.

— Mais do que feliz — respondi.

— Você é meu som favorito — sussurrou ela. Seus olhos grandes e lindos olharam para mim, e um sorriso iluminou seu rosto. — Você sempre foi meu som favorito.

Pela primeira vez em muito tempo, finalmente consegui me libertar da prisão do meu passado. Eu estava aprendendo a ficar de pé e a voltar a caminhar. Conseguia sentir a luz aquecendo meu coração, me enchendo de esperança, amor e de finais felizes.

Passei seis anos preso em uma jaula, e Jasmine Greene foi a chave para minha liberdade.

Ela era minha música, minha vida, meu tudo. Quando nosso amor se fundiu, criou o mais belo dos sons, e duas músicas se tornaram uma.

Pressionei meus lábios nos dela e, com um sussurro suave, revelei minha maior verdade:

— Você é deslumbrante.

Epílogo

Jasmine

Dois anos depois

— E lá vamos nós. — Laura sorriu enquanto fechava meu vestido de noiva. Ela deu um passo para trás e olhou para mim: — Uau.

— Estou bonita? — perguntei, me sentindo emocionada e animada ao mesmo tempo.

— Bonita? Você está maravilhosa, Jasmine. — Ela abanou o rosto com a mãos para tentar conter as lágrimas.

— Não chore! Vai me fazer chorar também, e aí vamos ficar com a maquiagem borrada — brinquei.

— Eu sei, eu sei. É só que... Eu sempre sonhei com esse dia, e estou tão feliz pelo meu filho ter escolhido você. Tenho certeza de que você vai cuidar bem dele.

— Juro que vou.

Ela me puxou para um abraço e me segurou por um tempo. Quando sussurrou em meu ouvido, não consegui impedir que as lágrimas escorressem pelo meu rosto.

— Sempre quis ter duas filhas.

Eu a abracei ainda mais apertado.

— Eu sempre quis ter uma mãe.

— Acho que estragamos a nossa maquiagem — comentou ela, dando uma risadinha.

— Tudo bem. Ainda temos tempo para retocar.

— Você está tendo um bom dia, Branca de Neve?

Laura e eu sorrimos ao ouvir a voz de Ray. Nós duas nos viramos e o vimos espiando da porta do quarto. Ele estava usando seu melhor terno e sua gravata mais bonita e parecia mais elegante do que nunca.

— Uau! — exclamou ele. — Vocês duas estão lindas.

— Ela é a rainha do dia — comentou Laura.

— Disse a rainha da beleza. — Dei um sorriso.

— Vou deixar vocês dois a sós — falou Laura. Quando passou por Ray, ele segurou as mãos dela.

— Você está muito bonita, Laura.

Ela ficou vermelha.

— Você não está nada mal, Ray.

Quando Laura saiu do quarto, Ray ficou olhando para ela até que sumisse de vista.

— O que foi isso? — perguntei, chocada.

— O quê?

— Aquilo! Aquele momento especial entre você e a Laura?

Ray deu um sorriso e encolheu os ombros.

— Não sei do que você está falando.

— Claro que sabe, pai! Ai, meu Deus! Você e Laura?

— Shhiiuu! — sibilou ele. — É só... Eu a convidei para jantar, só isso. Não é nada de mais.

— Você sabe que o Elliott vai pegar muito no seu pé, não sabe?

Ele assentiu e se aproximou de mim.

— Com certeza. Principalmente levando em consideração como peguei no pé dele quando vocês tinham 16 anos. Mas sabe de uma coisa? Vale a pena aturar certas coisas por algumas pessoas. E, na minha opinião, a Laura é uma delas.

Isso fez meu coração saltar no peito.

— Vocês dois merecem muito ser felizes.

— Falando em felicidade... — Ele parou na minha frente e cruzou os braços. — Uau, uau, uau...

Meu estômago se contraiu, e senti um frio na barriga.

— Pare com isso...

— Branca de Neve, você parece a princesa que eu sempre soube que era. Esse é o dia mais feliz da minha vida. — Seus olhos se encheram de lágrimas, e ele mordeu o lábio inferior. — Elliott é o homem mais sortudo do mundo.

— E eu, a mulher.

— Ah! Tenho uma coisa para você. — Ele enfiou a mão no bolso de trás da calça e pegou uma caixinha. — Um presente do seu pai.

— Pai... Você não precisava me dar nada.

— Claro que precisava. Não é nada de mais, é só uma coisa para a sua pulseira.

Peguei a caixinha e a abri. *Graças a Deus estou usando rímel à prova d'água.*

— Pai...

— É um pingente de chave... Uma chave para o meu coração. E, agora, faço os meus votos. — Ele tirou um pedaço de papel do bolso e pigarreou. — Sempre que precisar voltar para casa, não importa o que aconteça, eu estarei aqui. Sei que o Elliott será mais do que suficiente para você e que ele vai cuidar de você do jeito que um marido deve cuidar da esposa. Ele ficará ao seu lado, irá te proteger e cuidar de você, mas eu também estarei aqui para você, Branca de Neve. Sempre. Como seu pai, prometo meu amor eterno. Sempre serei o primeiro homem da sua vida e, quando eu te levar até o altar hoje e te entregar para o "felizes para sempre" de vocês, quero que saiba que estarei aqui, no cantinho, comemorando. Você é a maior bênção que recebi na vida. Você é o meu mundo. Na saúde e na doença, até que a morte nos separe, pelo resto de nossas vidas. Estarei aqui para você. Para sempre. — Ele baixou o papel e enxugou as lágrimas que escorriam pelo meu rosto. — Eu amo você.

— Também amo você, pai.

Ele me deu um beijo no rosto.

— Ótimo. Agora está na hora.

No momento em que meus pés tocaram o tapete que me levaria até o altar, senti meu coração se curar. Elliott estava esperando por mim. Eu estava de braços dados com Ray enquanto caminhávamos até lá. Meu corpo foi tomado pela mais pura alegria à medida que nos aproximávamos do altar.

É isso.

Isso é o para sempre.

Chegamos até Elliott, e ele deu um passo em nossa direção. Ray estendeu a mão para ele, e os dois trocaram um aperto de mãos e depois se abraçaram.

— Cuide bem dela, filho — sussurrou Ray.

— Para sempre — respondeu Elliott.

Peguei a mão dele e subimos ao altar.

— Oi — sussurrou ele.

— Oi — respondi.

— Você está deslumbrante — sussurrou ele mais uma vez.

— Você está deslumbrante — falei.

— Amo você — sussurrou ele.

— Amo você — respondi.

Diante de todas as pessoas que nos eram queridas, trocamos nossos votos de amor. Demos nosso coração e nossa alma um para o outro. Começamos um novo capítulo da nossa história de amor. Um capítulo que duraria para sempre. Dissemos "sim" e continuamos repetindo essa palavra sempre. Nos dias difíceis e nos dias felizes, nos períodos de perda e em novos começos. Elliott foi meu primeiro amor e também o último.

Sou a mulher mais sortuda do mundo.

Depois da cerimônia, seguimos para a festa para celebrarmos nosso amor. Todas as pessoas importantes para nós estavam lá, sorrindo de orelha a orelha. Honramos Katie acendendo uma vela em sua homenagem e também fizemos uma mesa cheia de chaves como sinal do nosso amor por ela. Então, tivemos a melhor noite de nossas vidas, porque era isso que ela teria desejado para nós se estivesse aqui — a nossa felicidade.

Quando chegou a hora da primeira dança, Elliott e eu mal acreditamos ao vermos TJ se aproximar do microfone com o saxofone nas mãos.

— Sei que vocês dois escolheram uma música e tenho certeza de que ela é perfeita, mas, se me permitirem, gostaria de tocar uma das minha preferidas.

— Por favor — pedi, com os olhos marejados.

— Claro — concordou Elliott.

Não víamos TJ tocar sua música fazia um bom tempo. Sabíamos que ele vinha se esforçando para se recuperar com a ajuda de um excelente fisioterapeuta, mas ainda não o tínhamos visto se apresentar depois do AVC.

Quando ele começou, Elliott me tomou nos braços e nós começamos a dançar.

— "At Last" — sussurrei, quando TJ começou a tocar. "At Last", da Etta James. — A música que tocou no casamento dele.

— E agora é nossa. — Elliott sorriu, me puxando para si.

— Esse é o melhor dia da minha vida — declarei, acompanhando-o no ritmo da música.

Naquela noite rimos juntos, dançamos juntos e comemos nosso bolo com cobertura de baunilha número 28. Nossa vida não era perfeita, mas era bonita com todas as nossas imperfeições. Ele era meu, e eu era dele. Sempre e para sempre.

Finalmente...

Eu estava em casa.

Elliott

Oito anos depois

— Papai! O Wesley me mordeu! — gritou uma voz aguda, e uma garotinha invadiu o banheiro.

Eu estava embaixo da pia, tentando consertar um vazamento em vez de contratar um profissional. A garotinha parada diante de mim era uma mistura perfeita de nós dois. Por sorte, ela ficou com a beleza da mãe.

— Foi só uma mordidinha! Ela está sendo um bebê chorão! —Wesley se defendeu, entrando no banheiro em seguida. Ele também era uma mistura perfeita de nós dois. Mas tinha a ousadia e o sorriso da mãe.

— Não estou, *não*! — exclamou ela.

— Está, *sim* — gritou ele.

— Ei, ei, ei. Vocês precisam se acalmar. — Coloquei a chave inglesa no chão e saí de debaixo da pia. — O que aconteceu? Katie, o Wesley mordeu você? — perguntei para minha filha. Ela fez que sim com a cabeça, os olhos marejados. Eu me virei para Wesley. — Por que você mordeu a sua irmã?

— Porque ela me mordeu primeiro, papai! — exclamou ele, agindo de forma tão dramática quanto a irmã gêmea.

Não consegui segurar a risada. Ter dois filhos de 4 anos dava um trabalhão.

— Que tal vocês se abraçarem e pedirem desculpa um ao outro?

— Mas, papai, eu não quero pedir desculpas! Não quero mais ser amigo dela — decidiu Wesley, cruzando os braços.

Katie reproduziu a reação do irmão.

— É, eu não quero pedir de-des... — Ela bateu com o pé no chão, tentando fazer a palavra sair.

Vi a irritação em seus olhos e coloquei a mão em seu ombro.

— Não precisa ter pressa, filha. Fale no seu tempo.

Ela respirou fundo e soltou o ar devagar.

— Também não quero pedir de-desculpas, papai!

— Vamos lá, vocês dois. Quero os dois sentados aqui na beirada da banheira — orientei e, quando obedeceram, eu me ajoelhei diante deles. — Qual é a coisa mais importante do mundo?

— Sorvete! — Wesley deu uma risadinha.

— E depois disso? — perguntei, rindo.

— Família — respondeu Katie.

— Exatamente, e nós todos sabemos que, às vezes, podemos ser um pouco rabugentos e bravos, não é? E todos cometemos erros, mas somos uma família. Então o que fazemos quando isso acontece?

— Pedimos desculpas — resmungou Wesley.

— E nos amamos — completou Katie, revirando os olhos.

Quando foi que minha bebê tinha começado a revirar os olhos?

— Isso mesmo. Porque família é a coisa mais importante do mundo, até mesmo mais importante que sorvete. Então, preciso que vocês dois se abracem e voltem a brincar, está bem? Além disso, não façam barulho para não acordarem a mamãe e o Leo, combinado?

— Ah, está bem, papai — responderam os dois juntos.

Eles se abraçaram por meio segundo antes de saírem correndo do banheiro.

— Wesley, para de me morder! — gritou Katie.

— Então para de me beliscar! — respondeu o irmão.

Bem, durou mais do que eu imaginava.

Como um reloginho, Leo começou a chorar, e, antes que eu conseguisse chegar ao quarto para pegá-lo no colo, Jasmine já estava lá, tirando-o do berço.

— Você devia estar descansando — adverti, indo até ela e dando-lhe um beijo na testa.

— Não estou cansada. — Ela bocejou, ninando Leo para que voltasse a dormir. Ele tinha pouco mais de um mês e era cinquenta vezes mais calmo que os gêmeos nessa idade. Só chorava quando estava com fome, quando estava com a fralda suja ou quando acordava por causa de um barulho alto.

— Você está dormindo em pé. — Abri um sorriso. — Deixe comigo.

Ela me entregou nosso filho caçula, e eu o ninei. Ele era tão pequeno, tão perfeito. Eu não conseguia acreditar na vida que tínhamos criado, nos sonhos que havíamos realizado.

Mas não teríamos conseguido fazer nada disso sozinhos. Tínhamos uma tribo sempre pronta a nos ajudar. Minha mãe e Ray estavam sempre disponíveis. Era só ligar. Eles estavam ocupados criando uma vida juntos, mas sempre davam um jeito de nos ajudar com as crianças quando pedíamos. Jason e Kelly estavam atarefados com os dois filhos, então nós nos encontrávamos de vez em quando para que as crianças brincassem e os adultos tomassem cerveja, uma diversão para todos. Os filhos deles eram quase tão levados quanto os gêmeos. *Quase*.

Quando precisávamos de mais ajuda ainda, íamos até a casa do tio TJ, e ele obrigava os gêmeos a escutarem jazz e soul por horas a fio enquanto ele caía no sono em uma cadeira de balanço. Ele já estava com mais de 90 anos, mas eu jurava que não parecia ter mais que 87.

Essas pessoas eram a minha tribo. A minha família. A minha vida.

Eu era muito abençoado.

Exatamente quando Leo pegou no sono, Wesley berrou:

— É uma enchente!

— Mamãe, posso colocar o biquíni? — gritou Katie, fazendo Leo chorar.

Fomos até os gêmeos para ver o que estava acontecendo e, lá no banheiro, estava Wesley, segurando a chave inglesa com uma expressão de culpa estampada no rosto.

— Ooops? Desculpa, papai — murmurou ele, prostrado ao lado do cano da pia que estava desencaixado, fazendo jorrar água no piso de madeira.

— Minha nossa, vou fechar o registro — falou Jasmine, enquanto eu tentava acalmar o bebê que berrava no meu colo.

Quando eu me virei para dar uma bronca no meu filho, ele balançou a cabeça.

— Papai, lembre que família sempre pede desculpas. E eu pedi. Então você não pode ficar com raiva. Você tem que me amar.

Ele acabou de jogar a lição que dei nele na minha cara?

— Acho que está na hora de ir para a cama — sugeriu Jasmine, pegando os gêmeos pela cintura. — Antes que aquela veia no pescoço do seu pai apareça.

Ela os levou para a cama e voltou para me ajudar a limpar o banheiro. Leo ficou no meu colo o tempo todo e, mesmo com toda a comoção, acabou caindo no sono ali mesmo. Coloquei-o de volta no berço e dei um beijo em sua testa.

— Obrigado por não ter um irmão gêmeo — sussurrei para ele, antes de voltar para ajudar Jasmine.

— Vou ligar para o encanador amanhã — prometi. — E vou chamar alguém para dar uma olhada no piso.

Ela bocejou e deu de ombros.

— Não se preocupe. Vai ficar tudo bem, vamos comer bacon amanhã de manhã.

Arqueei uma sobrancelha.

— A-acho que você está meio sonâmbula.

Ela bocejou mais uma vez.

— Acho que estou mesmo.

— Vamos voltar para a cama. — Eu a abracei, e ela tentou resistir, mas eu a levei mesmo assim, apesar de sua recusa. Eu e coloquei na cama e a abracei. — Hora de dormir — sussurrei em seu ouvido.

— Dormir — respondeu ela.

Dava para ouvir os gêmeos implicando um com o outro do nosso quarto. Sempre que Jasmine tentava se levantar para dar uma olhada neles, eu a abraçava mais apertado. — Hora de dormir...

Ela assentiu.

— Dormir... — Ela aconchegou o corpo delgado no meu. — Nossos filhos são pequenos demônios.

— Eles realmente são os piores seres humanos que já existiram na face da Terra. — Fiz uma pausa. — Vamos ter outro?

— Pode tirar o cavalinho da chuva. — Ela riu. — Você escolheria essa vida de novo? Se pudesse voltar no tempo, escolheria me amar e ter esses filhos monstrinhos?

— Sempre. Eu sempre escolheria essa vida, sempre escolheria você e as crianças. Sempre escolheria a nossa família.

— Para todo o sempre?

— E ainda mais.

Ela era tão pequena e estava tão exausta. Eu pesava cinco vezes mais que ela, mas ela me amava tanto como eu a amava. Jasmine era incrivelmente linda, e eu era eu. Sua pele era branca como a neve, e a minha, de um tom de caramelo. Meu extremo oposto. Não deveríamos ter nos apaixonado um pelo outro, mas, quando estávamos juntos, éramos lindos.

— Elliott?

— Hã?

Seus olhos se fecharam, e seus lábios roçaram nos meus.

— Você vai me dar um beijo de boa noite?

Sorri antes de meus lábios encontrarem os dela. É claro que eu ia beijá-la. Eu planejava beijá-la pelo resto da minha vida. Nosso beijo selava a promessa de tudo que tínhamos encontrado. Pela família que tínhamos construído, pelas aventuras que estavam por vir. Eu a beijei pelo nosso passado, pelo nosso presente e pelo nosso futuro.

Por causa dela, eu tinha voltado a viver.

Por causa dela, eu tinha voltado a sorrir.

Por causa dela, eu tinha me libertado das grades dos dias mais sombrios.

Eu passaria o resto da vida demonstrando quanto eu a amava com as músicas que viviam dentro de mim.

Agradecimentos

Escrever um livro é difícil. Escrever este livro foi extremamente difícil. Tive de vencer inúmeros obstáculos no processo de escrita de *No ritmo do amor*. Escrevi e reescrevi esta história muitas e muitas vezes para encontrar a melhor forma de dar a Elliott e Jasmine a história que eles mereciam. Este livro quase acabou comigo. Se não fosse por um grupo de pessoas maravilhosas que esteve lá para me apoiar, não sei se teria sobrevivido. Esta história fala de força, então permitam que eu mostre de onde minha força vem.

Este livro é para você, mãe. Minha "Laura". Você é a minha rocha. Você foi e tem sido por todos os dias da minha vida. É a voz da razão quando sou irracional, é a calmaria no meu mar turbulento. Obrigada por sempre segurar minha mão e dizer que tudo vai dar certo. Você está certa — tudo sempre dá. Você não faz ideia do quanto significa para mim, e vou passar o resto da vida tentando mostrar isso a você. Você é a música em um mundo mudo.

Para minhas irmãs, Tiffani e Candace: vocês são tudo de bom neste mundo. Sei que dizem por aí que família não é aquela na qual você nasce, mas sim a que você escolhe, mas, para mim, vocês foram as duas coisas. São meu sangue e meu coração, e sempre vou escolher vocês. Vocês são a Prue e a Piper da minha Phoebe. Nas palavras da série *Os originais* "Estamos juntos como se fôssemos um. Sempre e para sempre".

Para meus irmãos que provavelmente nunca vão ler isto: vocês são a prova viva de que existem homens bons neste mundo. O mundo precisa de homens mais generosos, bondosos, engraçados, respeitosos e amorosos. Obrigada por serem exatamente assim. Vocês são do bem.

Para o meu pai: meu fã número um! Obrigada por ler todas as críticas positivas sobre meus livros, mesmo que isso me faça ficar vermelha e que eu comece a dizer: "Pai! Pare com isso!" Você é um homem batalhador e tem um coração incrível.

Para minha agente, Flavia: você salvou este livro e evitou que eu desmoronasse. Obrigada por ler a história cada vez que eu a rescrevia e por me ajudar tarde da noite. Obrigada por ter me estimulado e me desafiado a dar tudo de mim à arte da escrita. Por acreditar em mim — e essa é a minha parte favorita: sua crença em mim como autora e como pessoa. Você acreditou na minha escrita quando eu lutava para encontrar meu valor. Obrigada por sempre estar ao meu lado durante as tempestades. Quando penso em força, penso em você.

Para minha melhor amiga. A Ann da minha Leslie. A princesa do meu sapo. Amo você, Samantha. Amo seu coração e o fato de que ele bate por amor e justiça e por todas as coisas lindas deste mundo. Amo o fato de você me amar mesmo quando desapareço por causa dos prazos apertados dos meus livros. Adoro o fato de que conseguimos ter conversas inteiras usando apenas memes. Adoro como, de alguma forma, essas acabam sendo nossas mensagens mais profundas. Amo você, seu marido e suas filhas mais do que consigo expressar em palavras. Se pudesse colocar um meme para você neste livro, seria a Leslie elogiando a Ann em *Parks and Recreation*. Sem dúvidas.

Para Kandi Steiner — a garota que me entende mais do que a maioria das pessoas. Suas mensagens de encorajamento e sabedoria tocam meu coração. Então, durante um descontrole emocional por causa da minha capa, você entrou em cena e criou a coisa mais linda que eu já vi. Seu coração é imenso, e eu amo muito você! Você realmente é uma bênção na minha vida, e eu não sei como consegui ter a sorte de tê-la como uma das minhas melhores amigas. Nós somos as garotas que sentimos tudo, e eu não queria que fosse diferente.

Para Talon, Maria, Allison, Tera, Christy, Tammy e Beverly: meu grupo favorito de leitoras beta do mundo. Obrigada por me estimularem. E obrigada por não me odiarem por todas as vezes que rescrevo alguma coisa e vocês têm de ler uma história completamente diferente da anterior. Vocês são as jogadoras mais importantes dessa partida.

Um agradecimento mais que especial para meus revisores de texto, Ellie, da Love N Books, e Caitlin, da C. Marie, e Emily, da Lawrence Editing. Vocês três entraram na guerra comigo por este livro. Vocês me viram ruir e, mesmo assim, sorriram e sempre apareceram com graça e elegância. Vocês se superaram com suas habilidades de edição e revisão. Por favor, não me abandonem jamais.

Virginia e Alison — as melhores revisoras do mundo. Obrigada por passarem o pente fino neste livro. Vocês não são só superlegais e incríveis, mas também talentosas. E sou muito grata por terem dedicado tempo e energia para me ajudarem.

Por fim, para todos os meus leitores: obrigada. Sem vocês, sou apenas uma garota escrevendo para mim mesma. Obrigada pelo voto de confiança ao me deixarem guiar vocês pelas loucas jornadas de tudo que escrevo. Obrigada por acreditarem em mim, por me encorajarem, por me incentivarem a continuar escrevendo. Vários dias penso em desistir, mas, felizmente, há vocês me dizendo para continuar seguindo em frente. Vocês são as letras da minha música. Vocês são a minha força. Vocês são as minhas chaves. Vocês são o meu mundo.

Obrigada por existirem.

Obrigada por serem minha música preferida.

Este livro foi composto na tipografia Palatino
LT Std, em corpo 11/16, e impresso em
papel off-white no Sistema Cameron da
Divisão Gráfica da Distribuidora Record.